凤凰枝文丛 / 孟彦弘 朱玉麒 主编

燕园师恩录

王景琳 著

凤凰出版社

图书在版编目（CIP）数据

燕园师恩录 / 王景琳著. -- 南京 : 凤凰出版社，2021.6
（凤凰枝文丛 / 朱玉麒，孟彦弘主编）
ISBN 978-7-5506-3423-7

Ⅰ. ①燕… Ⅱ. ①王… Ⅲ. ①回忆录－作品集－中国－当代 Ⅳ. ①I251

中国版本图书馆CIP数据核字(2021)第083116号

书　　名	燕园师恩录
著　　者	王景琳
责任编辑	陈晓清
书籍设计	徐　慧
出版发行	凤凰出版社(原江苏古籍出版社)
	发行部电话 025-83223462
出版社地址	江苏省南京市中央路165号，邮编:210009
出版社网址	http://www.fhcbs.com
照　　排	凤凰零距离数字印前中心
印　　刷	苏州市越洋印刷有限公司
	江苏省苏州市吴中区南官渡路20号　邮编:215104
开　　本	880毫米×1230毫米　1/32
印　　张	10.5
字　　数	210千字
版　　次	2021年6月第1版
印　　次	2021年6月第1次印刷
标准书号	ISBN 978-7-5506-3423-7
定　　价	68.00元

(本书凡印装错误可向承印厂调换,电话:0512-68180638)

王景琳

王景琳，1977年考入北京大学中文系，1982年与1984年分获北京大学文学学士、硕士学位。曾为中央戏剧学院戏文系讲师。现任教于加拿大政府外语学院。著有《中国古代寺院生活》、《鬼神的魔力》、《中国鬼神文化溯源》及长篇小说《缘分》。与徐匋合著《词体及其发展》、《金瓶梅中的佛踪道影》、《历代寓言名篇大观》、《庄子文学及其思想研究》、《庄子的世界》等学术著作；并主编《中国民间信仰风俗辞典》、《先秦散文精华》等。其中《庄子的世界》入选2019年度"中国好书"。

弁 言

"凤凰台上凤凰游",是李白《登金陵凤凰台》之诗句,昔年我江苏古籍出版社立足南京、弘扬文史,而更名所由也。

"碧梧栖老凤凰枝",是杜甫《秋兴八首》所吟咏,今日我凤凰出版社为学林添设新枝,而命名所自也。

30多年来,凤凰出版社围绕中华传统优秀文化,彰显传承文明、传播文化、服务大众、贡献学术的出版理念,坚持以整理出版中国文、史、哲古籍及其研究著作为主的专业化方向,蒙学界旧雨新知之厚爱、扶持,渐已长大成为"碧梧",招引了学界"凤凰"翩然来栖。箫韶九成,凤翥凰翔!嘤其鸣矣,求其友声!

"凤凰枝文丛"是本社与学界同人共同打造之文史园地,除学术研究论文外,举凡学人往事、经典品评、学术札记之文化随笔,旧学新知,无所不包。是作者出诸性情而诗意栖息之地,读者信手撷取而涵泳徜徉之处。

"凤凰鸣矣,于彼高冈。梧桐生矣,于彼朝阳。"

愿"凤凰枝文丛"成为我们共同的文化家园。

2019.5.22

序

夏晓虹

本书作者王景琳是我的大学同学，他把近年所写关于北大老师的回忆文章结集成册，邀我作序，理由是"我的老师也是你的老师"，让我无可推脱。并且，就同班同学而言，景琳兄也算是我在北大学习期间交往最多的男生，确实有话可说。

话说当年，我是以第二批录取的走读生身份进入北大，错过了与全班同学相互介绍认识的机缘。加以从小学以来沿袭已久的男女生之间的界隔，让我与本班男生也少有往来。以致在感情最袒露的毕业留言中，不止一位男同学提到，大学四年，不记得和我直接交谈过。这其中，景琳兄应是极少数的例外，尽管我们真正熟识起来，也还要到研究生阶段。

大学期间，我第一次对景琳兄留下深刻印象，是在三年级第一学期陈贻焮先生开设的"三李研究"选修课上。当时课程刚刚过半,景琳兄即率先呈交了题为《李白从璘辨》的论文。有着"赤子之心"的陈先生批阅后,立刻热情洋溢地在课堂上大力夸赞,景琳兄由此脱颖而出,成为我们班古代文学研究的新秀。还记得陈先生对景琳兄大作的评说,除了肯定其好学深思、善于发现问题和组织材料,更指点了论文作法。景琳兄的初稿应是将最关键的史料尽先端出,然后再从头说起。陈先生认为,这条材料应当留在最后,经过百转千回,曲折道来,最后一锤定音,文章才好看。这一教导对我的论文写作也很有启发,所以至今不忘。

与景琳兄更多的交集在读研究生之后。特别是1983年夏,按照当时的研究生实习规定,景琳兄的导师褚斌杰先生要带领弟子南下进行学术考察,我的导师季镇淮先生因年迈体弱,不宜出门,便将我托付给褚先生,因此得与景琳兄以及后来做过深圳大学校长的章必功兄同行。王、章二兄跟随褚先生,研究方向为先秦两汉,我则在近代段。我于是笑称,正是有赖于我的加入,本来到了曲阜,拜过孔庙就该折返的二人,才可以延长旅程至江南。必功兄走到南京,已是归乡情切,直接回了铜陵。剩下我和景琳兄,一路跟着褚先生,经上海,到绍兴,从杭州返京。十来天相处,可以想见,说的话足够多。

和我不同,景琳兄性格比较外向。沿途交谈留给我的感觉是,他对自己的学术前途有明确的规划和充足的自信。其实,早在大学本科时期,景琳兄已抱定从事古代文学研究的志向，选课亦自觉有所偏重。因此，读研对他正是必由之路，录取后选择专业方向时，景琳兄也顺当地进入了先秦两汉文学段，在自己感兴趣且有所积累的领域里继续深耕。这些是我早就知道的。

而我此前不了解的是，景琳兄原来与任课的多位老师保持着相当密切的联系。这是读此书稿的一大发现。77、78级的学生求知若渴是出了名的，课间休息时，授课老师被提问的学生包围，是教室里常见的一道风景。我虽不在此列，但也知道，大多数提问者也就到此为止，不会再登堂入室。而景琳兄不然，他与本书中写到的多位老师显然有更频繁的接触。

比如彭兰教授，早就听说她是闻一多先生的干女儿，由闻先生主持，与日后同在北大任教的著名哲学家张世英结为伉俪，颇具传奇色彩。和景琳兄相同，我也慕名选修了彭先生讲授的"高岑诗研究"，却连期末上交的读书报告写了什么也已想不起来。景琳兄则不仅在课堂上与彭先生有深入讨论，而且多次登门求教，甚至毕业论文的重大修改也是听取了彭先生的意见。我对彭兰先生最后的记忆是，她来参加我们班的毕业合影，因下雪路滑，跌倒摔伤，让我们一直很内疚。现在才知道，原来当时因景琳兄常出入其门，班长特意委派他接送，而彭先生性急，提早出门，方有此闪失。

自然，从专业角度说，景琳兄最熟悉的还是古代文学教研室的老师，如吴组缃、林庚、吴小如、陈贻焮、褚斌杰、周先慎诸先生，在本书中都有精彩、生动的记述。其他如现代文学教研室的孙玉石、乐黛云、袁良骏，以及当代文学教研室的谢冕教授，景琳兄也因修课之故，对其学问、风采有所体认。最让我意外的是，除了文学专业的老师，像古文献专业的阴法鲁先生、汉语专业的曹先擢先生，我在校读书时完全未听过课，景琳兄却与之多有过从。不但亲承音旨，他与阴先生还一度比邻而居，拥有了更多日常的交会。所修曹先生开设的《说文解字》课，竟然也是专为他与必功兄开的小灶。如此转益多师，深入堂奥，景琳兄治学精进、日后著述丰赡亦在意料中。

值得称道的是，景琳兄叙写师恩并不满足于散碎的回忆，由课堂内外的受学出发，他还进一步查找资料，阅读代表作，在每篇文字中，尽力展现诸位师长的学术历程，引导读者一窥其研究格局。例如，从何九盈先生为我们上"古代汉语"课以及课外的系列讲座说起，牵引出其关于全球化时代汉语与汉字文化意义的著述；记阴法鲁先生一文，以讲授"中国古代文化史常识"课的"概论"开篇，依次述及阴先生在《诗经》研究、中国古代音乐史，尤其是参与破译宋代词人姜夔的十四首自度曲方面的成就；开讲《说文解字》的曹先擢先生乃是一位善于作"小学问"的大学者，因1970年代参加修订《新华字典》，从而与辞典学结下不解之缘，并最终从北大调往国家语委。诸如此类，由其人及其学，景琳兄逐一娓娓道来，使这册小书拥有了厚重的分量。

而从本书的首尾两篇，可知景琳兄进入中文系，原本抱着成为作家的梦想。尽管后来转向学者之途，早年的文学感觉却并未磨损。这使他在忆述诸师长的学问时，也能体贴入微地摹写出其人性情。如林庚先生的诗人气质，阴法鲁先生的善体人意，谢冕先生的活力四射，孙玉石先生的坦诚谦逊，以及褚斌杰先生在"开朗大度、与世无争的背后，隐藏着一颗久经磨难的谨慎之心"，一生不断挑起论战的袁良骏先生，也有一个"不为人所理解的孤独、寂寞的灵魂"。凡此，都在景琳兄笔下得到揭示，令人过目不忘。

景琳兄研究生毕业后到中央戏剧学院工作，1991年更远走加拿大，至今已近三十年。在异域他乡，景琳兄始终不忘北大出身，无负师长教诲。改以汉语教学为主业后，立成享誉一方的名师；课余尚勤勉治学，与夫人徐甸合著的《庄子的世界》，出版后亦大获好评。撰写此书，在景琳兄是感恩教泽绵长，我辈从旁观看，又感动于其间充盈的至情。

何况，阅读景琳兄大作，对于我更是一次温暖的回顾之旅——年轻时的读书生活，师长们的音容笑貌，同学间的朝夕相处，不时浮现眼前。那是一份永难忘怀的珍贵记忆。

2020年12月11日于京西圆明园花园

目录

001　序　　　　　　　　　　　　　　　夏晓虹

001　文人中的"剑客"
　　　——永远的吴组缃先生

017　诗化了的学者、教授
　　　——久闻其名的林庚先生

033　我们的第一位文学史老师
　　　——忆吕乃岩先生

049　何九盈先生二三事

062　学者教授群里的"性情中人"
　　　——纪念吴小如先生

079　宽厚仁慈、诲人不倦的师者
　　　——怀念陈贻焮先生

097　一生低调的大家
　　　——记阴法鲁先生

116 "清辉依旧透窗纱"
——忆彭兰先生

133 于细微处见功力
——为周先慎先生纪念文集而作

147 做"小学问"的大学者
——写在曹先擢先生辞世之际

167 迟到的纪念
——写在褚斌杰先生去世12周年之际

191 "老顽童"谢冕老师

206 虽远犹近的孙玉石先生

223 比较文学的掌门人、跨文化研究的旗手
——乐黛云先生印象

237 袁良骏先生：一生锋芒毕露的斗士

257 一生求真的学者、师长
——怀念徐继曾先生

280 我的一位最特殊的"老师"
——我与北京大学图书馆的不解之缘

296 燕园，我生命中的里程碑

319 后记

文人中的"剑客"
——永远的吴组缃先生

"剑客",行侠仗义者也。而文人"剑客",则有着不畏名流权贵、仗义执言、偏激张狂的独特风采。二十世纪三十年代,法国作家大仲马《侠隐记》(又译《三剑客》《三个火枪手》)的中译本与电影刚刚传入中国,备受追捧,于是,坊间流传的清华校史,就出现了若干版本的"清华三剑客""清华四剑客"。最早的"清华三剑客",指的是周培源、金岳霖、陈岱孙三位,其后也有陈岱孙、叶企孙、金岳霖之说。而"清华四剑客"则指的是吴组缃、林庚、季羡林、李长之四位文坛大侠。此四位先生在二十世纪三十年代同时就读于清华园,虽不同系,却都是蜚声一时的文坛才俊。[①] 五十年代院系调整,四人中除李长之

[①] 尧育飞:《清华"三剑客""四剑客"之说》,见中国作家网2018年3月5日。

外,其他三位都成了北京大学教授。

1

据说,"清华四剑客"之说最早出自季羡林先生1994年1月11日所写的《悼组缃》一文:

> 距今六十四年以前,在三十年代的第一年,我就认识了组缃,当时我们在清华大学读书,岁数相差三岁,级别相差两级,又不是一个系。然而,不知怎么一来,我们竟认识了,而且成了好友。当时同我们在一起的还有林庚和李长之,可以说是清华园"四剑客"。大概我们都是所谓的"文学青年",都爱好舞文弄墨,共同的爱好把我们聚拢在一起来了。①

经后人考证,"清华四剑客"之说只是季先生"事后追忆所打的比方"②,季先生后来自己也澄清道:"当时并没有什么清华'四剑客'之类的名称,可我们毫无意识地

---

① 季羡林:《悼组缃》,收入《世态炎凉》,大众文艺出版社,2000。
② 尧育飞:《清华"三剑客""四剑客"之说》,见中国作家网2018年3月5日。

结成了一个团伙,则确是事实。我们会面,高谈阔论,说话则是尽量夸大,尽量偏激,'挥斥方遒',粪土许多当时的文学家。"①

无论"四剑客"之说的由来究竟如何,所谓高谈阔论,夸大偏激,指点江山,蔑视名流,却实实在在地道出了四位先生的文人"剑客"之风。"清华四剑客"中,林庚、吴组缃先生都是北京大学中文系教授。除了其学术成就之外,林庚先生又以诗名,吴组缃先生则以小说名。我在北大中文系读书的6年半中,正好赶上老先生们辞别本科讲台的末班车,有幸上过林庚先生的"楚辞研究"、吴组缃先生的"中国古代小说史论要"与"红楼梦研究"。用同窗陈建功兄的话来说,他们是"拼了老命""为我辈作一番绝唱"②。在讲台上,林先生飘逸绝尘,吴先生稳健犀利,两位先生在学术领域、个性人格方面虽有诸多不同,但其"剑客"之风却一脉相通。

---

① 季羡林:《追忆李长之》,收入《季羡林自选集:悼念忆》,华艺出版社,2008。
② 陈建功:《我作哀章泪凄怆》,收入《文学七七级的北大岁月》,新华出版社,2009。

2

第一次与吴组缃先生的近距离接触是在1978年初、我刚刚踏入北大中文系文学专业的大门、系里组织的七七级同学与吴组缃先生的见面座谈会上。恢复高考后的北大中文系,文学专业七七级一共招了40多位学生,其中20来人上学前就发表过诗歌、散文或小说,有的同学甚至已经是文坛上颇有名气的青年作家了。想必当初抱着当作家、诗人的美好理想而跨入北大中文系门槛的,不仅仅是我一个。为了给同学们提供一个学习交流的园地,我们班率先创办了一份文学刊物《早晨》,我给刊物写的两首小诗中的一首居然被北大校报选中并转载了。今天看来,这实在算不了什么,但对当时初出茅庐的我来说却颇具鼓舞,一下子就把我的创作热情激发了出来。此后一个星期,我居然在上课之余一鼓作气搞出了篇万把字的小说。正在全力以赴的修改中,恰恰听到吴组缃先生要在32楼二楼的中文系会议室与同学们见面的消息。想来我当时的兴奋之情就是想掩盖也掩盖不住。

作为小说家的吴先生,在30年代就已名声大振。其成名小说、也是代表作《一千八百担》《天下太平》《樊家铺》等后来结集为《西柳集》《饭余集》,都是他在清华大学求学期间创作的。清华时期是吴组缃先生小说创作的高峰期。在这样的背景下,我对这个见面会有着怎样一种莫名的却是极度的兴奋与期待，可想而知。我当时十分渴望能够得到这位大作家、大教授在小说创作上的耳提面命，甚至还准备了几个问题向吴先生求教。

吴组缃先生极为健谈。记得见面会上一开聊，他便单刀直入谈到大多数同学最关心的写作上。吴先生说，中文系学生毕业后不能写，就像糖不甜一样。这话让我的心一下子就绷紧了，顿时感到压力山大。心想，您老人家在中国现代小说史上占有一席之地，不会期待所有中文系学生最终都能写出什么名堂来吧？没想到，吴先生接着话锋一转，说北大中文系可不是培养作家、诗人的地方。要想当作家、小说家，那可是入错门了。闻听此语，我大为愕然。那时理解的所谓"写"，不就是写小说、诗歌、散文、报告文学吗？静着心慢慢听下去，直到那天见面会结束，我才把吴先生的意思真正琢磨出来。

吴先生说北大中文系不培养作家、诗人，是说当作家、诗人需要的是生活，是对生活的感悟，需要的是创作的灵感与写作的功力，而这些却不是大学中文系的培养方向。大学培养的是具有独立思考、分析、研究能力的人，是做学问的，而非作家、诗人。吴先生的这席话，对我不啻于醍醐灌顶，就是这次见面会，把我上大学前所怀有的作家梦、诗人梦彻底送到了爪哇国。现在想来，吴先生的这番话当是有感而发的经验之谈，出于他自己清华求学的切身体验。最近读到吴组缃先生悼念他的老师朱自清先生斌杰先生专攻先秦两汉文学史,就没有再在《红楼梦》上下功夫。几年后,应著名红学家冯其庸先生之邀,我与妻子徐匋(冯先生的硕士生)一起承担了《红楼梦大辞典》中诗词韵文条目的撰写。这一次,我们得以将《红楼梦》的几个版本放在一起研读,每当读到吴先生当年讲课时提到的诸多细节,耳边仿佛又响起了他那带有南方口音、抑扬顿挫的声音,上课时的情景也一幕幕地浮现出来。

5

作为"清华四剑客"之一的吴组缃先生,与其他几位先生一样,同为文坛大家,并且与林庚、季羡林同为北大教授,但吴先生的个人生活经历却与其他三位"剑客"颇为不同,有着相当浓厚的传奇色彩。

吴先生当年到清华求学时已经结婚。其时带家眷的清华学生并不多见。开始吴先生还有家里的接济,但后来家境渐衰,在清华最后一年的生活费主要依赖学校颁发的每月30元的奖学金。而获得奖学金的条件是每门课的成绩都要在80分以上。这一年,吴先生选了国学大师刘文典先生的六朝文学课。刘文典对六朝文学十分推崇,而剑走偏锋的吴先生却在作业中抨击六朝文学为娼妓文学,令刘文典十分恼火。刘文典一向恃才傲物、狷介独行,是学术界有名的文化狂人。他研究《庄子》,号称天下只有两个半人懂《庄子》，一个是庄子本人，另一个则是他自己，而古往今来无数庄子学者加在一起不过是那半个。刘文典担任安徽大学校长时，曾以"大学不是衙门"为由，拒绝蒋介石到校"训话"，拒绝学生"迎送如仪"，并当面顶撞蒋介石，因而受到"拘禁"的处罚①。作为国学大师，刘文典醉心中国古典文化，对新文学却极为蔑视，甚至公开讥讽沈从文的文学创作，而在大学期间就以新小说创作出名的吴先生却对六朝文学如此不恭，结果这门课吴先生只得了79分。其实刘文典也是很欣赏吴先生的才气的，曾托人带话，只要他认错就可过关。可有着"剑客"精神的吴先生却选择宁肯失去这全家赖以生活的奖学金，也不低头。于是，失去了奖学金的吴先生不得不中途辍学，带着妻女离开了清华园。

对自己学术观点的坚持，不肯为斗米折腰，充分体现了吴先生的"剑客"之气，但另一方面吴先生又是一个非常感恩的人。跟随吴先生上课时，他曾动情地跟我们提到过两个人。一位是冯玉祥将军。吴先生离开清华园后，受聘担任冯将军的国文老师兼秘书。当时冯玉祥已经50多岁，名震天下，而吴组缃先生只有20来岁。可冯玉祥每次做了作业，都会毕恭毕敬地用双手呈上，请吴先生指教。

---

① 胡适1929年4月7日《人权与约法》，鲁迅1931年12月1日《知难行难》均提及此事。又见金克木《刘教授文典》。

他请教现代格律诗该怎么写吧,也不至于特意追过去问一下先生什么时候为我们班开课。其实,直到遇见林先生的那一刻,我还从不曾读过先生的一首诗,对先生的诗歌理论连一知半解都算不上,就凭着那两页残书上看到的一鳞半爪,又能谈些什么?虽然那天我终究没有再进系办公室去见林先生,然而,三年前从几页残书上认识的诗人、诗歌理论家林庚先生的模糊形象却一下子清晰起来了。

2

我决定报考中文系,实实在在是因为上学前曾热衷作诗,甚至还尝试着写过小说。但上大学以后,不止一次听不同的老师,特别是以小说家名世的吴组缃先生,说北大中文系是不培养作家的。如果连作家都不培养,就更别说诗人了。实话实说,作家、诗人也真不是凭着上学听课就能培养出来的,那是先天注定的。一个人骨子里没有当作家、诗人的灵气、天赋与才华,再怎么培养也是无用功。就拿我们班上大学前就已经在文学界颇有名气的陈建功兄来说,倘若不上大学,他在小说创作领域的成就很可能会远远超过今天。上学不久,我就彻底死了当作家或诗人的那份心。这也是为什么见过林先生的第二天,我马上去图书馆借来并非是林先生的诗集,而是他的学术著作《诗人李白》以及《诗人屈原及其作品研究》。

一打开《诗人李白》,我立刻被林先生诗一般充满激情的语言吸引住了。读那段话时的感受直到四十年后的今天还记得清清楚楚,那种受到感染的激动情绪至今还在真切地涌上心来。上网搜寻一下,我还真找到了这段原话:

> 李白大部分的活动是在安史乱前,杜甫大部分的活动是在安史乱后,而安史之乱正是唐代的一个最重要的界碑,把唐代从此划分为两个全然不同的面貌:在此之前,是上山的路;在此之后,是下山的路。这两个诗国的巨星,他们并肩站在那时代的顶峰上,然而心情是两样的。一个诗人正是刚从那上山的路走上了山尖,一望四面辽阔,不禁扬眉吐气,简直是"欲上青天揽明月"了。至于另外一个诗人,却已经望见了那下山的路,在那心旷神怡的山的极峰,前面正是横着那不愉快的下坡路;上山的时候似乎只望着天,下山的时候就不得不望着地了,"彩笔昔曾干气象,白头吟望苦低垂"。这两个诗国的巨星,正是以不同的思想感情,面对着两个阶级的现实,并肩站立在时代的顶峰上。

只有诗人学者才能这样理解李白与杜甫,也只有诗人才能在学术著作中写出这样诗一般的语言!如果把林先生的这段话按句分行的话,恐怕比当今许多"诗人"的"诗"都更具有诗意、诗味。惭愧的是,我直到今天也没有真正读

过林先生的诗,只是看到同窗张鸣兄在一篇怀念我研究生导师褚斌杰先生的文章中提到褚先生曾写过的一首"林庚体"诗《春天》:

> 春天的风筝谱写蓝天,
> 铺满山坡的是二月兰;
> 岁月催人啊春秋代序,
> 永无凋谢的是精神少年。
>
> 是路与路哟奔向无限,
> 时间又几回换了空间;
> 跨山越水的九十五年,
> 问路人依然歌唱向前。
>
> 成功的道路永无终点,
> 崇高的风范不朽的诗篇。

据张鸣兄说"诗为仿'林庚体',不仅形神兼备,而且字里行间流露出昂扬向上、乐观开朗的少年精神,很切合林先生的性格风采。"[①]

[①] 张鸣:《先生之风,山高水长》,收入《文学七七级的北大岁月》,新华出版社,2009。

《诗人李白》如同李白的大多数诗一样，读起来很轻松。但《诗人屈原及其作品研究》，对初学作学问的我，却不免深奥。虽然那时我已上过吕乃岩先生的先秦文学史，读过王逸章句、洪兴祖补注的《楚辞》以及现当代一些学者有关屈原、楚辞的著述，但林先生对屈原的研究、特别是有关《天问》的考证，对我还是颇有难度与深度的。然而，也正因其深、其难，我才花了大把的时间把这部不厚的著作逐字逐句地啃了下来，这也成了我学做考证文章的第一步。这两本书使我对林庚先生了解得更深，对其学识也更加敬佩了。原来林庚先生不仅仅是一位诗人、诗歌理论家，还是响当当的学者、教授！而且能以诗的语言写学术著作。

此后，陆陆续续得知更多有关林庚先生的传奇与传闻。林先生家学渊源。父亲林志钧，字宰平，是诗人、书画家，也是著名学者。《饮冰室合集》就是林宰平先生编定的。林庚先生早年也曾写过旧体诗词，后来则改作自由诗而一发不可收拾。他出版的第一部诗集《夜》，封面是闻一多先生设计的，而序则出自俞平伯先生之手。林庚先生还是新诗格律的探索者，是他发现了诗歌的"半逗律"。最令人啧啧称奇的是，林庚先生最初上大学学的竟是物理，只是为丰子恺漫画中所表现出的唐诗宋词意境所吸引，才在二年级时改学中文。这种由理而文截然不同的专业的改变，在当今的大学几乎毫无可能。幸而当年的清华园不仅有像林庚先生这样的通才，而且在管理上也允许这种"不拘一格"的转系转专业。否则的话，从大的方面说，由林庚先生提出的"盛唐气象""少年精神"这样充满诗意而又为文学史家普遍接受的学术概念，很可能不会在今日的文学史上出现；从小的方面来说，我今生很可能也不会有机会读到林庚先生论新诗格律、论李白、屈原、楚辞的大作。

3

在五院偶遇林先生之后，又在校园里碰到过先生几次。不过，每次见面，我都只是打个招呼问声好而已，从没跟先生攀谈过。但我在心里一直期待着有一天林先生会给我们开课。终于，上到三年级，系里安排林庚先生给我们开一门"楚辞研究"。

"楚辞研究"是选修课，每周2课时，一学期共40学时。既然是选修课，学生可修也可不修。记得那是1980年上半年的事。当时，我们77级入学已经两年，78级才一年半，而79级则刚刚入学半年。既然是这么专门的选修课，选课的学生想必不会太多。于是我想当然地以为不需要早早去教室占座，提前五分钟应该足够了。

可到了上课那天，一进教室就发现自己错了。虽然提前了十多分钟，教室却已经快要坐满。幸好前排还有个空位，我马上过去坐下。放眼望去，我惊奇地发现，除了本科生以外，还有好几位中文系的老师也来听课了。没想到林庚先生的"楚辞研究"会吸引这么多人！后来我才知道，这是林庚先生给本科生上的最后一门课，也是林先生的关门课。难怪有这么多人慕名前往！

北大老先生上课各有各的特色，但有一点却是共同的，那就是准点进教室，决不迟到。刚刚八点，林先生健步走上了讲台。或许是因为多年没有登台教大课，或许是因为先生知道这是他教学生涯中最后一次为本科生讲授，更可能是因为看到了大家期待、渴望的目光，我看到林先生在讲台上站定环视四周时，目光中流露出了些许的激动。

上课之前，我又一次借阅了林庚先生的《诗人屈原及其作品研究》。读懂了先生的文章，再来听先生的课，为的是可以在课堂上更好地欣赏先生的讲课艺术。"楚辞研究"这门课给我感受最深的就是，林先生既是诗人，也是学者。原本诗人与学者是很难统一于一身的。上的课多了，就知道有的老师尽管是了不起的学者，是某一学术领域的专家权威，文章写得一级棒，但在讲台上却未必能出口成章，紧紧抓住学生；也有的老师在学术成就上虽远远没有那么硕果累累，但在讲台上却能把课讲得精彩纷呈，属于"述而不作"的一类。而站在讲台上的林先生，不仅是诗人、学者，而且还是诗化了的学者、教授，集三重身份为一身。

林先生的"楚辞研究"涉及很多考据内容。一般来说，提到考据，印象中都是皓首穷经的老先生所做的佶屈聱牙的大块头文章。那样的学问需要旁征博引，逻辑严密，有非凡的功力。这样的研究成果多半是可阅读却不可言传也不可听闻的。然而，林庚先生的"楚辞研究"，使用的是诗一般的语言，诗一般的节奏，是用诗化的语言讲授学问，谈论考据，让人大开眼界。这是我第一次感受到，原来考据也可以是"动听"的。特别吸引我的是，具有诗人气质的林先生不但把教学内容诗化了，甚至把课堂本身也诗境化了。但林先生诗人的情绪、诗人的语言却不溢于言表，并非通过语气声调的抑扬顿挫表现出来。我曾经把林先生的课与谢冕先生的课做过一个比较。谢冕先生是诗歌理论家，也具有典型的诗人气质，他讲课时往往激情四射，情感充沛，能把学生的情绪调动得与他一样激荡昂扬。谢先生讲课犹如滚滚长江东逝水，滔滔不绝，称得上是江河横溢，其诗人的气质、言辞溢于言表。而林先生不是，林先生诗人的气质是在骨子里的，虽也激情澎湃，却又十分内敛，其一腔激情不是恣意汪洋式的，而是约束于学者的严谨之中，正如他所提倡的新诗。新诗是自由的，却又受着格律的束缚。唯其如此，林庚先生"少年精神"的激情才始终受制于冷静、理智的框架，用孔子的话来形容，那就是"从心所欲不逾矩"。

4

林庚先生上课,随身只带着几张卡片。想来几十年的教学生涯,所要讲述的内容早已融化于自己的生命之中,脱口而出,便是诗篇,便是文章。林先生的课,除了先生诗人般的语言与气质以外,先生的板书对学生来说也绝对是一种莫大的享受。

既然讲的是古典文学,先生的板书,总是竖行的,犹如山间溪流,欢畅而下,却绝不横溢四溅,那种"少年精神"收束于匠心独运之中,跳脱但不驰骋,飘逸却不张扬。在闻知林先生去世的消息后,我曾读到程毅中先生1990年2月写的一首《贺林庚先生八十寿辰》诗:"诗史高峰说盛唐,课堂纵论意飞扬。板书飘逸公孙舞,讲义巍峨夫子墙。孟德永怀千里志,东坡犹喜少年狂。先生健笔长如旧,满座春风献寿觞。"其诗高度概括了林先生的学术生涯,特别提到了林庚先生板书的独特魅力。对此,我不妨直接引用袁行霈先生《八挽录》一文中提及程先生此诗时所发表的一番议论:"第三句以公孙大娘舞剑器,比喻林先生的板书,巧思妙语,非常人所及也。林先生的板书是中文系的一绝,带给学生的惊叹与赞美,不亚于他讲课的内容。可惜现在教室的设备先进了,原来的黑板已大为改善。当年在水泥墙上用墨涂出一块长方形、横着的,便是黑板了。老师手执粉笔在黑板上写字,颇能展示书法的功力,如果气候潮湿,粉笔不太干,用粗的一头写字,可以正着用也可以稍微侧一点,那笔画便有了粗细的变化,配合着落笔的轻重,能写出毛笔的效果。如果学期之初,刚刚刷过墨的黑板,有点毛糙,写出字来竟像一副拓片,更现神采。林先生有点手抖,写字很用力,似乎要穿透墙壁的样子,那才叫绝呢!程大师兄用公孙大娘舞剑器比喻他的板书,可谓参透了林先生的板书艺术。"①

林庚先生就是这样一位充满了诗人气质、又有着书法家的艺术才华而且学问高深的学者。在我的脑海中,永远鲜活地留下了林先生在讲授"楚辞研究"课时我偶然见到的一幕。一次课间休息,我离开教室到楼下舒展一下。当我返回教室时,看到在一教主楼与阶梯教室的通道上,林先生双手搭在通道的护栏上,微风轻轻地吹拂着他略显宽大的灰色丝绸衣袖,他的脸微微上扬,双目凝视着远方,身后是几棵树冠交织在一起的高大的松柏,在阳光、松柏的辉映之下,屹立着的林先生犹如从天而降的仙人!当时我脑海中一下子迸出的是:这不就是活生生的《屈原行吟图》吗?!"帝子降兮北渚,目眇眇兮愁予。袅袅兮秋风,洞庭波兮木叶下",林先生课堂上讲过的楚辞的意象一下子浮现在我的目前。只恨当时手中没有相机,倘若能将这

---

① 袁行霈:《八挽录》,北京大学新闻网,2019-10-03。

一幕永远地留下，那将是一幅怎样的画面，多么富有诗情的意境。我站在楼下凝视着先生。很快，先生意识到该进教室上课了，就在他将目光从远方收回转身的霎那间，他看到了呆呆站在楼下发愣的我，招手示意我赶紧回到教室去。40年过去了，很多陈年旧事都忘却了，甚至同学们提到有关我的一些言之凿凿的往事都模糊不清或者完全记不得了，但林先生留在我心中的这一特写镜头，那形象、那色彩，却永不褪色，永远鲜亮。

5

在北大读本科与研究生期间，只上过林先生的这一门课。读研究生确定研究课题时，曾与导师褚斌杰先生谈到受林先生的影响，对楚辞以及《庄子》有兴趣。褚先生提议，一旦我定下来研究楚辞的话，他可以带我拜访林先生。思忖再三，我最终还是选择了研究《庄子》，想着有朝一日研究楚辞时再去叨扰林先生。而今，虽然对楚辞的某些想法依然在，却只能等到来世再去向林先生讨教了。

在我的心目中，林先生岂止是一个全才！不但现代文学史的新诗领域，少不了先生的篇章；他的《简明中国文学史》《诗人屈原及其作品研究》《天问论笺》《诗人李白》《唐诗综论》等等更是治文学史、楚辞、唐诗不可不读的专著。林先生一生中共有诗集、诗歌理论、学术著作十余种，晚年还出版了一部可读性很强却又凝聚着先生研究心得的《西游记漫话》。

在北大读书的6年半时间里，尽管我始终是林先生的崇拜者，却从来没有单独拜访过林先生，也从未登过燕南园62号的院门。研究生毕业后，我任教于中央戏剧学院戏剧文学系。忘记是哪一年了，吉林文史出版社想办一份古代文学研究的杂志，邀请中国人民大学中文系的冯其庸先生主持此事。冯先生是我妻子徐匋的硕士研究生导师。他知道我跟北大的人熟，便邀我负责联系北大中文系的教授，特别希望我能请林庚先生担任杂志顾问。于是，我又一次踏进了燕南园。这次拜访的目的十分明确：一是聘请林先生担任杂志顾问，二是顺带约稿。

那时，电话远不像现在这么普及，绝大多数人家里没有电话，自然也不能提前打电话预约。更何况我是要请林庚先生帮忙的，理当亲自登门拜访才是。于是没有任何事先的通报，我就直奔燕南园62号而去。我知道很多老先生都有午睡的习惯，敲门时已是下午两点多。林师母打开门便说，是林老师的学生吧？一听这话就知道，不经预约便登门拜访的绝不只我一个。我轻声问道，林先生午睡醒了吗？话音刚落，林先生一边说着"醒了"一边走入了客厅。当时已经八十多岁高龄的林先生，走起路来仍很稳健，就像当年给我们上课时一样。我先自报家门，然后便跟林先生聊了起来。那是我第一次独自在林先生家与先生聊天。后来，话题转到林先生的研究项目上，我便说明了来意，没想到先生一口就答应下来，还说办学术研究刊物是好事，一定要支持，何况是自己教过的学生特地前来邀请。不过，林先生也表示，做顾问没问题，但要应约交稿，由于年岁大了的确有困难。我注意到先生说话时，手微微有些颤抖。这一次虽然没能约到林先生的文稿，但不管怎么说，由于先生慨然应允担任杂志的顾问，我总算可以不辱使命地告辞了。

几个月后，杂志因故停办。吉林文史出版社支付了一笔款子给所有的作者与顾问。于是，我带上退稿费和顾问酬劳去北大给几位老师送去。一些老师已经听说了杂志停办的事，出版社的信也把前因后果交代得清清楚楚，退稿进行得很顺利。燕南园62号是我最后敲开的大门。进屋一落座，我便向林先生说明了事情的原委，并把出版社支付的顾问费交予林先生，可林先生坚辞不收，一再说自己什么都没做，既没"顾"，也没"问"，酬劳费万万收不得。推搡了半天，最后我拗不过，只好把钱带了回去。后来，我在王府井工艺美术商店用这些钱买了件精美的工艺品送到林先生家。林先生仍是固拒之，不得已，我只好趁先生没注意，悄悄地把礼品放下才离去。

我前前后后去过林先生家三次，遗憾的是，三次都没能尽兴地向先生请教，听其教诲。当时的想法是，研究《庄子》之后，下一个研究课题便是楚辞，届时一定要好好向先生求教。可惜事与愿违。此后不久,我便离开了北京,离开了中国,辗转于北美,最后定居在枫叶之国,再也没有机会聆听先生的教诲了。而今,林先生已经仙逝十年有余。相信先生在天堂仍处于诗的氛围之中,依然是一位一尘不染的诗化了的学者、教授。

我们的第一位文学史老师
——忆吕乃岩先生

在北大读书的日子里，各种各样的必修课、选修课上过几十门。相应地，也就有几十位教过我们的老师。随着岁月的流逝，很多事渐渐淡忘，有些老师特别是外系老师甚至连姓名也想不起来了。即使是中文系本系的老师，他们开过什么课，虽然还记得，甚至当年的音容笑貌，也还在脑海中时时浮现，但究竟是在哪一年、讲了些什么，如果不凭借日记、笔记、课程表，已经很难回想起来了。然而，凡事总有例外。那就是上大学第一个学期的事，特别是第一学期的每一门专业课，每一位为我们开课的老师，似乎记得都格外清晰。或许这是由于我们七七级的同学，几乎都是在失学多年之后，好不容易才重新走进大学校园，我们不仅对北大有着强烈的新鲜感、兴奋感，而且对即将给我们上课的老师也满怀期待、希望与好奇。吕乃岩先生，就是我们进入大学后第一个星期就走进我们的教室，第一位担任中国古代文学史课的老师。

1

中国古代文学史是全国所有高校中文系文学专业最重要的课程之一。而北大中文系的这门课更是重中之重,就连课程的设置也与其他大学有所不同。一般大学文学专业的文学史课分作先秦两汉魏晋南北朝、唐宋、元明清三段,分三个学期讲授。而北大的文学史分为先秦两汉、魏晋南北朝隋唐、宋元、明清四段,每周两次4课时,要上整整四个学期两个学年。从课时的安排上足以见出北大中文系对古代文学史的重视。

我们1978年初入学时,中文系老一辈名家学者大都已进入耄耋之年,多承担专题研究课的教学,系里派来担任一线教学任务的往往是年富力强、经验丰富的中年老师。从我们一入校,系里举办的各种活动、各种讲座以及师生之间的往来中,我们都能强烈地感到,经历过无休止的种种政治运动之后,这些中年老师正处在厚积薄发的当口,迫切盼望开课的心情甚至比我们更强烈。特别七七级同学是十多年来首批通过考试入学的,其中有相当一些人已经在文学界小有名气,大概连老师也觉得这是一拨可以进行交流、能在学术上对话的不同寻常的学生。

不久,我们拿到了第一学期的课表。先秦两汉文学史是最早开的几门专业课之一，任课教师一栏写的是吕乃岩。

吕老师的名字对班上大多数同学来说很陌生。不知道是哪位同学，最先打探来的小道消息说，吕老师当过兵，以前还是中国人民解放军军官，在中南海工作过，上过北大的干训班，后来当上了中文系老师。这样的经历不免有几分神奇，与我们的预期也颇有些差距。在我们心中，北大中文系的老师都应该是像游国恩、浦江清、吴组缃、林庚、魏建功、王力那样名校毕业、学业有成、著作等身的大家，可吕老师竟然是军人出身。很快，吕老师的传奇经历就在同学中不胫而走。我曾试图在脑海中把吕老师与以前电影里或小人书上看来的"雄赳赳、气昂昂"的解放军形象联系起来。有的同学甚至还琢磨着"吕老师腰里别把盒子枪会是啥样子？"[①]

传说归传说，吕老师究竟是个什么样，那还得等见到真人才能揭晓。上课那天，吕老师一进教室，所有人都大跌眼镜。站在讲台上的吕老师戴着一副近视眼镜，四十多岁，清瘦有神，谦和温文，与想象中的军人形象连点边儿都沾不上。吕老师的开场白很短，只简单介绍了一下自己的姓名，大致说了下这门课要讲的内容，要用的教材，就

[①] 苏牧：《"他"》，收入《文学七七级的北大岁月》，新华出版社，2009。

开讲了,压根没提他的军人经历。吕老师讲起课来声调平缓而有节奏,不疾不徐,不高不低,一点儿也没有声如洪钟、粗犷奔放的军人气势。只是他浓重的山东口音,一听便知是个北方汉子。

教先秦两汉文学不是件容易的事。越是早期的作品,冷僻怪异的字越多,读起来就越是佶屈聱牙。先秦的东西,读且不易,更不要说背了。吕老师讲先秦两汉作家作品,让我佩服得五体投地的首先是他的背功。无论是短小精悍的神话,如"夸父逐日""精卫填海",抑或节奏参差顿挫的诗歌"候人兮猗""沧浪歌""越人歌",他都能只字不差地背诵出来,然后再用大白话给同学们阐释其中大意。讲课时,吕老师的确总是带着讲稿的,可他常常是怎么从包里拿出来,又怎么放回去,很少见他拿起讲义来翻看。可能有人会想,背诵一些短文小诗不过是雕虫小技耳,不值得夸耀。没错,谁不会背几首古诗呢!可话说回来,老一辈学者,不少人是私塾出身,或者家学渊源,从小便熟读四书五经,背功好的确不足为奇,但到了吕老师这一代,时代、环境都大不相同了。特别是吕老师还是军人出身,能把作品背诵到如此娴熟的地步,想必是花了大工夫的。

后来讲到《诗经》《楚辞》,才真正见出吕老师的背功了得。短小且回旋往复的如《关雎》《将仲子》等自不必说,《氓》乃至《小雅》《大雅》中的一些诗篇,吕老师照其图形如深。特别是《兽谱》《鸟谱》中看起来有一股铺绳儿围住的，像《兽谱》，一共二十七十多行，两千四百多字，皇家师宠在口谈来，如行云流水，波澜壮阔，且如嘛坝，证人家情况外发生的事的故儿，反正所情我是无暇腔啊，嘛啊，除了嘛那是首啊啊。

皇家师说是《鸟谱》很有小性，也很特别，并是时他的目光不其说看在票具排的鸟一排，然后从其几几在现在，那她惊悚地回转来，永也难着目光的移上下抑扬；"这是用之很好多"。那有自白畫"。据接两千五篇多分，推重要看以唯。看那接看到那多少，毒情会以篡身。名着白正叫分，"今金曰高为、"，人身将一口气做弃呢了。我说是一口气，又其头上表余水。皇家师说运之后，出字之情啊，所借人家不意着在此业。这一声甲下来，儿兄也不过是十来秒钟的时间，人多么了。皇家师吼口气，其接着我说了这是非事。"一切一唱一口气不过是。"问、请他时，皇家师特别姿候其中，他们少稀且了赐客叫与国内的人天同温，那种沉迷千中的胸膜化走在这一排与皇家师那票风的我都运得格外生动。

皇家师说力原然地地看墨经了，也想了。这是是第一次以外难乏谈论地看到现在身特的身体力，对境别的了一种神色。以说，我只是看到他近我的身体，不了意识到那是上的形态，但只灸于乐惊恼、我开贷有计和他有关话题名字来。

设用几个月上，甚至断断续续长达《葵籐》非得落几次漆不了。更别分说，那时拼下的辣椒聚，仍向飘口而出。这可其情感源自多的画其传有载。由于当年手工天才誊籁了画面的作品，后来摧毁《圭子》时，长绕生于与画匠和冲突出用的告同，分析而未之到风图的名字本色的编建绣就自然而且了几年来，我发现凡是于不知画面原纸签名上只有其传说的艺影，但体现在作品中的风格与意蕴却有美明显的几处的。

日本油油漆用有美理，都出现出油漆的烧张继承其能力。

2

水滚。

设是自本油有画面描绘《葵籐》以及其他藉持续的一个在《米墓》与《冲北茅刊》上。这两篇文章的岁就不能不《圭子与国原名之手者目民族的》国画文章，并分别就美及其摧毁其签其完了《庄园对神其传记说宽出之首同》，但体现在作品中的风格与意蕴和有美明显的几处。

中国名代次冬年邀画王要载材系就着北上中立亡燎国题等先生王绘的《中国文苦半》，但日本油有画并纵有北大差复的们一为之亡，在他的推荐与擒光下，我们多谦了其他几位现文老年，对先多老年都邀的几人眼名面，日子油袋为主张我们的绝作为可能抢捺担有意响的几周疑点，也就是扰分让我们。不能很各丑画谦晚。接了主要数字奋家书几上的数点外，日本每位作家，有属作店的持征，在文老牛上的地位，艺响都都以读书为主,边学边为辅,特别是《论语》《孟子》《庄子》《老子》等。他还建议我们通读《史记》,而且推荐其他相关目录的书单,我这样书的办法至今我仍觉得受益了一辈。
我那时候读书非常努力,没的图家儿因为以自己的学习而耽误的时间竟是开卷有益。无论是爷爷奶奶,打扫了房间打扫了院子落叶,而且大火小开同了窖糖萝卜,打扫了门窗玻璃之后,其间没小天老师给我补文学课,不仅要整理屋内我的书房的陈设,都可以播名其我的人名之,也是根据自己满意的一手资料,给兼我自己的看法,在这几年文学事件中,在老先生、刘大夫米斯郎老师的《中国文学史》著作中,都有特色,给我的印象很深。以至于多年在以后有人经常对我的人生与鉴传记文字时,我常不无经我鉴系起了。

日本老师他伟大,在国内的另一个特别点是材料熟悉家,分析起来,每到了七季八个方面天把材料交化了一遍二遍,例如他讲"秦桧",他说:"秦桧",这几个的重要的,其一是一把持国事务很多年,其二讲一种内奸家民内奸国家政府以于耻辱他自己也很体验糊,其特点就是由中国史来多有"奸",等。
后来北大研究生不少课来民国史的中这来国多句题精髓。
难来中代文学致细密老师的少目中,这你想是完美文学的人家的热爱师。

日本老师他讲上课一未的时候,他并不说有迟到大家,
经就安排好了一次来课。这可是我们大家在所做的第一
正几儿经的来说,记得挺起来一上课,日本老师沒沒法可找

再寻出一张卡来,说这次我们猜猜一个一样的动物,要猜出你们一个小秘密,看看回答什么所答案里含着哪些信息,大家会什么哦什么?提供多少额能多少,尽力帮助。"我们,没也不要来答呆了的!"一时间,同学们面面相觑。

"旦老师从不让我们猜他说,大家都很紧张,到用心。这是老师和我们讨论的唯一的一次,旦老师向我们提出了他的要求,让我们心中豁然开朗,"我其实是"、"我其实不是",我用来对什么样","让我们认识到他的老师,不是别人,"随能你。"着

当我们终于明白了为何知识,这种几乎有什么小测验考我们了。

喇,而张老师一连提出了好几个大家,每一天又每天张老师每天带她在她中各有各的风格,作题分析,作家水平。别有偏,其中有好多阅题错,本一切后,讲打满算,我被表着最好像写的得懂,提分我明笑,只有一个数年,有倦忘瞧瞧漏,其到了睡觉的了,下来考张我又只得几分,有我们有考忘回来。上课时,日老师对我每处学生都,看来他说话不让取哦得其实说。没有的水准是没考好的家。可是一批人考的考生,压于那些之我们那。

又过了几个星期,我终于从发现上了书包书馆,媚媚她也跟我们这我这才回事些了。一天晚上我从图书馆回到宿舍,我在床前来光彩,她在床前来的到啊我盒名把她怀着一

廊。求本师的话来是 32 棵业就是 3 分钟的路程。我一口气
忙又朝关下手。一进门，一眼就瞥见求本师的书桌上放着我
的求本师本袭，登翻目的看着求本师那小棒上堆着的分散：
69，天啊！从小到大，我还从来没得过这么差的分数我顿，
这可是我生以来"的少分数"！我按捺着春春欲动的翻
手，翻知道自己必定被在哪了。有了画题。让我深深目爱
师扣分加得雅练。打分打得严重。但在心里重来莫名其她完
得不亚于丢掉 30 多分。正精神上来其抬发我的第八加一
题，求本师先爱见了。他兴冲冲地一脸有 10 分钟的激，目光
扬洛了下加。单止其他位。这就得了满分的骚跳。日看我的神色
在我和了 5 分钟。我没有算在身上。

69 分落就了 79 分。虽然我心里还觉得有一点儿的眼。
但感觉还是很好了。我来师再挂有成就感。我名骄傲敢地
他对我说。这小孩是挑而成算上来的。辉煌等全力。其实。
辉煌令米种。这也就是挡的真实水平。上大等之后。我对
未来文等的了解。求生是希我看看他算有几本。除了选的《尘
文道此》中的几篇文辑。后《梦之法造音部》《晕韵论》
之类。就是随着时代潮流。选只选"糖麻雀做几只重"。翻
到秋接赶去。话有关的子卷，那里几国推称。对他手
的《家选集》晚到十二、其有新是主枪榈树江花中。对
孔于的《论语》有了一了几度阅读。等翻浏览打发就是
排了的了题。读在上大等水加上月。没有长向进展等我想翻
79 分。就知此呢！何况我落在北大。几名国都有惦名的

目前研究的普遍观点认为这部小说,可在我看来所包含的疑点还多着呢。

目前研究的普遍观点认为《水浒传》的故事题材,是目前几部长篇章回小说中,找到源头时间最晚的。大家对于作者施耐庵的文字,只是推测的居多。目前我的猜测还少与有关水浒的史料相关,因为我们看不到施耐庵文字,其正可用的,就要着重于他本人和他所处时代。尽管不是文学家视角,目前其实家对明清小说,特别是《水浒传》都有研究,他们无法说为北京的。

但我研究《水浒》的动机不只是文学,原本如此,也许初为什么要去研读水浒呢?我只是无法对理解,唯一可以说的,也说得通俗重要的,以往关注什么呢,虽然来解释都是由重要一部排的,就其首都被着重或密着的,无声小文娜,因此,个人理解就不在乎也不在乎也围的么少。

从这《四代小说史》,说明他对明清小说的关注来已久。从近要外地念起,目前其地古生活就是的生在着人一起还会大关注,目前《水浒》作为,原本,也许等问题,目前非常感兴趣。

读《水浒》,除了是因为研究(北宋末末江南又初的的史多简有生番的文章,其中包括(北宋末末江南又初的三小商品)(民说是北的(宋江三十八人赞))及其他作之作《文书推开南的山上有标识》,以及《民说集署中序》(水染》等。可是上天爱时，我赫然发现《水浒》在我的手头竟有《水浒》那未被拿出的自由权重，却没有看到其为的花边。目前我被炼爬灌写的那期中之说，和没有看到其为的花边。目前我被炼爬灌写的那期中未提《水浒》与书章中称赞的未提《水浒》那相对前，分析了小说来历所蒙提出所若干方面的前因而至其，我申腋测出的那种书和被力如我的看来，也再每次是前所及否的，竟是是看到了施测测的永笔。目前是炉坨落一批出《水浒》中有在是我的多见后不发之花之化，把阴《水浒》所未被测虎出的自目后面蒙之手。其中最有说服力的说据，首是目乎他姚皆辈中所差《三逐水浒传》《绣像五化中奥文化》与《水浒》相对前，发现两末之间在出回，甚至摆条等和为上的相似以之比。遂对其科理的对方尔，目是他得出的有关《水浒》在来的符法十十分子人信服。解求了《水浒》那究实乎上刺有在的基性秋间题。差目是他说这篇文章时，他前段的漫嘹、材料的推落，说理的充分，仿佛文把落书回到四十多年的那目是他出来热衷的又尖的难亲。

3

目是我前那虎已经了我们一个示期的文末中，使他的人思与半年识的激请了乙部洒回乎的嫉重。目是他为乙使不惜自直，彰粗此心，是为心是一组，也明他说武来到生了的各来看望大家,了解大家的学习要求,询问情况。一位老师傅了解来,师生围坐在了饭桌的周围。在纪念汶川大震入学三十周年的活动中,日本研修生签名在班回答发了一封信,上面描绘了如下:

中文系七级的同学:虽然仅仅十年就经历了其中,所谓到的甚是你们的班级之一。"文革"的化,大家坐在考试的时候,通过十年,七七级以来很担心,七七级的同学,以极其强健入学天,一伙大家,知道精疲,我就准备中能继续花样进入大学,他们几乎对你们的课堂密度,步出。在大学的后半中,你们几乎对你们的课程,搞素质为之语,送下来花的精力,就难免反出甚我们的疲劳劳动,重要以代其长实,在各月共同组的工作位上,做出了你们的力量,做出对国家的贡献,为将来了了天,为国家奋斗了天。七七级的同学后来因有甚深刻的印象,就是永远不会忘记的,有很高你们,得到了民的称赞。①

信未发表的时间是 2008 年 2 月末,此时有很老教的日本师已是 82 岁高龄。他的话语字字向微漫着某七七级同学与日本老师之间深厚的师生情谊。这种师生情是我们每一个

① 吕乃岩:《每天等七七级同学们的信》,收入《大学七七级的北大岁月》,新华出版社,2009。

过来人都特别珍惜的。

最近，我很喜欢浏览回忆北大的书与文章。从中，总是或多或少能引起一些共鸣。不过，也有例外的时候。例如刚刚读的《梦萦未名湖》一书，其中收了一篇二十世纪九十年代入学的中文系学生的文章，提到他们上课时经常逃课，迫使吕老师不得不采取上课点名的办法。而学生也不是省油的灯，采取了派代表上课的对策，一人帮多人答"到"。而这位同学"不幸"在冒名"画卯"时被吕老师识破，结果为了"义气"而受罚。当然，他是把此事当作轶闻趣事来写的。而我却深深为吕老师感到难过、痛心、无语。当年我们上大学时，从来没听说过老师上课要点名的，也从来用不着点名。包括吕老师的课，很多课，不早去，连座位都找不到，完全用不着用点名来保证出勤。同样的老师，同样的系，同样的课，究竟是什么使得大学的课堂发生了如此大的变化？使得学生的心态发生了如此大的变化？

实话实说。我们读本科的四年里，尽管几乎所有的课大家都出满勤，但也有一门课例外。那就是系里开的"马列文论课"。这门课的任课老师都不是本校的，而是从马列文献翻译局请来的兼职教师。由于他们都是专业翻译，在课堂上，他们常常专注于马列文论中涉及的词语的翻译问题，节节课都纠缠在一个词这么翻译与那么翻译有什么不同，以及最后的词语翻译是如何确定的等等。其中一位老师，一堂课下来就讲了马克思用的一个词，德文原意是什么，翻译成英文有什么不同的含义，翻译成法文又作何解，这三种语言的翻译与对应的中文比较又有什么不同。结果，马列文论课上成了翻译课。倘若我们是西语系的学生也罢，但问题是，我们班的学生，除张玫珊一人精通英语、西班牙语以外，其他人的外语水平都十分有限，就是英语水平较高的，也远远达不到专职翻译的程度。可怜几位老师辛辛苦苦讲来讲去，没几个人能听得进去。几堂课下来，大家都觉得上这门课实在是浪费时间。于是有人开始在课堂上看别的书，有人索性逃课了。但出于对老师的尊重，我们班40多个同学总还是保持着一定的出勤率，只要没有什么特殊的事，还是会老老实实地在教室里坐着。

四年来，马列文论课是我们班历史上唯一一门有相对较多同学逃课的课。而这位小同学是中文系的学生，上的又是文学专业必修的古代文学史！即便吕老师讲课不像袁行霈老师那样声情并茂，赏心悦目；不像谢冕老师那样慷慨激昂，感染力超强；但他也有自己的独门绝技！或许是因为我们在基层生活了长则十余年，短则两三年，经历过想上学却没学可上、想读书却无书可读之苦，突然到了大学，见到良师，犹如久旱的禾苗遇到甘霖，那股贪婪学习的劲头是空前绝后的，也是现在的学生所永远无法理解的。我自己后来也做过多年大学老师，在我看来，学生的确应该有选课的自由，有逃课的自由，但对老师最起码的尊重无论如何都是应该有的，这是底线。读那位小同学文章时，我心里不由得泛起了一阵酸楚。我仿佛看到吕老师近视眼镜后那无奈的目光。不知道那时的吕老师是否还能陶醉在课堂上背诗的氛围？是否还能从阶梯教室的头一排一直望到最后一排，再从最后一排看回来，一仰一俯一口气背出八句《离骚》的诗句？也许是我对学生的要求太高？或许是我早已与今日的学生之间出现了深深的代沟？我不知道。不过，相对于现在某些大学居然有学生热衷于告密，这几位小同学不过是逃课作弊而已，吕老师是不是还应该感到庆幸？

在北大6年半的读书生涯中，我只上过吕老师的这一门课。吕老师虽然从来没有点过名，却能记住我们班每个同学的名字，而且跟每个人都很熟。每次下课，或在校园中碰到，我们总会驻足聊会儿天。天南海北、学习生活，无所不谈。上吕老师的课是轻松的，与吕老师站在路旁聊天同样是件轻松愉快的事。吕老师总是那么温和儒雅，质朴谦逊。上研究生以后，一次在路上碰上吕老师，我告诉他，我结婚了，妻子是徐甸。他先是一惊，但马上就连连向我道贺。这里还真有一点小故事。徐甸是北大子弟，小时候住在中关园266号，与吕老师家是前后近邻。两家不但大人相当熟识，孩子也是一起长大的。吕老师的大女儿与徐甸的姐姐是北大附小同班同学，后来一起考上当时北京最好的男女同校的北京一〇一中。吕老师另外的三个孩子都是徐訇和她妹妹小时候的玩伴。这段缘分,让我觉得很有意思。所以跟吕老师汇报我与徐訇结婚之事时,还特地重复了那句已成俗套的老话:"这个世界真小。"

吕老师 2012 年 3 月 7 日仙逝,3 月 9 日在八宝山举行了遗体告别仪式。我远在万里之外,是从同学的电子邮件中获知这一消息的。不能亲自参加吕老师的告别仪式是件憾事,但我相信我们班所有参加告别仪式的同学,一定会代大家向吕老师做最后的告别。吕老师的音容笑貌,对学生的关心爱护,已经永远鲜活地留存在我们的记忆中。

何九盈先生二三事

何九盈老师，是入学后第一个学期教我们古代汉语的老师。那还是1978年春夏的事。当时北大中文系分为汉语、文学、文献与新闻四大块。不过，新闻专业1978年起就停止招生，转到中国人民大学新闻系去了，那是后话。我学的是文学，而何老师是汉语教研室的，上完古汉语这门课以后，就再也没与何老师有过任何的交集。记得二十世纪九十年代初在《人民日报》海外版读到一篇有关何老师在澳门某大学讲学的报道，报上还刊登了他的一帧照片。当时我还有剪报的习惯，特别是刚到北美，消息闭塞，也没有互联网、微信这样便利的通讯工具，在报纸上看到来自母校的消息，又是教过自己的老师，很自然地产生了一种亲切感，于是就把这篇报道剪了下来，收在自己的剪报资料箱里。后来搬过很多次家，再后来互联网普及了，报纸很少有人看了，现在人人都用微信，我这半箱子的剪报也不知道是什么时候丢在了哪里。说这些，只是想说我与何老师的交往真的十分有限，但当年何老师的敬业、对教学的一丝不苟、对学生的热情帮助，却至今难忘。

1

第一个学期我们有三门专业课：中国古代文学史、语法修辞和古代汉语。这三门课的分量说重不重，说轻也不轻，就看你怎么学了。我是从偏远的西北地区考入北大的。坦诚地说，与从大城市来的同学相比，特别是与老三届同学相比，我的底子比较薄。为了尽快适应大学的生活，那几年我就像一台开足了马力的机器终日不停地高速旋转。除了专业课指定的书目外，我还给自己增加了许多额外的学习任务。像通读《论语》《孟子》《左传》《战国策》《庄子》，还有《史记》，就都是在第一学期内完成的。当时，系里把古汉语课安排在第一学期，不但所学内容与另一门中国古代文学史先秦两汉部分相辅相成，而且在教学侧重点与分析作品的角度上又互为补充，让我获益尤多。在我看来，那实在是一个完美的组合。

相对于汉语专业大师级的前辈学者如王力、魏建功、周祖谟等先生，教我们古汉语的何九盈老师与后来教我《说文解字》的曹先擢老师都是汉语专业中的小字辈。何老师1956年考入北大中文系，1961年毕业留校任教。给我们上课那会儿，也就40多岁，非常年轻。课上课下精力充沛，连走起路来都透着一股精神劲儿。

古汉语课开在一个大阶梯教室，几个班合在一起上，人很多。每次上课，何老师都准备得特别充分。哪些语法现象、词语用法、字义词性需要板书、哪些例句需要特别说明是哪几个汉字、哪些内容需要重点讲解，他都掌握得恰到好处。相对于教文学，教语言要枯燥得多，教古汉语就更是如此。要想教得叫座，老师就得花更多的工夫。何九盈老师全是凭着自己扎实的功底，一肚子的学问，把那些"之乎者也矣焉哉"之类的东西讲得趣味盎然，他的课颇受同学们的欢迎。

在学古汉语之前，我很少琢磨虚词的作用与意义，只要不妨碍对古文本意的理解，对虚词，我的态度基本是忽略不计。但经过何老师的分析讲解，我才发现这些看似无关紧要的虚词在不同语境下，通过不同的用法，同样起着不同的表意、表情作用。相对于数不胜数的实词，虚词的数量极为有限，可就是这么有限的虚词，却能真正传达出古文的神韵意趣来。难怪有人说古汉语中的实词如同骨骼血肉，虚词却是神情声气。例如人人都熟悉的"学而时习之，不亦说乎？有朋自远方来，不亦乐乎？人不知而不愠，不亦君子乎"，短短几句话，"而""之""亦""乎""自"等虚词用了十个，占了总字数的三分之一，但如果没有这些虚词的连接，这几句话简直就无法读下去了。这个例子很能说明虚词的重要。后来，我写《庄子散文的语言艺术》一文时，曾专门用了一节的篇幅详细阐释《庄子》文章中虚词的用法及其达到的艺术效果。这个想法的萌发，就是源自于何九盈老师的古汉语课。

北大中文系文学专业的老师讲课，都很重视"史"。每个文学现象，每位重要作家的师承关系以及在文学史上的来龙去脉都梳理得头头是道，清晰明了。何老师讲授古汉语也深谙此道。当然，何老师讲的不是古汉语史，此处所说的"史"指的是古汉语词语的演变、发展史。例如，一个词最早出现在哪个时代的哪篇文章或诗歌中，在长期使用过程中这个词的词义、词性发生了哪些变化，随着语言的发展又有了哪些新的含义等等。我记得讲"之"字的时候，何老师引出了古籍中许多"之"字的例子，条分缕析，从"之"字的出现，它的本义"之，出也。象艸过中，枝茎益大有所之"（《说文》），到"之"字作为动词"自伯之东"（《诗·卫风·伯兮》）、代词"宣王说之"（《韩非子·内储说上》）、助词"口之于味，有同耆也"（《孟子》）等等各种不同的用法，光是一个"之"字就讲了差不多整整一节课。听课的时候，很佩服何老师年纪不大，学问却深。

由于我高度近视，不管什么课，总是喜欢坐在教室的最前排。这样，不但老师的板书可以看得更清楚，听起课来也更专注，少受外界的干扰。尽管我一向坐在前边，可我并不擅长交际，很少走到讲台前跟老师交流。大约是古汉语课快要结束时，一天下课我正准备收拾书包离开，何老师突然走到我面前，问过我的姓名、班级之后说，我可以看看你的课堂笔记吗？我很疑惑地把自己的笔记本递了过去。何老师翻开看了几页又问，我可不可以借你的笔记看一下，下次上课的时候还给你？我当然点头同意了。在我的一生中，任课老师要求看学生的课堂笔记，并且还要带回家看，这是头一遭，也是唯一的一次。我虽然答应了，也把笔记本交给了老师，心里却又困惑又好奇，不明白何老师究竟要做什么。

一个星期很快过去了，又到了上古汉语课的时间。我急匆匆走进教室，还未落座，便看见我的课堂笔记本已经端端正正地放在了讲台上。再一抬头，何老师正招手示意我过去。何老师一边递给我笔记本，一边对我说，你的课堂笔记，记得很详细，也很认真。古汉语跟其他课程相比，比较难，可是有意思，是一个很值得研究的领域。如果你对古汉语有兴趣，想进一步钻研的话，我可以推荐几本书给你。在学习过程中，如果有什么问题，你也可以随时来找我，我们可以一起讨论。你的笔记本里有我的联系方式和地址。最后，何老师还特意拍拍我的肩膀说，谢谢你这么认真地听课。

谢谢我认真听课？老师感谢学生？我太吃惊了！我印象中，当时中国人并没有常常说"谢谢"的习惯。直到八十年代初，全国还得以开展群众运动的方式，通过宣传

"五讲四美",提倡大家使用"请""谢谢""不客气"之类的文明礼貌用语。然而,何老师居然谢谢我认真听讲,闹得我反而不知道该怎么回答了。一向都应该是学生感谢老师的,哪儿听说过老师谢谢学生的!不过,何老师的这一句"谢谢",却让我记了一辈子。

我拿回笔记本,大致翻了几页,没发现什么,就写上了当天的日期,并在当天笔记之前"注"道:"何九盈老师看过此前的笔记。"就照常上课了。当晚回到宿舍,就着宿舍昏黄的灯光,我更仔细地一页页翻看我的本子,发现在一些空白处留下了何老师工整的笔迹,有的是批注,有的是补缺,有的是纠谬。好像是"扁鹊过齐,齐桓公客之"那句,我把一个"客"字的使动用法记错了,何老师不但改正了我的误记,还补充了另外两个例句加以说明,并标明出处。此外,何老师还改了我笔记中的很多笔误、记错的例句,补上了一些由于当场来不及记而留出的空白或者需要核对查找的字。这可是将近一个学期记下的厚厚一本课堂笔记。上课时,因为我不想落下讲课内容,字写得很快,字迹也很潦草,有时还用自创的缩写符号,还有的字甚至后来连我自己也认不出来了,没想到何老师竟一页一页、一行一行地帮我全部改正并补上。当时我特别感动,我还从来没遇到过一位对学生这么认真精心的老师,肯花这么多时间校正一个普通学生的课堂笔记,更何况我与何老师并无任何其他私人交情。当时与我床连床、面对面的室友听到我的感叹，了解到其中原委之后，也禁不住连声赞叹何老师真是位少见的好老师。

2

除了上古汉语课，我们班同学与何老师另外一次交集是在系里一些老师主动为我们七七级同学开设的"小灶"课上。那也是我们入学不久的事。

七七级中文系的同学几乎个个都是经历过一番磨难才考到北大来的，因此都格外珍惜这来之不易的学习机会。七七级（还有七八级）同学的强烈求知欲以及刻苦学习的精神恐怕在中国高教史上也称得上是"前无古人，后无来者"。而我们的老师也刚刚"蛰伏"了十来年，好不容易才从干校、牛棚或者其他不相干的行业回到三尺讲台上，终于可以专心做学问、搞教学。他们迫不及待地要在学术、教学领域大显身手。总之，对学术、学问的共同渴望让师生两代人就这么碰撞在了一起。据我所知，当时的中文系，无论是成就斐然、声名显赫的老一辈名家学者还是年富力强、独当一面的中年教师，都对七七级同学厚爱有加。就在我们刚刚"定居"32楼，还没搞清楚北大校园究竟有多大、文学专业的教师都姓甚名谁，甚至连班里同学都还没认全的时候，我们的班主任张剑福老师就已经一个宿舍一个宿舍地跟同学们商讨需要组织些什么样的学术活动，安排哪些讲座，大家有什么希望要求之类的事了。此外，还有很多老师自发地到宿舍来看望大家，介绍文学专业各教研室的基本情况、各位老师的研究课题、学术专长，了解大家的学习兴趣、研究方向等等。也有的同学为了与老师取得进一步的交流，索性直接找上门去。几乎所有的老师对学生造访都是来者不拒。北大中文系师生间的这种互动互访，我不清楚是老北大一直就有的传统还是新北大时期建立起来的一种新型师生关系。

刚入校时，中文系办公室不在五院，就在我们宿舍楼32楼的二层。系办公室旁有一间很大的房间，用作会议室，系里常常利用这个房间为新生举办各种活动。拨乱反正之初，校园内的学术气氛很浓，同学中的思想也很活跃。几乎每星期、甚至每天都有校系各级学生会、各个社团举办的各种名家讲座、座谈会、专题讨论会。这类消息一般都是通过"三角地"的布告栏发布的，那里各种颜色的海报每天都在不断地更新。中文系也常常为我们开办各种各样的专题讲座。这些课程表之外的讲座，被大家戏称为是开"小灶"。我记得第一位请来给我们举办讲座的是吴组缃先生，而最后一位便是何九盈老师了。

何九盈老师给我们开的是系列讲座：古代官制的演变。中国古代官制与中国社会结构特别是皇权统治的超稳定性有着直接的联系，是理解中国社会形态得以长期延续下来的一个重要课题。何老师先从秦始皇建立起的以皇帝为中心的三公九卿制讲起,引述了大量文献说明秦代官制的结构,并以详实的考证说明每一官职的职权范围;然后介绍汉代官制的变化,特别是汉武帝如何进一步加强皇权,削弱丞相权力,建立起中朝制等等。何老师的讲座涉及不少考证和资料的引用,看得出来他学识渊博,思维缜密,推论也很严谨。通过何老师的讲座,让同学们不但对秦汉两代的官制有了比较全面的了解,而且开始对做学问有了更具体、更感性的认识。至少我自己就有一种被何老师引入学问之门的感觉。

何老师的课本来是一个系列,他计划从秦代一直讲下去。可是这门"小灶"课只上了两三次就突然被系里叫停了。系里也没给大家一个合理的解释。后来有小道消息说,其他年级的学生发现老师给七七级的开"小灶",很不满意,遂向有关部门打"小报告"说老师偏爱七七级,"偷偷开小灶",并认为这样做对其他年级的同学很不公平。其实,何九盈老师的课并非秘密,老师也并不领取额外的讲课费,纯属自愿。而且32楼住着几百名学生,有东语系、西语系的,也有中文系各个专业、各个年级的,男生女生都有。很多课大家都一起上。办讲座的事也是公开的。听讲座的同学并不仅仅限于七七级。我就亲眼见过一些不是我们班、我们年级的同学也在听课。至少有一次坐我旁边的同学就是七六级汉语专业的。可能是因为以前没有老师给其他年级同学额外开课的先例,于是就被认为是偏爱七七级了。

我们入学时，北大还有工农兵学员，新生老生大家都一起住在32楼。平时关系也还融洽，但总体上来说，这毕竟是两拨完全不同的学生，难免发生矛盾。记得经济系七七级曾贴大字报宣称自己是"文革"后的第一代大学生，七六级学员颇不以为然，说七六级才是。可在七七级同学眼中，七六级工农兵学员仍然是推荐上学的，带着"文革"的深深印记，已是明日黄花，无法与七七级相提并论。于是新老生之间发生了激烈的争执。话说回来，工农兵学员是时代的产物，也是中国教育史上一段无法抹去的经历，学员个人是无法为这段历史承担责任的，他们在学业上的局限也不是他们本人的错。事实上，不少工农兵学员后来通过考研究生而改变了自己的知识结构，甚至改变了自己的命运。但毕竟黑白颠倒的时代在他们身上打下的烙印要比曾经被剥夺了上学权利的七七、七八级同学深得多。据说，给工农兵学员上课的时候，任课教师被学生揭发、批判的事屡见不鲜。在像北大这样在十年浩劫中曾为"极左"势力所牢牢掌控的高等学府，这种现象就更为常见。在这样的背景下，由于七六级同学的抗议，何老师的课只讲到汉代就不得不中断。此后，系里再也没有组织过这种开"小灶"式的课。对学生来说，这不能不是一种很大的遗憾。好在后来老师与同学越来越熟，几乎每个星期都有老师来同学宿舍与大家聊天，当然聊的最多的仍然是学问。

这次"告密"事件的始作俑者究竟是谁,虽然我们班的同学没有人去深究,可大家都心知肚明。类似事件,在中文系发生过不止一次。后来教我们现代文学史课的袁良骏老师也领略了"告密者"的厉害。袁老师在课上不过是讲了一些非正史记载的历史史实或者名人轶事,结果就有人向有关部门"汇报",以至于系党总支书记不得不专为此事找袁老师谈话。当时不但袁老师对"告密"行为愤愤不平,就连我们班同学也都认为这实在太过分了。这样的事,说浅了,是"文革"期间那种让人人自危的"汇报""揭发""检举"等恶习在一些人心中已经根深蒂固;说深了,也许就是中国几千年极权统治下所造成的那种极为扭曲而丑陋的文人心态的反映吧。不幸的是,如今某些国人似乎又在重新拾起"告密"的"武器",费尽心思揭发检举亲友熟人在私下里发表的言论,甚至把老师在课堂上公开发表的对学术问题的看法、见解也以类似"告密"的形式揭发出来,实在让人感到无尽的悲哀。

3

在大学期间,与何老师的交往很是有限。出国以后,干起了教中文的行当,才发现何老师教的古汉语倒成了我在工作中直接获益最多的学问之一。

我在海外教中文,绝大多数学生的母语是英语或者法语。对于只需要用二十六个字母就可以完美地表达自己的人来说,汉语的方块字简直就是天书,一个个汉字都像是由莫名其妙毫无规律可言的笔画组成的一串串密码。学汉字之难"难于上青天",还真一点儿都不夸张。

西方语言学家,把英语之外的所有语言按照母语是英语者的学习难易程度分成了四类。第一类是与英语相近、很容易学的,如法语、西班牙语、意大利语、葡萄牙语等。第二类与英语稍微远了些,相对难学些,如德语、印尼语、马来语等。第三类是与英语相差更远,自然也更难学的语言,如俄语、波兰语、塞尔维亚语、越南语、希伯来语等等。而汉语与韩国语、日语还有阿拉伯语这四种语言被归入了最难学的第四类。而且同属第四类,由于韩国语与阿拉伯语属于表音文字,也就是说只要你掌握了发音规律,你看了这种文字就可以读出来,相对容易学一些;而属于表意文字的汉语与日语,对英语为母语的人来说,实实在在是最难学的语言。怎么教?

我是学中文出身的。在背景五花八门的海外中文教师队伍中,我算是最科班出身的了,又毕业于北大中文系,自然被同事们当作了教汉语的"权威"。于是,当年读研究生时跟曹先擢老师学的"说文解字",还有跟何九盈老师学的古汉语就都派上了用场。凡是跟我学过中文的学生,汉字阅读能力都明显强过其他中文学生。其中一个重要原因,就是我从曹老师、何老师那里学来了给学生分析每一个汉字的由来的本事，能讲出汉字中的故事，让学生理解每一个方块字中所蕴含的文化意义，学出兴趣，自然也就没有了为难情绪。

很可惜何老师只教了我们一门古汉语课，外加两三次中国古代官制的讲座，此后，我再无缘向何老师请教。直到最近才发现，何老师的研究范围涉及很多我现在非常感兴趣的领域，例如他《全球化时代的汉语意识》一书，研究现代汉语书面语的历史、普通话的历史、汉语如何走上世界等；他的论文《汉语和亲属语言比较研究的基本原则》概括了"20世纪汉语和亲属语言比较研究"的两大公案；还有他与人合编的《中国汉字文化大观》《汉字文化学》着重阐明汉字作为一个符号系统、信息系统自身所具有的文化意义，以及汉字与中国文化的关系等等，这些都与我现在所从事的事业密切相关，会是很有用的参考书。我很希望有一天，还能再次见到何老师，再次面对面地向他请教。

时光流逝似水。从何老师第一次给我们上课至今，已经40多年了。我也从20出头的年轻人迈入了花甲之年。何老师为我改正补白课堂笔记的事，或许他早已忘记，但于我却是历久弥新。2008年我在班书①中，曾记述过此事，只是不知何老师是否看到了此书，看到了那篇文章？

---

① 王景琳：《一份抹不去的记忆》，收入《文学七七级的北大岁月》，新华出版社，2009。

学者教授群里的"性情中人"
——纪念吴小如先生

《学者吴小如》一书出版于 2012 年。遗憾的是，到现在我也还没能一睹为快。仅仅是从网上书介以及目录上得知，此书是由吴先生当年的学生陈熙中、齐裕焜两位教授联合发起的，书中收录了众多弟子门生为庆贺吴先生 90 寿辰暨在北大执教 40 周年而作的一组文章。或回忆吴先生讲课的风采，或评论吴先生的学术成就，或描述吴先生的儒者风范。据说吴先生拿到此书时曾感慨地说："别人都是死后出一本纪念文集，我活着时看看这些文章，看看大家对我评价怎么样，免得我死后看不见了，等于是追悼会的悼词我提前听见了。"[1] 如今，吴先生已归道山五年有余。望着《学者吴小如》几个大字，特别是照片上吴先

---

[1] 舒晋瑜：《那条叫吴小如的鱼游远了》，见《美文》2019 年第一期。

生饱经沧桑的面容，30多年前与吴先生短暂相识相交的记忆片段一点点地串联在一起，越来越清晰。在我心目中，吴小如先生首先还不是著名的学者教授，他更是一位独具魅力的"奇人""性情中人"。

1

初识吴小如先生大名，是在吕乃岩老师开的先秦两汉文学史课上。开课第一天，吕先生就列出了本课所需的参考书目。第一部自然是游国恩先生主编的《中国文学史》，紧随其后的便是以选文精当、注释详实、见解独到著称的《先秦文学史参考资料》与《两汉文学史参考资料》。这是两部学习古代文学史份量极重的入门书。没几天，图书馆中的这两部书就全部被借出了。想看，只能去图书馆文科阅览室借阅。于是，当《先秦文学史参考资料》一书一出现在三角地的新华书店，这部厚厚的大书一个学期就没离开过我的书包。这两部书的作者署名为北京大学中文系古代文学教研室，但在中文系人人都知道，这两部书的选篇、注释、评介几乎全部出自吴小如先生之手，最后也是由吴先生统稿审定的。我相信当年北大中文系七七级很多同学对吴先生的认识都是从这套教学参考书开始的。说实话，不单单是在北大，就是全国所有大专院校的中文系，这套书也一定会出现在学生的必读书目上。

《先秦文学史参考资料》与《两汉文学史参考资料》是了解中国早期文学不可或缺的重要资料书。仅仅凭此,如果你断定先秦两汉是吴先生治学的主打方向,那可就大错特错了。吴小如先生在北大中文系,实实在在算得上是位奇人。学中国文学的都知道,一般大学中文系文学专业都分古代文学、现当代文学、文艺理论几大类;在建制上也就相应地有了古代文学教研室、现当代文学教研室、文艺理论教研室。而古代文学又多分为先秦两汉、唐宋、元明清三大段。当然在北大,古代文学专业分得更细一些。一般中文系教师也都术有专攻,大多精通其中某一类某一段。而上起课来,也只教一类一段甚至仅仅一个朝代而已。能把文学通史从头到尾讲下来,就是在国学大师中,包括在北大,也只有凤毛麟角的几位。

说吴小如先生是奇人,奇就奇在当他还是讲师的时候,他就能从先秦文学一直讲到近代甚至现代,而且能将古今中外融会贯通,是一位精通文学、文献、小学各个领域的通才。在北大中文系,吴先生不但教过古代文学通史,还开设过中国小说史、戏剧史、诗歌史、古典诗词欣赏、散文、工具书使用等等课程。[①] 最奇的是,他开什么课,什么课就"叫座"、就爆棚。难怪吴小如先生总是喜欢称

---

① 刘敏:《吴小如:走在燕园与梨园》,《新华月报》2014年7月,见"百度文库"。

自己为"教书匠",并深以"教书匠"为荣。很多人认为这充分显示了吴小如先生的谦逊。但同样做了一辈子"教书匠"的我却深知当"叫座"的"教书匠"之不易。在我看来,吴先生自称"教书匠",当更多地包含了他对自己出类拔萃的教学生涯与成就的自豪与骄傲。

第一次见到吴小如先生,是在1980年他为中文系本科生开设的"唐宋词研究"专题课上。这门课被安排在一个能容纳二百多人的阶梯大教室。第一堂课我到得稍稍晚了些,前面已经坐满了人,只好在偏后的地方找了个座位坐下。上课时间到了,只见一位个头不高、偏瘦、步履矫健、目光犀利有神的五十多岁的老师走上了讲台。没想到吴先生竟是如此年轻,这大大出乎我的意料。我本来以为吴先生应该是跟游国恩、林庚、吴组缃等老先生一样,属于老一辈的学者呢。这便是吴先生给我的第一印象。

那个年代上课没有扩音器。在一二百人的大教室上课,如果坐得太靠后,有可能听不清老师在说什么。可吴先生一开口,就让我顾虑全消。站在讲坛上的吴先生声若洪钟,底气十足,嗓音极富磁性,就是坐在最后一排,每个字也都能听得清清楚楚。不过,汲取第一堂课晚到的教训,以后我每次课总是去得特别早,以便抢占前两排的座位,好近距离感受吴先生授课的魅力。

吴先生上课,一是"有货"。吴先生出身于文化世家,家学渊源,从小博闻强记。他讲起课来引经据典,旁征博引,四书五经,张口就来,却又不拘囿于前人之见,总能独辟蹊径,提出自己独到的看法。二是口才绝佳。吴先生讲课十分风趣生动。一张口,便是妙语连珠,绘声绘色。就是用传统考据学派的方法剖析作品,他也能讲得幽默诙谐,令人神往。吴先生在课堂上讲的虽是古人之事,但他还擅长穿插进几句借古讽今、针砭时弊的题外话,来制造课堂气氛,把课讲得左右逢源、妙趣横生。记得一次讲弃妇词,他突然话锋一转,冒出一句"如今时代不同了,男女都一样。男同志能办到的事,女同志也能办到",借以抨击时下不良的社会风气,当即引得全场爆笑。

即便是在北大,即便是名师课堂,有时也会出现学生越教越少的现象,但吴先生的课恰恰相反。他的课是越听人越多。几堂课下来,我注意到除了中文系的以外,不少外系同学也闻讯赶来旁听,害得我为保住自己前排之座,只能越去越早。一次,我认识的一位图书馆系同学因病缺课。课后,她不但特地找我借课堂笔记把落掉的内容补上,还要我详细叙述吴先生在课上讲了些什么。就这么件小事,足见当年吴先生的课是多么"叫座",多么受人追捧。

2

吴小如先生曾给自己立下了几条做学问的规矩:"一曰通训诂,二曰明典故,三曰察背景,四曰考身世,最后归结到揆情度理这一总的原则,由它来统摄以上四点。"①这不仅仅是吴先生做学问的特点,也是他讲课特别引人入胜的原因之一。

吴先生的"唐宋词研究"并不着眼于宏观,也就不会像林庚先生那样提出"少年精神""盛唐气象"这样大气磅礴的宏论,他是于精微处见学问、见功力。大凡从事古代文学研究的,或精通考据,或擅长鉴赏评析,而吴先生却能将两者高度地统一起来。他每每通过考据的方式,从文字、音韵、训诂、辨伪等方面对词语加以解析,来揭示诗词所传达的意境,讲出新意来。到现在,吴先生讲韦应物《调笑令·胡马》:"胡马,胡马,远放燕支山下。跑沙跑雪独嘶,东望西望路迷。迷路,迷路,边草无穷日暮"一词的情景,仍历历在目。这首词,我上大学以前就背过,那是我在宁夏灵武园艺场下乡的时候。当时知青中悄悄流传过几本唐宋词选。我曾抄录了其中最喜爱的一两百首,得空就坐在寂静空旷的大漠上大声吟诵。其中"跑沙跑雪独嘶,东望西望路迷"两句,当时怎么也琢磨不明白,总觉得于情理不合。我插队的园艺场就在毛乌素沙漠边上,那里也养马,却从来没见过马在奔跑时还会长嘶。这个疑问直到经吴先生讲解才恍然大悟。吴先生说,一般注本都

---

① 吴小如:《我是怎样讲析古典诗词的》,见《诗词札丛》,北京出版社 1988 年。

将"跑沙跑雪独嘶"释为马迷路之后在沙漠的雪地上东奔西跑,嘶叫着找路。其实,这里的"跑"当读为"刨",是"刨"而非"跑"。马迷路之后不知所去,站在原地用蹄子在沙漠的雪地上刨来刨去,这才有了下句的"东望西望路迷"。我一听,立时有了顿开茅塞之感。

《声声慢·寻寻觅觅》是李清照的代表作,也是我早年非常喜爱的一首词,可也曾产生过一些疑问。词的上阕说"三杯两盏淡酒,怎敌他晚来风急",时间分明已是晚上,可怎么接着又有"雁过也,正伤心,却是旧时相识",描述起白昼的情景?如果果真写的是晚上,即便词人"守着窗儿",也很难看到院中"满地黄花堆积"的景象。如此的话,后面的"憔悴损,如今有谁堪摘"的伤感似乎也没了着落。况且,那一句"守着窗儿,独自怎生得黑"?分明说的是白天时间过得特别慢,很难熬,可接下去怎么又有"梧桐更兼细雨,到黄昏、点点滴滴",描述起早于"晚来"的"黄昏"时分。一首词三次提到时间,先是"晚来风急",再说"怎生得黑",最后落在"到黄昏"上,时间概念怎么会如此混乱?当年的这些疑问,如今看来不免太过拘泥,没有理解诗意可以是跳跃的,近乎意识流的,没想到在吴先生的课上却得到了自成一说的解答。

吴先生讲李清照的《声声慢》,先指出对这首词的注解历来存在着的两个疑点。一是传统上都认为"乍暖还寒时候"一句指的是秋季，吴先生分析道，"乍暖还寒"是春天的特征而非秋季，可全词分明写的都是秋天的景象。就季节而言，秋天应该是"乍寒还暖"的，所以这一句写的一定不是秋季，而是写秋天的某一个早上。另一个难点是"三杯两盏淡酒，怎敌他晚来风急"？既然已经是"晚来风急"，下阕为什么又有"梧桐更兼细雨，到黄昏、点点滴滴"？吴先生引用俞平伯先生的注释说，"三杯两盏淡酒，怎敌他晚来风急"，其实当作"三杯两盏淡酒，怎敌他晓来风急"？从"晓来风急""怎生得黑"到下阕的"梧桐更兼细雨，到黄昏、点点滴滴"，正好写了一天的时间。经吴先生这样一分析，这首词中原来存在着的时间错乱问题就不存在了。原来整首词不过描写了词人从早到晚的所见所闻所感。

吴先生课上讲的每一首词，都体现了他给自己定下的做学问的四条规矩以及"揆情度理"总体原则。就我印象比较深的这两首词而言，如果没有深厚的考据功力与"揆情度理"的完美结合，就不可能讲得如此透彻。吴先生在课堂上还介绍了不少唐宋时期的经典作品，无论是像苏轼、辛弃疾这样的大词人，还是只有几篇作品传世的词家，吴先生擅长结合词人身世以及与作品相关的史实，将其中的典故出处一一挖掘出来，并从考据、词语运用、意境等各个方面阐发自己对作品的体会，总能发前人所未发，让人有耳目一新之感。吴先生曾说过，如果"没有自己的一得之见决不下笔,……否则宁缺毋滥,绝不凑数或凑趣。"[①]吴先生不但做学问如此,就是讲课,也处处可见他的独到之处。他所讲到的词作,几乎每一首都有着他自己的一得之见,而"非人云亦云地炒冷饭"[②]。能把考据与鉴赏解析两者结合得如此完美,至少在北大中文系,我觉得无人能出乎其右。后来我自己从事古代文学研究,也特别注重训诂、文字、音韵等考据功夫,在某种程度上就是受了吴小如先生的影响。

3

上"唐宋词研究"课期间,有机会读了不少吴先生的学术文章。对吴先生渊博的学识、严谨的治学态度非常钦佩,一直渴望能够继续选修他所开设的课程。可等来等去,等到的却是吴先生将要离开中文系的传言。先是听说吴先生要调到中华书局去。那时吴先生已经在兼职编辑中华书局出的大型学术刊物《文史》。后来又听说北大王学珍副校长亲自出面挽留吴先生,但他仍执意离去。再后来,就听说在历史系邓广铭、周一良两位先生的竭力相邀下,吴

[①] 吴小如:《漫谈我的所谓"做学问"和写文章》,见《怎样写学术论文》,北京大学出版社 1981 年。
[②] 同上。

先生终于转系成为历史系教授。其间，有关吴先生去留传言版本甚多。在当事人大多已故去的今天，不难看出当时问题的症结主要出在人事上。吴先生一向性格耿介秉直。二十世纪五十年代曾与后来担任系领导的同僚发生过较大摩擦，心存积怨。八十年代初评定职称，初时纵有吴组缃、林庚先生两"剑客"出面极力举荐，仍遭遇不公平对待。尽管最终吴先生还是破格由讲师直接提升为教授，此间的曲折还是令吴先生颇感愤然，甚至说出宁肯看大门，也不愿留在中文系如此决绝的话。① 多年后，时过境迁，吴先生曾对自己有过如此的评价："惟我平生情性褊急易怒，且每以直言嫉恶贾祸，不能认真做到动心忍性、以仁厚之心对待横逆之来侵。"② 应该是他的肺腑之言。

吴先生的转系，令中文系很多同学为之扼腕叹息。自此，中文系少了一位杰出的学者教授，我们七七、七八级同学也再没有机会聆听吴先生的专题课。虽说文史不分家，但毕竟侧重不同。据说，吴先生到历史系后，尽管曾多次被拉来临时担任博士生的"替班"导师，这些博士生日后自己也成了博导，而吴先生自己却从来没有正式带过

---

① 闫平：《性情吴小如：文章易冷风华不逝》，见《北京青年报》，2014年12月24日。
② 刘敏：《吴小如：走在燕园与梨园》，《新华月报》2014年7月，见"百度文库"。

一位属于自己的博士生,甚至始终没有获得博士生导师的头衔。在历史系,他似乎一直作为一位"边缘人物"①而存在。这不能不说是学术界一个无法弥补的损失与缺憾。

说到吴小如先生性情的耿介率真,就不能不说到他对学术问题近乎苛求的认真,也不能不提及他所谓"学术警察"的绰号。吴小如先生给我们七七、七八级同学上课时,只要一谈到学界的敷衍草率、不求甚解的学风总是十分愤激。对学术著作乃至任何出版物中出现的差错、谬误,他简直是到了无法容忍的地步,表现得嫉"错"如仇。无论是什么出版物,无论是何种差错,一旦发现,便如鲠在喉,不吐不快,成了名副其实的逢错必纠、有短必揭的"学术警察"。而且不管作者是谁,他都会毫不留情面地著文指出。在吴先生看来,这不过是一种学术上的"较真",一种对学术负责的严谨态度。然而,在现实生活中,做"学术警察"难免不在有意无意间得罪人!据说,吴先生从不讳言自己与同僚关系紧张,就连对吴先生十分敬重、与之关系非常密切的学生,有时都会被他的直率搞得下不来台②,何况他人?!这也从一个侧面透露了吴先生之所以一

---

① 刘敏:《吴小如:走在燕园与梨园》,《新华月报》2014年7月,见"百度文库"。
② 闫平:《性情吴小如:文章易冷风华不逝》,见《北京青年报》2014年12月14日。

生坎坷的原因。

去年,我曾拜托交往四十余年的赵伯陶兄帮忙核查一条资料,短信署名"愚弟景琳"。伯陶兄特地回复我说,"愚弟"之称乃上对下,长辈对晚辈,自称"愚弟"不妥,并说吴小如先生曾有专文谈论此称谓。我甚是吃惊,立即上网查找。果然,查到了吴先生所作的《"称兄道弟"及其他》一文。文中以大量例证说明"愚弟"多用于上对下。原来,自己多年来对同学、同行总是以"愚弟"自称竟是犯了禁忌。自此,再给同学朋友写信,我的署名便去"愚"而仅存"弟"了。

吴先生是一位阅读面极宽、信息获取量极大、记忆力又超群的人。他不但重要的学术著作、学术刊物必读,就是大报小报也统统在他的浏览范围之内。这样一来,他的"纠错"领地便大大地扩展了。吴先生常常会注意到他人不曾留意的差错,连像称谓混乱这样的事,他都要专门著文纠正之,更何况近些年学术界出现的种种不良之风了。诸如所谓社会名流信口雌黄,所谓专家教授剽窃抄袭,在吴先生那里,绝对是眼中容不得沙子。最近翻看《含英咀华——吴小如古典文学丛札》一书中收入的"榷疑随笔三则"[①],我就颇有感触。此事的起因是文化名人余秋雨在他的文章中将"宁馨"释为"宁静、馨香",将"致仕"

[①] 原载《文史知识》2004年第2期。

说成是"到达仕途"。这本来是个不值一驳的错讹。但不知何故，著名文学史家章培恒先生特地为此作文替余秋雨辩解。吴先生见状不禁拍案而起，撰文与章先生商榷。文中，吴先生首先中肯地指出"约定俗成也要有个界限，不能把一切讹舛错误的东西都用'约定俗成'的挡箭牌搪塞了之"，还提出："一词一语虽属细故末节，总要有个规矩准绳可循，不能太主观随意。"吴先生的看法，充分体现了他对学术的认真态度。然而，更能见出吴先生无所顾忌、耿介率真性格的，还是他在文章最后向章先生提出的由衷告诫："培恒先生乃国际知名学者，发表言论一言九鼎，窃以为不宜予某些不学无术之徒以可乘之机。"简直就是直接向那些"不学无术"的所谓名流亮剑。

吴先生明知所谓"学术警察"之称，并非都是褒奖，但他的心胸却始终光明磊落。在他看来，"现在不是'学术警察'太多，而是太少。电视、电台、报纸都是反映文化的窗口。人家看你国家的文化好坏都看这些窗口，结果这些窗口漏洞百出、乱七八糟。"[1]可惜的是，这样的"学术警察"，已随着吴先生魂归道山而愈渐珍稀。如今的学术界，已经很难再见到像吴先生这样直截了当、一针见血的批评了。

---

[1] 黄纯一、樊丽萍：《北大国学名家吴小如逝世，曾被称"学术警察"》，见《文汇报》2014年5月12日。

4

再一次见到吴小如先生,是我硕士论文答辩那天。担任答辩委员之一的谭家健先生问我中午能否陪他去吴小如先生家走一趟。我当然非常高兴有机会直接聆听吴先生的教诲,便欣然应允。由于事隔久远,我已记不清那天谭先生去见吴先生的具体缘由是什么,印象中好像是谭先生有什么问题要向吴先生请教。记得谭先生把他的问题刚一提出,吴先生沉思了片刻,便告诉谭先生应该去查哪几本书。这个细节给我的印象特别深刻,也让我由衷地佩服,当时就觉得吴先生的大脑简直是一部活的资料库。

那天,我骑着自行车带谭先生来到位于中关村26楼的吴宅。敲开门还没等谭先生介绍,吴先生竟已认出了我:你当年是不是上过我的"唐宋词研究"专题课?我虽然叫不出你的名字,但你一定是七七或七八级的。上课的时候你总是坐在最前边,头也不抬地做笔记,对吧?我太震惊于吴先生的记忆力了。上"唐宋词研究"已经是好几年以前的事,而且我不过是众多学生中最不起眼的一个,可他竟然连我坐在哪儿,怎么上的课都还记得,难怪吴先生看书有过目不忘的本事。

那天,吴先生家的书桌上摆着许多幅刚刚写成的书法作品,房间里弥漫着浓郁的墨香。吴先生边跟我们说话,边拿出印章在写好的作品上盖印。北大中文系老师板书漂亮的，很有那么几位。像林庚、袁行霈、吴小如先生的板书，都是超一流的。这次到吴先生家登门拜访，却让我第一次发现原来吴小如先生不但板书漂亮，而且书法作品也颇有大家风范。于是，我站起身来，一边帮吴先生铺纸，递印泥，一边欣赏他的楷书、草书。用粉笔在黑板上写字与用毛笔在宣纸上写字，差别太大了。最让我感到惊异的还是，吴先生的书法所呈现出的艺术风貌与他直率耿介的个性竟然有着如此巨大的差别。他的书法作品在相当程度上更显示出他儒雅恬淡、清隽秀逸的儒者之风，与"学术警察"的犀利直率形成了鲜明的对比。我还特别留意到，这些书法作品不像是要送人的，上面只有吴先生的落款，却没有受赠人的姓名。当时我好几次忍不住想张口讨要一幅墨宝，但猜想这些作品很可能是要送去参加书法展览，或送到琉璃厂出售，终究没好意思开口。

吴小如先生是北大九三学社社员，而我岳父徐继曾先生当时担任九三学社北大支社负责人。晚饭时，我便与徐先生谈起白天去吴府之事。一提起吴小如先生，没想到我妻子全家都知道吴家。不过，他们都对吴先生的本名吴同宝更为熟悉。从他们那里得知，吴先生家人口较多，师母身体不好，一直没出去工作，吴先生早年的经济负担较重，也因此而被人误认为吴先生是为多挣稿费才如此勤奋写作的。据徐先生说，吴同宝（小如）先生的父亲吴玉如就是近代有名的大书法家。吴先生自幼便在父亲的指导下研习书法。

其书法功力深厚，底蕴十足，却又自成一家。我顺便问起琉璃厂是否有吴先生的作品出售。徐先生说，以他对吴先生个性的了解，吴先生是不会以字谋取润格的。徐先生的话让我既对自己的误解感到惭愧，更为自己错过了向吴先生讨字的最佳时机而懊恼不已。徐先生还说，吴同宝先生无愧于"性情中人"。他一生最大的爱好与乐趣，一是文史学术，二是书法练字，三是看京剧唱戏。那时每次九三学社组织活动，但凡与京剧有关，定然少不了向吴先生讨教。

最近，读彭庆生先生《难窥夫子墙——敬贺小如师九秩华诞》一文，有道："小如师是性情中人，耿直狷介，特立独行，从不俯仰取容，然极重情谊。对师长，感恩图报；对朋友，肝胆相照；对门生后进，眷顾奖掖，不遗余力。凡此种种，有口皆碑。"其中所说的"性情中人"与三十多年前徐先生的评价竟如此一致，不禁使我想起研究生毕业后在中央戏剧学院任教时，系主任祝肇年先生也曾用同样的话说到吴小如先生。那是我记忆中最具"性情中人"风采的一段有关吴小如先生的轶闻趣事。

那是暑假刚过的一次系例会散会后，祝先生跟我聊天，说他夏天到北戴河度假，偶遇北大历史系一位吴姓教授。两人聊得十分投机，大有相见恨晚之意。祝先生是中国戏剧史、编剧理论专家，不但精通中国古代戏曲，对京剧颇有研究，而且多才多艺，京戏、书画技艺与吴先生不相上下。两人的兴趣爱好如此相投，自然是一见如故，聊得兴起，竟忘情地唱起京戏来。祝先生说，他实在没有想到这位北大历史系教授不但懂戏，而且唱得有模有样，当即两人来了一段对唱。祝先生对吴先生的唱功大为赞赏，说他戏唱得有板有眼，字正腔圆，不亚戏楼的名角。我一听便知祝先生所说的吴姓教授必定是吴小如先生无疑。

更有意思的是，那天两人偶遇后，边走边聊，路上碰上两位打着赤膊的年轻人邀请两位教授一同打牌。于是，四人席地而坐，越打兴致越高，祝先生率先脱去了老头衫，紧接着吴先生也赤膊上阵。祝先生说吴先生在牌摊上很是认真。就这么着，二老二少赤膊甩了40来分钟的牌，其间还为出牌反悔之类小事争执了好几次。末了，祝先生对吴先生的总体评价是此教授实乃"性情中人"。讲良心话，我当时真想象不出，一向身着对襟扣袢典型北大中文系教授服的吴小如先生，坐在路边光膀子甩牌会是什么样子，所以听罢还颇有几分疑惑，这会是我所认识的吴小如先生吗？不过，现在，我信了。吴小如先生就是这样一位不做作、率性而为的"性情中人"，兴之所至乃至忘形，乃至旁若无人！

2014年5月11日，这位受人尊敬爱戴、也让人"挤兑"了一辈子的"性情中人"吴小如先生悄悄地走了。也许有人松了口气，从此学界再没有这样一位让人下不来台的"学术警察"，但更多的人感受到的是无尽的哀思与怅惋：北大又失去了一位撑门户的"教书匠"，学界从此也又失去了一位博学多才的学者教授。

宽厚仁慈、诲人不倦的师者
——怀念陈贻焮先生

我是二十世纪九十年代初离开祖国辗转定居加拿大的。由于种种原因，在最初的许多年，我一直消失于北大师友同学的视听之外。尽管如此，大家的音容笑貌却始终存在于我心中，鲜活清晰，从不曾有丝毫的褪色。不过，这种"存在于心中"的"存在"又十分独特。国内的老师同学之间，多少有开会、校庆这样的机会聚在一起，就是没有这样的机会，也很容易找出个什么理由凑在一起搓上一顿；退一万步说，就算见不上面，至少即时的"靓照"还是可以通过各种渠道见到。而我居住在遥远的枫叶之国，在没有微信、又不常回国的岁月，与昔日的老师同学间就不免产生了一种"隔绝"之感。这种"隔绝"的最大特点就是所有的人在我心中都永远地定格在了大学时代。尽管自己一天天地老了，头发由黑转而灰白，一条条皱纹爬上了额头，但每当沉浸于往事的回忆之中，每当在信件、电话、电子邮件中传来老师同学的音讯,脑海中浮现出的依旧是几十年前老师同学的模样。直到2006年11月,在北大图书馆工作的妻妹突然发来电子邮件说,我研究生导师、北大中文系教授褚斌杰先生走了。我先是一惊,褚先生带我读研究生时的情形立马像过电影一样,在眼前一幕幕地闪现,他年龄不大,怎么会?接着,心中一沉,我记忆中的褚先生,还是七八十年代的形象。如今20多年过去了,当年年富力强、谈笑风生的一代鸿儒也都一个个地过了古稀之年,更何况我上大学时就已经进入老年的老师们!从此,我添了个新习惯,但凡有空就上网查看所有惦念中的师友故交的消息。

1

我第一个上网查看的是陈贻焮先生。至今还记得,微软系统的中文字库没有"陈贻焮"的"焮"字,只好在谷歌搜索引擎中打了"陈贻欣",居然成功了!网上显示的搜索结果有"陈贻欣",也有"陈贻焮",排在最前面的是"百度百科"。还没来得及感到兴奋,紧接看到的信息让我大吃一惊,完全不敢相信自己的眼睛:"陈贻焮(1924—2000),字一新,湖南省新宁县人。北京大学中国语言文学系教授,中国古代文学博士生导师,中国作协会员,中国唐代文学学会理事,……"万万没有想到,陈先生竟早于褚斌杰先生六年，在2000年11月19日就已仙逝。享年76岁。随着陈先生大名在网上出现的另一条目，附有陈先生与师母李庆粤大夫的照片，照片上的两人依然与20多年前我在北大镜春园82号东厢房中所见到的他们一模一样。

我之所以最先查看陈贻焮先生的消息，是因为读本科及研究生期间，接触最多的老师除导师褚斌杰先生之外，就是陈贻焮先生了。不单单是我，就是对整个七七级文学专业学生来说，来宿舍看望同学最勤、与大家交流最多的，大概也非陈先生莫属。本科时，我们中文系文学专业七七级男生都住在32楼3层西头的几间宿舍，女生则住在4层（后迁到31楼）。记得开学不久的一天傍晚，我们宿舍的六人都在，忽听有敲门声，随着一声"请进"，推门而入的是两位古代文学教研室的老师。走在前面的就是陈贻焮先生，陪着他一同进来的是另一位唐诗专家陈铁民先生。后者后来担任了我大学毕业论文的指导老师。那是两位陈先生第一次来我们宿舍。陈贻焮先生究竟是怎么跟我们班同学熟络起来的，那天晚上到底聊了些什么，自然是记不得了。但印象犹深的是，跟陈先生聊天，是一件很惬意的事。从学术界动态，当下的研究热点，文人逸事，到日常生活琐事，只要一开聊，那就是天南海北，无所不谈，丝毫没有师长辈分间的顾忌与隔膜。论年龄，论资历，陈贻焮先生都是我们师长辈的，可在中文系，陈先生一直享有"大师兄"的谑称,可能是因为他从来不端架子,且性情随和淳厚,待人不分远近亲疏,总是一副笑容可掬的样子。也正因为如此,我们班同学有事没事都爱找陈先生聊天。我也就这样跟陈先生熟悉起来。不过,我每次见到陈先生,总是习惯性地尊称为先生。

1978年秋是我们大学生活的第二个学期。陈贻焮先生给我们班开魏晋南北朝隋唐五代文学史课。陈先生讲课的特点是以作家作品带史,详略错落有致。分析起作品来,总是十分投入,讲到动情之处,还会情不自禁地背诵起来。在魏晋南北朝作家中,显然陈先生最欣赏的是陶渊明。一讲起陶渊明的诗境、意趣以及品性,陈先生好像自己也沉浸在陶渊明所处的特定环境中,与诗人声气相通,感同身受。当时就觉得陈先生本人那种淡泊平和、敦厚清纯的性格是颇得几分陶渊明神韵的。后来我读到陈先生的诗作《清晓》:"鸡声驱蝶梦,檐隙入晨光。醒即询农事,晴当薅麦秧。漱流清皓齿,烧竹熟黄粱。饭罢和锄出,江天万树霜。"还有《文成渊》:"湖上翔鸥鹭,村中啼午鸡。绿篁临白水,隐隐见荆堤。"就更加理解了陈先生为何如此推崇五柳先生的诗,理解了作为诗人的陈先生与陶渊明在意趣心境上的契合。陈先生也很欣赏鲍照的诗,在很大程度上也是由于陈先生的人生经历在鲍照那里引起了共鸣。

陈先生讲诗讲到兴起时,喜欢带着吟诗的腔调背诵诗句。虽然陈先生并非私塾出身,但受祖父及父辈的影响,从小就喜好吟诗作赋。在课堂上，陈先生一般是背诗而不吟的，但私下里，吟诗作诗却是陈先生的最大爱好。我曾有幸两次听到陈先生吟诗。一次是在32楼334学生宿舍，一次是在他家。出生于二十世纪五十年代的我们，早已不知吟诗为何物了。所以第一次听陈先生吟诗，觉得既神奇又有趣。古诗格律在声调上讲究押韵以及平仄的协调，来配合音乐的韵律。因此古人不是"念诗"而是"吟"。古诗自然都是依中古音而作，要"吟诗"，就要依照中古音来读，而现代汉语的普通话发音与中古音有着很大的不同，特别是平上去入中的入声字已经在普通话中消失，唯南方一些方言仍保留了部分古音的入声字。陈先生是湖南人，说普通话时带着浓重的湖南口音。每次吟诗，陈先生都用他所特有的南腔北调，把诗歌的节奏、韵律吟得抑扬顿挫，给我们带来一种前所未有的艺术冲击力，仿佛把我们也带到了中古时代。

陈先生讲课讲得最得意的，当然还是他倾毕生之力所专攻的唐代文学。在这一段文学史讲授过程中，我受益最多的是他在讲王维、孟浩然作品时所介绍的山水田园诗派。我也由此对唐诗流派、诗体的发生发展产生了浓厚的兴趣。在陈先生讲课的这个学期，我先后捋清了山水田园诗派、边塞诗派、五言诗、七言诗的发展线索，对各个流派的代表诗人、作品做了详细的读书笔记。没想到的是，后来研究生考试正好有一道有关唐代文学流派的题，我当初所作的课堂笔记以及读书笔记意外地派上了用场。这是上陈先生文学史课的一个"额外"收获。

2

大约是上大三时，陈先生为本科生开了"三李研究"选修课。四年本科生涯中，那个学期我的课最重。除了必修课，还选了三四门选修课。那时，我已确定了研习古代文学史的方向。因此，除了乐黛云先生的"茅盾研究"没有重读茅盾的作品而只是听课以外，其他几门选修课都上得十分认真。不仅花了大量时间精读作家作品，而且广泛阅读了相关的学术论文与研究著作。

一次下课，陈先生要去五院系办公室，我去图书馆，与他同行了一段。路上，我跟陈先生聊起自己读李白的体会。陈先生告诉我清代王琦的《李太白全集》是李白各种注本中较好的一种，最近刚刚重印发行，建议我自己备上一套。此后不久，三大本《李太白全集》便摆在了我的床头。陈先生讲李白时，特别提到李白一生中所经历的两次重大政治事件对他人生遭际的影响，这段话引起了我对李白从永王李璘一事的兴趣。李白从璘，历来有"自愿"与"胁迫"两说。而"胁迫说"最早出自李白本人所写的《为宋中丞自荐表》。如果李白从璘果真是被胁迫的话，为什么同时代的友人对李白因此而入狱、并险遭极刑却无人伸手援救？经过多方面的研究与考证，我就李白从璘事向陈先生提交了《李白从璘辨》一文作为课堂作业。这是一篇带有考证性质的论文，也是我第一次写考证文章，自知写得不好，只当是篇普通作业交了。可是没过几天，陈先生便托同学带信给我，要我抽空去他家一趟。

收到这个口信，我心中颇有几分不安。虽然我曾跟陈先生谈过我对李白从璘一事的看法，他当即对我的想法表示肯定，同时这篇作业也是在他的鼓励下完成的，但我还是担心自己的立论、推论是否成立，论据是否充分。不过，不安是不安，我还是在收到口信后的第二天傍晚就去了陈先生家。

陈先生住在镜春园82号。这座漂亮的院落当时住着两户人家。陈先生住在东厢房，一进院门便看见一片修长翠绿的竹子。我顾不上赏竹，急匆匆地叩响了陈先生的房门。陈先生把我迎进客厅，还为我沏了茶。陈先生看出我拘谨中又透着几分不安，便从书桌上拿出了我的文章。我和陈先生离得很近，可以看到他在我的文章上作了很多的批注。

陈先生首先肯定了我所提出的李白不但是自愿从璘，而且对李璘谋反起着推波助澜的作用的看法，认为言之有理。然后，对我提出的例证逐一进行了分析。我在文中提出的第一个证据是，永王李璘手下最主要的将领之一季广琛得知永王李璘在国家危难之际存有谋反之心，毅然率部离去，倘若李白为"迫胁"从璘，这正是逃离的大好时机，但是李白却没有走。这说明李白的确是自愿从璘的。陈先生对我的看法表示赞同。同时，陈先生还特别肯定了我对李白十一首《永王东巡歌》的分析，认为抓住了问题的关键，很有说服力。其中，我发掘并剖析了"帝宠贤王入楚关，扫清江汉始应还。初从云梦开朱邸，更取金陵作小山"一诗中所用的淮南王的典故，来说明李白对永王李璘另立朝廷的企图是清楚的。在明知李璘要谋反的情况下，李白非但不离开，反而借此典称颂李璘，这只能说明李白从璘的确是"自愿"的。当时，陈先生还夸我读书读得细，因为我还挖掘出李白从璘失败后被拘押，在肃宗准备对他处以极刑的情况下，李白曾求救于当时身为刺史的高适，却未见高适任何回复的史实为旁证，进一步说明由于高适深知李白所牵扯的谋反罪实属十恶不赦之大罪，无法援救，并以此作为同时代人知悉李白是自愿从璘的又一证据。

陈先生对我的文章的总体论证做了充分肯定之后，又中肯地指出了文章的不足。他说，写学术文章特别是考证性的文章在词语的运用上与一般义理文章不同，表述也有差异。除此之外，逻辑推理一定要严密，做到无懈可击。陈先生要我回去认真研读他所做的批注，修改好后再把文章交给他。我当即大致翻了一下，陈先生对文章的引言部分以及第一节提出了许多具体的修改意见。他不仅在文章两边的空白处密密麻麻做了许多批注，而且还直接修改了文中的一些遣词用句,让我很不好意思。陈先生见我脸红了,马上对我说,凡是有价值、有见解的文章,我都是这样修改的。这是你的第一篇考证文章,经验不足。我这样修改,就是想把自己多年来做学问的基本路数传授给你,让你少走弯路。陈先生还建议我看一下他以前写的《唐代某些知识分子隐逸求仙的政治目的——兼论李白的政治理想和从政途径》一文,从中领悟学术文章的写法。我不过是一个普普通通的学生,却得到了陈先生如此精心的扶持,让我非常感动。临别时,陈先生还特意跟我说,不光是对你一个人,对你的所有同学,包括我的硕士生葛晓音她们,我也都是这么做的。

尽管陈先生当时说得非常恳切,可我完全不能相信。葛晓音学长是中文系有名的才女,文章写得精彩漂亮,陈先生每次提起她来,都赞不绝口。她的文章,怎么可能还会需要陈先生如此修改呢!我心里虽这么想,嘴上却没有说出来,只是非常感激陈先生会这样来宽慰我。直到前些年得知陈先生去世的消息,在网上读到葛晓音学长写的纪念陈先生的文章①,其中用了很长的篇幅叙述她读研究生时,陈先生是如何精心指导她读书写论文的事,才知当年陈先生所说是实情,并非仅仅是为了宽慰我。

① 葛晓音:《忆陈贻焮师》。

那天我在陈先生家聊了一个多小时,告辞时,陈先生送我出门。恰逢一阵轻风吹来,陈先生家门前的竹丛发出沙沙的响声,竹影在月光下婆娑摇曳。面对此情此景,我突然迸出了《红楼梦》中"凤尾森森,龙吟细细"两句。陈先生闻听哈哈大笑,我这里可不是潇湘馆,住的更不是林黛玉,而是两位老头、老太太。其实那时陈先生和师母李庆粤大夫都只有五十多岁,还正当年呢。

3

大概是 1980 年的 9、10 月间,学校书店到了湖南人民出版社出版的陈贻焮先生的大作《唐诗论丛》,我马上买了一本。其实,书中的许多文章我早已拜读过。之所以要买一本,是想按照陈先生所指导的路子,边读边揣摩陈先生做学问的方法,并把自己的读书心得随时记录下来。同时,也想请陈先生在书上题诗签字留作纪念。当我把《李白从璘辨》一文修改完毕,就揣着陈先生的《唐诗论丛》又一次来到了镜春园 82 号。

陈先生待客从来没有远近亲疏之分,无论来者是谁,总是沏上一壶清茶,边喝边聊。那天陈先生请我喝的是"一枪一旗"的当年龙井。那淡淡青翠的茶色,那绽开林立的嫩芽,在透明的玻璃杯中简直就是一件艺术品,我第一次品尝到如此之美的茶汤,捧在手里欣赏了许久,半天没舍得喝。陈先生见我对茶有兴趣,就跟我聊起了茶与文人的典故和名人轶事,让我长了不少知识。就是这一次的拜访,让我体会到了茶的妙处和品茶的乐趣,从此喜欢上了茶。1983年我与夏晓虹兄跟随褚斌杰先生去杭州考查,本想也买些上好龙井享受一下,不幸买到的是假茶叶。这以后我真花了点工夫研究茶以及茶文化,后来撰写《中国古代寺院生活》一书时,这点知识还真派上了用场,书中有一段就是介绍僧人对茶道的改革以及茶在寺院生活中的作用。现在,品茶已成了我为数不多的爱好之一。

那天我把改好的《李白从璘辨》的稿子交给陈先生以后,便取出陈先生的大作《唐诗论丛》请陈先生题诗签字。陈先生戴上老花镜,打开书,用钢笔在书的扉页上以行书题了两首诗,陈先生在落款处还写了"景琳学弟正之"几个字,并加盖了"一新"的印章。遗憾的是,我现在已想不起陈先生所题的到底是哪两首诗了。更遗憾的是,这本书我出国时没有带上,此后几十年几经搬迁,已不知流落何处。不过,这样一位大学者称自己的学生为"学弟",让我颇感惊异的同时,也特别感受到陈先生对学生辈的关心爱护以及他平等待人的谦和。那天我也是第一次知道陈先生还有"陈一新"这个名字。

见陈先生之前的那段时间,我很有些心绪不宁。主要原因是那阵子有传言说宁夏有关部门曾跟北大中文系打过招呼,要我毕业以后回宁夏。我也曾向班主任张剑福老师求证过这个消息。我是从宁夏考到北大的，而且是恢复高考后的第一批大学生，毕业时会怎么分配，心里没数。我很担心七六级"哪儿来哪儿去"的大学生分配政策依然有效。我也跟北大图书馆 201 文史阅览室的李鼎霞老师聊起过此事。李老师是在我"泡"图书馆的日子里熟识起来的，一直对我十分关心。李老师的先生白化文老师得知宁夏要我回去，建议我提前报考宁夏大学中文系王拾遗教授的硕士研究生，并表示他跟王拾遗先生是老朋友，如果我愿意，他可以做我的推荐人。白先生的话对我还是有一定吸引力的。当时我的想法是，假如早晚得回宁夏，早点儿拿到硕士学位也是一个不错的选择，但我又实在舍不得北大的老师、北大的图书馆和北大的学习环境。所以那段时间我对自己的未来感到很是迷茫，对要不要早些考研究生也很犹豫，拿不定主意。

陈先生在我的《唐诗论丛》上签了字以后，还把题的诗吟给我听。他吟起诗来，便沉浸在诗中，使我受到很大的感染，同时也给了我一种莫名的勇气。待陈先生吟罢坐定，我决定跟陈先生谈谈自己的事，听听他的建议。于是，我把自己的犹豫、所处的境况都一五一十地跟陈先生说了。没想到话音刚落，陈先生就问我，如果你想继续深造，为什么不等毕业的时候报考北大中文系的研究生？说实话，我不是没想过考北大，但有些担心考不上，又失去了考王拾遗教授研究生的机会。我把自己的顾虑坦诚地向陈先生和盘托出。陈先生鼓励我说，你不需要考虑自己最后会不会成功。一旦决定考，就下定决心走下去。即便一次不成功，还可以再考第二次。有志者事竟成。陈先生的眼神、语气让我感到他所说的话是发自内心深处的。也就是在那天晚上，在镜春园82号陈先生住的东厢房，我彻底放弃了考王拾遗先生研究生的想法，并决定报考北大古代文学研究生。就是在我自己也已进入花甲之年的今天，我仍十分感激陈先生那次谈话对我一生命运的影响。

陈先生看过《李白从璘辨》二稿之后，又做了一些小的批注，并在文章最后写了几句评语，对全文给予了很高的评价，还嘱咐我尽快改好交给他，他愿意帮我把这篇文章推荐给杂志社发表。陈先生还说他本来是想直接帮我修改加工的，但由于那一段他自己《杜甫评传》的写作任务很重，视力也不如前，每天工作时间不宜过长，所以希望还是由我自己修改后再拿给他。从陈先生那里拿回这篇文章后，我并没有马上动手修改，而是想先放一放、沉淀一下再动手。这样一是有可能找到更好的视角，修改起来更有新鲜感，二是也更容易发现文章的不足。

那时，新学期刚开始不久，我又选了不少课。每天都有很多的书要读，很多课堂报告要写，而且我自己也有了新的写作计划。结果，对《李白从璘辨》一文的修改工作也就一拖再拖，等我终于再有时间静下心来修改这篇文稿时，已是几年以后的事了。那时我已不好意思再去麻烦陈先生，就按照陈先生的建议，再次做了详细的修改加工，便自己直接把文章投了出去。几个月后收到杂志社刊用的回信。再后来我就出了国。不久听家人说在报纸刊登的杂志目录上见到了《李白从璘辨》一文的目录以及自己的署名，但可能是由于邮局的差错，始终没有收到刊登我文章的杂志。

4

1982年本科毕业，我如愿以偿地考上了北大中文系褚斌杰先生的研究生。读研究生期间，时常会在未名湖畔、在五院、在图书馆遇到陈先生。我虽然不是陈先生的及门弟子，但他仍像我在读本科时那样关心我。每次见面都会问我最近在念什么书。陈先生很喜欢将"看书"说成"念书"，而我每一次也都如实向他汇报。

一次，在未名湖边遇到正在纳凉的陈先生，就坐下来跟他聊天。陈先生问我，听说你读大学的时候，同学们称你是"拼命委员会主任委员"，有这回事吗？陈先生连这个也知道了。当时我们七七级文学班有几个同学学习特别刻苦，平常总是宿舍、教室、图书馆"三点一线"，很少跟其他同学出去玩，于是被戏称为"拼命委员会"。大概由于我去图书馆最勤，宿舍里最少见到我的身影，于是被封为"主任委员"，朱晓进兄封为"副主任委员"，孙霄兵、徐启华诸兄则名列"委员"。不知是谁在闲聊时把这事儿透露给了陈先生。听罢,我笑笑算是默认了。陈先生恳切地对我说,刻苦用功固然重要,但读书学习只是人生的一部分。此外,人生还有很多乐趣,有很多事可做。比如品茶,比如欣赏自然风光。多些兴趣爱好,充分享受人生,不会影响你的学业成绩,相反,还可以开阔你的眼界,增长你的见识。李白说:"相看两不厌,唯有敬亭山。"可对我来说,是"相看两不厌,唯有未名湖"。你注意过吗?未名湖的春夏秋冬,各有各的特点,各有各的韵味。如果你只是一门心思地念书写文章,读任何一本书,首先想的就是有什么学问可做,那你不但错过了欣赏身边各种自然美的机会,体会不到人生并不只有做学问这一内容,而且也失去了念书的真正乐趣,理解不了念书、做学问与做人之间的内在联系。

陈先生的话,说得语重心长,对我触动很大。那天晚上,我第一次静下心来,对自己大学四年的"拼命"人生作了反省,发现自己在读书、作学问的路上,多少有些"误入歧途",错过了许多原本可以享受到的人生乐趣。自此以后,我开始有意识地遵照陈先生的教诲,调整自己的读书习惯,并注意从身边的点滴小事中领悟人生,享受人生。即便是读书,首先也是欣赏,而不只是一门心思想着作学问了。在陈先生的点拨下,我总算不再那么"拼命"。但终究积习难改,只要看到什么,想到什么,就一定要马上写下来。在我们的班书中,大学时室友江锡铨兄曾夸张地写道:"景琳研究生毕业后去了中央戏剧学院任教。如今一些大红大紫的演艺界大腕,理论上曾经是景琳的门生。以后听说中戏给景琳分了一间房,这房据说曾是曹禺先生的藏书室。而自从入住之后,景琳似乎很得先生书卷气的浸润,心广体胖且文思大进,有段时间以每天8000—10000字的速度疯狂写作——杨柳曾从编辑学的角度做过权威评价:写顺手了,写得手滑。很快出了好几本书,之后不久,翩然去了北美。"[①] 每天写八千、一万字,在没有电脑的时代,不免夸张得有些离谱。但只要动起笔来,一天写上五千来字在我这儿的确是常事。不过,自打那晚听了陈先生的一番肺腑之言,至少我是把写文章、写书当作了一种人生的享受、一个爱好,直到今天。

转眼到了研究生毕业分配的时候。陈先生知道我很想在大学教书。他听说北师大需要青年教师,便推荐我去见北师大中文系聂石樵与邓魁英先生。他特地要我把一本他的书题了字送到聂先生夫妇家,并在书中附了一份引荐信,要我当面呈上。那时,我已基本决定去中央戏剧学院戏剧文学系,并与戏文系系主任见过面,系主任了解到我的情况,表示会尽力帮我争取在戏剧学院解决住房问题。所以

[①] 岑献青主编:《文学七七级的北大岁月》,新华出版社,2009。

去拜见聂先生夫妇时,只是把陈先生的书带到,并没有把那封引荐信呈上。不过,就是这么一件小事,也让我深深体会到陈先生办事之周到、用心之良苦,以及他对学生发自内心的爱护。

我毕业后去了中央戏剧学院。一年后,我妻子徐匋也要从中国人民大学中文系古代文学专业毕业了。按照当时国家学位授予规定,她的硕士学位论文需要有一位校外专家提出评审意见。我本来建议请我的研究生导师褚斌杰先生做校外评审专家,但因徐匋的论文写的是唐代诗人温庭筠,她的导师冯其庸先生认为请林庚或陈贻焮先生更为妥当。考虑到林庚先生年事已高,最后冯先生决定还是请陈先生。我陪徐匋带着她的论文一起去镜春园82号拜见陈先生。说明来意后,陈先生当即慨然应允。徐匋的论文由四部分组成,前三部分是对温庭筠生平事迹的考证,第四部分主要谈温庭筠诗词的文学风格以及在文学史上的地位。几万字的论文,陈先生只用了一周就把评语写了出来,认为她的文章颇有新意。陈先生的评语给了徐匋极大的鼓舞。由于论文由四个部分组成,每一部分拆开来都可单独成篇,于是她就把自己的四篇论文分别投送给《文史》《文学遗产》等学术刊物,不久便陆续发表出来了。到现在,徐匋一提起陈先生,都充满了感激之情。

那是我们与陈先生的最后一次长谈,也是最后一次畅谈。此后,我们的家安在了张自忠路5号中央戏剧学院宿舍。我们住进了当年曹禺先生的书房，后来又搬到海淀南路。有了孩子以后，时常杂务缠身，与老师们的接触也不可能像在大学时那么频繁了。此后不久，徐甸与我先后离开了中国，定居海外。而再一次闻知陈先生的消息，竟已是他去世六周年之后了。

一生低调的大家
——记阴法鲁先生

好像是大学三年级的时候吧,系里决定给本科生开设一门"中国古代文化史常识"课,面向中文系七七、七八、七九三个年级,外系同学也可选修。这门课的独特之处在于不是由一位老师从头讲到尾,而是由多位老师分别讲授,每人一个专题。授课老师大多来自中文系,以古典文献专业的老师为主,有阴法鲁、严绍璗、向仍旦、裘锡圭、金开诚等先生;还有历史系的宿白、邓广铭、张传玺、史树青等先生;此外,系里还特邀北京师范大学历史系的刘乃和先生加盟。这门课涵盖了中国古代文化史的方方面面,包括古代文献的发现、流传与收藏;历代行政区域的沿革;中国古代婚姻制度;中国古代科举制度与选举制度;国画艺术;中国历史上古纪年;唐宋时代的雕版印刷;史学等等。虽然这门课冠以"常识",其内容却比一般意义上的"常识"要广泛得多,也深入得多。有些题目甚至是很冷僻专门的,像"考古发现中的秦汉资料对校勘古书的意义"、"中国、日本古代关系史中文献学的几个问题"等等,简直就是专题研究。一拿到课程大纲,再一看任课老师几乎个个是遐迩闻名的大家,我就知道这绝非是一门普普通通的"常识"课。一个学期下来,在十几位任课老师中,给我印象最深的,是阴法鲁先生。他也是日后北大文献教研室中我听课不多、私下里却接触最多的一位老师。

1

初识阴先生,就是在"中国古代文化史常识"课的课堂上。这门课的第一讲是"概说",而"概说"的主讲人便是阴先生。如同当年上各门大课一样,距开课还有几分钟,可容纳百余人的教室就早已坐满了人。踏着上课铃声,一位高高瘦瘦、文雅疏朗、60来岁的老先生走上了讲台,是一位谦谦君子。就在上课铃声停下的那一瞬间,他也正好在讲台前站定,当时我就很钦佩于他掌握时间的精准。课上多了,就知道几乎所有老师教第一堂课的开场流程都十分类似。基本套路是,一上台先把讲稿翻开,来个自我介绍,然后开讲。可阴先生却把第一个步骤省略了,一上来便自报家门,随即在黑板上工工整整地写下"中国古代文化史概说"几个字,便切入正题。细心的我发现,阴先生压根就没带讲稿,甚至连个公文包也没有。我以前上过的各类课,包括必修课、选修课,只有吴组缃先生讲授"中国古代小说史论要"时带的讲稿最少,一个学期下来,总是只带那一页写有教学大纲的纸片,但他毕竟还有张纸,可到了阴先生这儿,索性连张纸也不用了。

阴先生一张口,我便听出他带有山东口音。想到阴先生名"法鲁",马上断定阴先生必是鲁人无疑。不知当时是怎么想的,我竟揣测"法"是不是暗示阴先生曾在法国留洋,显然这个联想太不靠谱了。后来证实,阴先生还真是山东肥城人。据说,他与原西藏军区政治部主任阴法唐中将是同族兄弟,不知有否根据。不过,阴法唐是肥城桃源镇张里庄人,阴先生是红庙村人,虽不同村,但两地相距不过十几、二十来公里。想来"法"当是阴氏大家族表示辈分的字。这么算来,他俩还真可以说是同族兄弟了。

这门课既然是"概说",望文生义,我琢磨着阴先生大概是要把日后各位老师所讲的内容提纲挈领地串联起来,给学生一个总体交代。这样的话,恐怕免不了蜻蜓点水,泛泛而谈,所以私下想这个"概说"课大概不会很有意思。然而,阴先生一开讲,就把大家都吸引住了。第一个感觉是这位老先生真有学问。他不但把看似互不相干的一个个专题融会贯通地连在一起,说起来如数家珍,而且穿插进许多自己多年研习文化史的体会,讲了很多我们以前自以为懂，其实不懂；或只知其一，不知其二；或只知其然而不知其所以然的"常识"。

阴先生讲起课来不动声色，口气十分平和，属于不苟言笑、可肚里干货极多的那种大家、学者。别看阴先生不带讲稿，不用讲稿，可要讲的东西好像全印在了他脑子里一样，有条不紊，一板一眼，内容丰富详实，没有半句废话，处处显示出他扎实的功力、渊博的学识。同学们听得都十分专注。

聆听阴先生的"概说"到如今，几十年过去了。尽管对这门课的总体印象还在，很多具体内容早已淡忘。不过，阴先生最后讲"史学"时提到的一些细节，却依然新鲜如初。

第一是关于"青史"的由来。"青史"是史书的代称，但为什么叫"青史"，"青史"是怎么来的，我当年确实不知道。顺带说一句，那时候查资料可不像今天这么容易，没有互联网，更没有百度、谷歌什么的，哪怕就是查个典故，有时候也得在图书馆泡上半天！记得阴先生一上来就先给大家诵读文天祥诗《过零丁洋》："辛苦遭逢起一经，干戈寥落四周星。山河破碎风飘絮，身世浮沉雨打萍。惶恐滩头说惶恐，零丁洋里叹零丁。人生自古谁无死？留取丹心照汗青。"我原以为阴先生引用此诗，是要在大一统的史学观上做文章，不料，他真正要说的只是最后三个字"照汗青"，问我们如何理解"照汗青"，什么是"汗青"。

可能是由于当时教室太大,人太多,大家都不太好意思当堂回答,或者有知道的,也只是小声嘀咕,反正是没有人站起来正式回答老师的问题。于是阴先生说,最早的书是写在竹片上的,称"竹简",但并不是什么竹子都可以用来写字。能写字的都得是上好的青竹,也就是绿竹。青竹选好后,先要把它削成长方形的竹片,然后把薄薄的青竹片放在火上烘干。烘干后的竹片既容易写字,也不易发霉变质遭虫蛀,便于保存。在烘干的过程中,新鲜竹片会渗出水珠,如同人出汗一般,所以制作竹简的这一道工序就称为"汗青"。后来,"汗青"就代指竹简、史册,也指著述完成了。史学,既然是研究历史的学问,自然主要研究的也就是那些青史留名的人与事。听了阴先生的介绍,我当时就觉得很长学问。

第二个细节是关于刀笔吏。"文革"后期,举国范围曾开展过一场轰轰烈烈的评《水浒》运动。那个架空晁盖、后来成了梁山好汉之首的所谓"投降派"宋江原本就是山东郓城一个小小刀笔吏。这"刀笔吏"究竟是多大的官儿,评《水浒》的时候,我还真查过,知道是古代衙门里的文案人员,相当于今日法庭中的书记员。不过,这个职务为什么叫"刀笔吏",为什么史书上刀笔吏多半是负面形象就不知其详了。阴先生的课正好回答了我当初不求甚解的地方。阴先生从"青史"引发出对"刀笔吏"的讲解,告诉大家刀笔吏与用竹简写作有着直接的关系。刀笔吏手中的刀就相当于今日之橡皮。现代人写错了字，可以用橡皮擦掉重写，而古人在竹简上写字，无论是用刀刻还是用笔写，如果出现错讹，就只能用刀来刮。做文案的人总是随身带着刀和笔，随时准备修改，于是被称作"刀笔吏"。阴先生还说，后人往往"官""吏"连用，其实古代官与吏不同，吏是不可为官的，地位也比官低很多。阴先生还举《史记》中的记述，说汉代的刀笔吏多是酷吏，刀笔吏的名声早在秦汉时期就不怎么样了。如《汲郑列传》中就有"天下谓刀笔吏不可以为公卿，果然。必汤也，令天下重足而立，侧目而视矣"的记述，还有《李将军列传》描述大将军李广因迷路而贻误战机，不愿受责于庭前之刀笔吏，于是愤而自杀，临终前对手下将士说："广年六十余矣，终不能复对刀笔之吏。"阴先生还说，这就是为什么刀笔吏后来多用作贬义词。

讲完李广，阴先生似乎谈性正浓，同学们也静静地等着阴先生继续讲下去，可他忽然停了下来，说"同学们，下课"。话音刚落，下课铃就响了。阴先生的课还差十来分钟结束时，我一直盯着他看，绝对没见他瞥过一眼手表，真不知道他是如何把上课时间把握得如此精确，几乎是分秒不差。

在大学上课时，最怕的就是上午第四节课的老师拖堂。但凡上大课，如果第四节课下课铃声响过，老师还没有下课的意思，你就听吧，饭盆、饭盒与筷子、勺相撞的叮当乱响之声很快就会从教室的各个角落传来。这是学生在催老师下课了。其实,这还真不能全怪学生没礼貌、不尊重老师。在有着万把学生的北大,那时统共只有四个学生食堂和一个少数民族食堂。中文系学生吃饭的学四食堂,又称大饭厅,是全校最大、就餐人数最多的一个。每到开饭时间,二十几个打饭窗口前,瞬间就能排起十几米长的长龙,去得晚了就只剩下熬白菜和馒头了。民以食为天,面临吃不上饭的危险,学生能不急嘛!所以像阴先生这样不看表就能把时间把握得恰到好处的老师,自然被我这种一顿不吃、甚至吃晚一点就心发慌的学生首先注意到了,并记了一辈子。

2

后来,阴先生还为中文系学生开设了"诗经研究"专题课。可那时我对唐诗产生了浓厚的兴趣,并把自己的研究重点锁定在唐代文学上,因此选修了陈贻焮先生的"三李(李白、李贺、李商隐)研究",陈铁民先生的"唐诗文献与整理",吴小如先生的"唐宋词研究",还有彭兰先生的"高适岑参研究"等课。本来,我也很想选阴先生的"诗经研究",还特意跟文献专业的同学打听过,被告知阴先生的"诗经研究"主要是从文献学与音乐性入手研究《诗经》的。文献学,我有兴趣;可是对音乐,我是名副其实的乐盲，加上当时我已经选了很多课，犹豫再三，还是决定放弃了。也是造化弄人，阴差阳错，我毕业那年，偏偏北大唐代文学专业不招研究生，只能选宋元明清或者先秦两汉。比较之下，我还是对先秦两汉更有兴趣，就报考了褚斌杰先生门下的先秦两汉文学研究生。读先秦两汉文学，《诗经》是一个重头。我曾很是后悔，觉得本科时没上阴先生的"诗经研究"课是一大失策。

最近我才读到阴先生过去发表的一篇研究《诗经》的文章①，文中探讨了"《诗经》该如何来唱和"的问题，我觉得很有创见。他把《诗经》中不同的唱和形式，归纳为这样几种，一种是对唱：即两方交替歌唱。如《周南·芣苢》：[唱]采采芣苢，薄言采之。[和]采采芣苢，薄言有之。一种是帮腔。就是紧接每段、每句或全首唱词的尾句而出现的应和部分。一般采用"一唱众和"的形式。如《郑风·木瓜》：[唱]投我以木瓜，报之以琼琚。[和]匪（非）报也，永以为好也。[唱]投我以木桃，报之以琼瑶。[和]匪报也，永以为好也。第三种是重唱。依照别人所唱的全首歌曲重唱，歌词或相同或不同。文中，阴先生还特别提到孔子谈《诗经》音乐性的话，孔子说："师挚（太师挚）之始，《关雎》（《诗经》第一篇）之'乱'

---

① 《经书浅谈·诗经》，中华书局1984年版。

（乐曲末章合奏的高潮部分），洋洋乎盈耳哉！"指出这就是孔子对《关雎》音乐成就的描述。读到这里，我不禁想起三十多年前，自己研读《诗经》的事。当初我虽然没能亲耳聆听阴先生的"诗经研究"专题课，可上研究生时读《诗经》却写了一篇从音乐与文献角度研究《诗经》的文章《〈关雎〉错简臆说》，发表在中华书局主办的学术刊物《文史》第25辑上。其中的论据之一，就是《关雎》所采用的唱和方式。现在想来，假如当年上了阴先生的专题课，那篇文章或许还可以写得更好些，对《关雎》音乐性的研究也更深入些。

阴先生是一个潜心做事、绝不张扬的人。本科期间，除了上"中国古代文化史知识"概说课以外，我几乎再没在校园里碰到过阴先生。第一次与阴先生零距离接触，已经是我读研究生的时候了。那是1982年的秋天，北大九三学社组织社员及家属去密云水库郊游。我妻子徐匋（当时还是女友）的父亲徐继曾先生是西语系教授，也是九三学社北大主任委员。因为我从来没去过密云水库，徐匋就邀请我作为家属同去。我很高兴地答应了，但是万万没有想到中文系阴法鲁与金开诚两位先生也会参加这次郊游。

郊游那天，我们到得很早，早早就坐上了旅游车。上车不久，我就透过车窗发现阴先生也向旅游车走了过来，心中暗叫不好，赶紧低下了头。就在阴先生跟徐先生打招呼的时候，我又听到了另一个熟悉的声音："徐先生早"，那是教过我们"文艺心理学"的金开诚先生。我顿时觉得浑身不自在起来。周围坐着的都是些老先生、老教授和他们的夫人，在众人中，只有我和徐匋两个年轻人已经够扎眼了。本来谁都不认识倒也罢了，可现在偏偏上来了两位同系的老师。阴先生很可能不记得我了，可金先生是一定能把我认出来的，因为我不但上过他的课，跟他请教过问题，在系里聊过天，而且还正在上他的"楚辞研究"专题课。为了避免尴尬，我赶紧把头埋得低低的，拿出随身带的书佯装在看。在我们那个时代，人们对交男女朋友的态度还是相当保守的。一般不到结婚的份上都不公开。特别是在老师、领导面前。去密云水库的时候，我与徐匋相识并不很久，觉得被认识的老师看到我们在一起，很是尴尬。

到了密云水库，我是最后一个下车的，就是想躲开两位中文系的先生。可徐先生和阴先生、金先生就在离旅游车不远的地方聊天，似乎在等着我们。我只好硬着头皮走了过去。徐匋先跟两位先生打了招呼。金先生果然一眼就把我认出来了，还没等我发话，就先把我介绍给了阴先生："这是中文系文学专业七七级的王景琳，现在正跟着褚斌杰读研究生，也在上我的一门课。"我赶紧向阴先生问好，并告诉他我曾上过他的"中国古代文化史常识"。阴先生很客气地跟我握了手，说"欢迎你们年轻人参加九三学社的活动"。游览时，我尽量与两位先生保持距离，避免与他们打照面。但密云水库游览区不大，免不了还是会面对面碰上。阴先生很理解我在他与金先生面前这种不自在的感受，每次撞上，都面容和善地与我闲聊几句。我能明显地感到，阴先生是想尽量让我轻松起来。

吃午饭的时间到了。我和徐匋走进餐厅的那一刻，金先生和徐先生正坐在餐桌旁聊天，徐先生的一侧空着两个座位，显然是给我和徐匋留的。我正在犹豫要不要过去先跟金先生打个招呼再坐下，正好阴先生也进来了。他先往四周打量了一圈，选了另一张桌子坐下，然后就冲金先生连连招手，示意他坐到他那里去，金先生跟徐先生嘀咕了一句，就真的挪过去了。我悬着的心这才放下，心里特别感谢阴先生。其实，我们的桌子足够大，阴先生也可以过来与我们同桌的。不过，果真如此的话，我和徐匋就得坐在金先生和阴先生的旁边，在两位老师的眼皮底下把饭吃完了。那样的话，我肯定不好意思下筷子，连吃得饱吃不饱都还两说着呢。幸亏阴先生看透了我的心思，把金先生叫去与他同桌，给我解了围。这是我第一次直接与阴先生打交道。事情虽微不足道，却让我特别感受到阴先生为人的周到、细心、实在。认识一个人，有时候未必需要遇到什么大事，在这些细枝末节的琐事上反而更能见出一个人的修养。

从 1984 年到 1986 年，我在中关园 42 公寓徐先生家住过两年多。阴先生家与徐先生家仅仅隔着两个门洞。自从在密云水库与阴先生相遇,我与阴先生开始熟悉了。傍晚去取牛奶,常常在路上遇到阴先生,每次相见我都会跟阴先生聊天,也向他请教。随着与阴先生越来越熟悉,谈论的话题也就越来越广。自然,我们谈得比较多的是《诗经》、《庄子》、道家思想以及中国民间信仰方面的事。阴先生话虽不多,但学识渊博,无所不知,几乎什么话题都可以聊,这一点尤其令我钦佩。

3

我的硕士论文做的是"庄子散文研究",是从文章学的角度论述《庄子》的,有六万来字。即将毕业时,导师褚斌杰先生告诉我,我的论文答辩委员会由五人组成,阴先生是其中之一。我听了很是高兴。不过,我也想到,阴先生一向做学问严谨缜密,他提出的问题一定具有很大的挑战性,自己得好好准备。果不其然,论文答辩那天,阴先生是最后一个向我提问的老师。他先就论文涉及的内容提了几个问题,我都圆满地回答了。可他最后提出的一个问题却完全出乎我的预料,丝毫没有准备。他要我谈谈庄子与阴阳五行的关系。当时我一下子就愣在那里了。

阴阳五行,是中国古代哲学的核心。"阴阳"与"五行"两大学说构成了中国传统思维的基本框架,是一个纯哲学研究专题。遗憾的是，那时候我不但没有研究过阴阳五行学说，更没探讨过庄子与阴阳五行的关系。这个问题完全超出了我的研究范围，我从来没有涉及过、也没有接触过。尽管读《庄子》时，我确实也曾有过这样的瞬间，考虑过庄子是否与阴阳五行有关，还翻阅过几篇相关文章，但毕竟没有坐下来认真研究。更何况阴阳五行在《庄子》思想中所占的地位并不重要，也就从来没把这两者的关系放在心上。

为了回答阴先生的问题，我甚至迅速回想了一下当年上哲学系许抗生老师"庄子研究"课时，老师是否谈及这个问题。一定没有。现在，阴先生却在我论文答辩的关键时刻把这个问题提出来了，应当如何回答？无论如何，我得说点什么啊！那一刻，我的大脑在急速旋转，把能够想到的材料迅速调集、组织起来，答辩室内一度出现了令人难堪的沉默。就在我准备从对阴阳五行的理解扯开去时，导师褚斌杰先生来"救驾"了。他已经看出我一时无法对这个问题做出一个论说严密、论据充分、思路清晰的回答，便笑着对我说，这可是一个大题目，恐怕不是几句话能回答得了的。这样吧，庄子与阴阳五行的关系就算是阴先生交给你的一个新课题，以后你可以写本专著，至少也要写篇论文向阴先生请教，好吧？我当然连忙点头称是，给自己找了个台阶下。

阴先生也不再深究，还很体谅地说，我也是刚刚想到这个话题，不能算是论文答辩的问题吧，只是想开启一条思路。既然这个问题不是三言两语可以回答的，那就给你留个功课。事后，我曾多次琢磨阴先生为什么会在答辩会上提出这个问题。我最终的理解是，他的真正用意就是要我把眼光放得更开阔一些，对庄子这样一个在中国文化各个领域都有着极大影响的文学家、思想家、哲学家，仅仅从文学的层面进行研究还远远不够，有很大的局限性，必须要能从多领域、多层面加以探讨，才能揭示出更深层的东西。这就要求庄子学者不但要研究庄子的文学观、哲学观、社会观，还要了解像阴阳五行这样一些中国基本哲学学说与庄子思想的关系。

这件事对我触动很深，也让我思考了很多、很久。从那以后，我感觉我做学问写文章的思路比过去更宽阔，涉猎的领域也更广博了。毕业后，我在中央戏剧学院开过"古典散文赏析"课。在讲《庄子》散文时，我特意给自己出了个难题，讲《应帝王》中"神巫季咸为壶子相面"那一节，并就中国古代相术给学生做了个简单介绍。没想到，这个题外话却引起了学生浓厚的兴趣，很多学生向系里要求安排我给大家开一门中国文化史课。那时正是文化热，可我刚任教不久，怎么能承担内容如此深厚广博的课呢！最后，我把这门课开成了民俗文化课，分成几个专题讲授。后来，就在这门课的基础上，我写出了《鬼神的魔力》《中国古代寺院生活》《鬼神文化溯源》几部专著，还与徐訇合写了《金瓶梅中的佛踪道影》一书。我有时候想，在我这一辈子的学术生涯中，之所以能从纯文学研究转而到更广阔的文学文化研究，阴先生在答辩时给我出的难题对我是有一定的启迪的。

为了准备开这门"民俗文化"课，我当时到处搜集资料，发现有关民俗文化的参考书又稀缺又简单，我就跟徐訇商量自己动手编写这样一部工具书。经过几个月的准备，我们直接给中国文联出版公司写信提出我们的编书构想，并附上了编写体例以及每一大类的词条样稿。很快，出版社回信表示对我们这一选题有兴趣，不久便把此书列入了出版计划，还建议我们请一位著名学者为此书作序。

请谁呢？我和徐訇不约而同地想到了阴法鲁先生。阴先生从事古代文化史研究多年，而民俗文化正是其中一个重要部分。于是，我专门去北大中关园42公寓拜访阴先生。一跟阴先生说明来意，他就赞许地连连点头，并当即应允。阴先生知道我已搬离中关园，住在海淀南路，便答应把《序》写好后交到我岳父徐继曾先生处。这次拜访不久，我邀请参与此书编写的众多作者尚未把稿子交完，可阴先生的《序》就已经到我手中了。1992年，一本70多万字的《中国民间信仰风俗辞典》由中国文联出版公司出版了。阴先生的《序》为此书增色不少。遗憾的是，此书问世时，我已离开北京到了北美。一收到样书，我立即托家人给阴先生送去，并转达我的谢意。据说，阴先生见到样书很是高兴。大概是2010年左右,我在网上发现此书很受读者欢迎,并于1997年重印。看到重印书的纸张更精良,制作更规范,版权页上的信息也比首印更完善,我想跟出版社再要几本样书,却被告知1997年版是盗版的。无论如何,作为主编,我还是觉得有人愿意买书、看书总比写了无人问津要好。如果阴先生知道了,大概也会跟我们一样,为有人还愿意看此书而感到欣慰吧。

4

阴先生是一位极其低调、少言寡语、为人笃厚实在,对学问精益求精的学者。他很少谈论自己的过去,自己的成就。我认识阴先生多年,也仅限于知道他毕业于老北大,一直致力于对中国古代音乐史的研究,特别注意从音乐的角度,研究"诗""词"的发展以及相互关系。他对中国古代文学文化研究的一个重大贡献,就是与音乐教育家杨荫浏先生一起通过对宋代词人姜夔留下的十四首自度曲的记谱符号、音阶形式、宫调系统、绝对音高等的研究,破译了现今仅存的宋代乐谱,从而让今人也可以听到近千年前的古乐。此外,我还知道阴先生著有《古文观止译注》,与人合作主编《中国古代文化史》等。

直到最近,我才发现一生低调的阴先生,原本是有很多可以高调的资本的。只是由于他内敛笃厚的性格,才使得他的经历鲜为人知。阴先生是1935年考入北京大学中文系的。大学期间,"七七事变"爆发,于是北大西迁,与清华大学、南开大学三校联合组建西南联合大学,阴先生也随之前往。他1939年自西南联大毕业时,恰逢北京大学文科研究所恢复招收研究生,当年招了两批。第一批,阴先生似乎没有报考。据郑天挺《日记》[①]记述,第一批报考并录取的是史学杨志玖、汪籛、桑恒康,语言学傅懋勣、陈三苏、马学良,文学逯钦立。阴先生是第二批报考的,同时录取的还有王明、王叔岷、任继愈、刘念和、阎文儒共六人。西南联大时期的文科研究所的导师阵容极为强大精悍,有罗常培、李方桂、丁声树、唐兰、罗庸、杨振声、汤用彤、陈寅恪、姚从吾、向达、郑天挺、贺麟等等,个个都是学界响当当的人物。阴法鲁先生师从著名古典文学史家罗庸。按照课程设计,研究生读两年,可1941年一共只有七个学生毕业,他们是马学良、刘念和、周法高、王明、杨志玖、任继愈和阴法鲁。同时入学的逯钦立晚了一年到1942年毕业。而王叔岷,还有次年入学的王利器1943年毕业。这些当年北大文科研究所的研究生几乎无一例外,后来都成了学界的领军人物。

在昆明,生活条件极为艰苦,但研究生与导师间却相

[①] 郑天挺:《郑天挺西南联大日记》,中华书局,2018。

处融洽。有意思的是当年文科研究所正所长是傅斯年,而副所长是郑天挺。传说有研究生戏拟对联:"郑所长,副所长,傅所长,正所长,正副所长;甄宝玉,假宝玉,贾宝玉,真宝玉,真假宝玉。"阴先生的同窗任继愈先生回忆说:"师生们同灶吃饭,分在两个餐厅,因为房间小,一间屋摆不开两张饭桌。师生天天见面,朝夕相处。郑天挺担任文科研究所的副所长(正所长是傅斯年先生,后来兼任中央研究院总干事,常驻重庆)。罗莘田先生戏称,我们过着古代书院生活,郑先生是书院的'山长'。"① 可惜的是,我没能找到阴先生自己写的有关在昆明读研生活的文章。

尽管如此,我还是颇有一些令人惊喜的发现。阴先生平日话语不多,留下的文字也不算多,想不到他保存下来的珍贵的师友信函着实不少。其中有大名鼎鼎的新儒家开山祖师、国学大师熊十力于五十年代中期写给阴先生的画满圈圈点点求办琐碎家务的信;有自称姓"启"名"功"的著名书画家、教育家因惟恐"贻笑大方"而婉拒为某出版社撰写题词,却"自请缨""写书签"的请准信;有阴先生恩师、也是西南联大校歌歌词作者以及西南联大纪念碑碑文书写者罗庸的绝笔信以及1938年西南联大校歌油

---

① 任继愈:《一代大师因小见大》,收入《竹影集——任继愈自选集》,群言出版社,2015。

印件；有中国现代语言学开拓者之一魏建功与北大九三学社谢义炳、唐有祺、游国恩、金克木、杨周翰等先生参加统战部组织的参观游览活动汇报；有阴先生北大研究所同窗、时任北京图书馆馆长的著名哲学家、历史学家任继愈祝贺阴先生80寿辰的短札；还有多才多艺、"桃李满天下"的北大同仁吴小如先生搜寻教学资料的求助信等等。诚如网上所说，虽然阴先生不显山不露水，从未见他标榜自己，却有着如此"豪华"的"朋友圈"，可见阴先生为人谦逊厚道之一斑。

我是1991年出国的。刚出国时，还偶尔从家人来信中获知阴先生近况之一二。后来听说他身体不太好。后来大家都不写信了。2007年回北大，曾向家人打听阴先生的寓所，想去看望他。不料，家人告知阴先生已于2002年驾鹤西去，令人不胜唏嘘。

"清辉依旧透窗纱"
——忆彭兰先生

彭兰先生是1988年1月24日去世的。那时我在中央戏剧学院每周一次给戏剧文学系的学生讲民俗文化课,家却住在西郊。一般只有授课那天,我才会去学校。记得那是一个寒冷的早上,到了学校以后,我习惯性地先去系办公室看信。第一眼瞥到的竟是印着黑体字的"彭兰先生治丧小组"的信封,心中顿时一惊。那些年,我知道彭先生身体一直不好,但绝没想到这么快她就离我们而去。打开信才知道,彭先生的遗体告别仪式以及追悼会我都错过了,就连与彭先生最后告别的机会,也没能赶上。当晚,便匆匆去了彭先生的家。一来是去跟彭先生的丈夫张世英先生当面致哀,二来也想看看自己还能为彭先生最后做些什么。彭先生生前一直致力于高适研究,早年曾做过《高适年谱》,在《文史》刊出后颇有影响,她曾多次跟我提及为高适诗作注的事。我向张先生表示,如有可能,我愿尽绵薄之力协助将此书稿完成。对彭先生一家，我虽说不上很熟，但或多或少也有些了解。彭先生的丈夫张世英先生是著名的西方哲学史家，女儿晓嵋、儿子晓岚、晓崧也都不从事古代文学研究。我把我的意思跟张先生说了，才知彭先生去世前几年由于身体不适，高适诗注时断时续，进展十分缓慢，还远不到成书的时候。这是我最后一次去彭先生家。

1

在北大中文系众多老师中，我认识彭兰先生相对较晚。大概是上大三的时候，系里开了"高岑诗研究"选修课，授课老师是彭兰。我来自西北边塞，在毛乌素沙漠地区生活、工作过多年，对边塞诗一直情有独钟。高适、岑参是唐代边塞诗派的代表诗人，对他们诗歌中所描写的边塞风沙雨雪的情景，自认比没去过边塞的同学有更深切的体会、更直观的感悟，于是毫不迟疑地选了彭兰先生的"高岑诗研究"课。

当时有二十几位学生选了这门课，人不算多，这就给了大家近距离与老师交流的机会。彭兰先生中等个子，头发有些花白，慈眉善目，平易近人，和蔼慈祥。中文系女性教授屈指可数，此前教过我们的只有乐黛云与冯钟芸两位先生。乐黛云与冯钟芸都属于那种擅长条分缕析的老师，注重概括性的分析评论，而彭先生讲课却带有更多的诗人气质与感悟。每讲解一首诗之前，彭先生总要先把这首诗诵读一遍。彭先生读诗，近乎于吟与诵之间，声调时而高昂，时而低沉，音节有时读得悠远深长，有时又短促急切，经她那带有湖北口音的普通话诵读出来，犹如音乐一般。我这个生于北方、长于北方、不懂入声字的学生，居然也能从彭先生的吟诵中品出入声字在古诗中的特殊功效来，对古诗的韵律、诗意、诗境有了更感性的体悟。不止一次，随着彭先生的吟诵，我的眼前浮现出一幅幅风雪狂沙横扫大漠的壮阔而又悲苍的画面。

彭先生十分健谈，几乎每次下课她都不急于离开，而是留下来解答问题或跟学生一起探讨交流。有一次我跟彭先生聊起王之涣《凉州词》的版本问题。流行版本的第一句都作"黄河远上白云间，一片孤城万仞山"。而另一版本的首句则是"黄沙直上白云间"。我告诉彭先生我下乡所在的园艺场就地处沙漠，果园边是一望无际的黄沙，边塞诗中描绘的"风沙茫茫黄如天"是那里常见的景象。我还向彭先生详细描述了我目睹龙卷风来袭时那连天接地、扶摇而下的倒圆锥体狂风，如何巨龙般咆哮着在沙漠上急剧旋转狂奔，一路把所经的果树一棵棵齐刷刷腰斩，硬生生开出一条六七米宽、百余米长的"通道"的惊人景象。

我还跟彭先生提及我对这两个版本的看法。我告诉她在亲身经历龙卷风来袭之前，我已读过王之涣的这首《凉州词》,也知道原诗的第一句有两个不同的版本。不过,出于对不同意境的感受,我一直更偏爱"黄河远上白云间"一句。但自从目睹龙卷风摧枯拉朽的景象之后,我完全相信王之涣《凉州词》原本写的应该就是"黄沙直上白云间"。我向彭先生提出的另一个理由是玉门关距黄河有千里之遥,从玉门关无论如何也是望不到黄河的。而"黄沙直上白云间"被误传为"黄河远上白云间",想必是由于草书或行书的"沙"与"河"、"直"与"远"形似,后人遂将"沙"误作"河"、将"直"误作"远"了。特别由于从意境上,"黄河远上白云间"远比"黄沙直上白云间"更完美,更富有韵味,画面感也更强,后人遂将"黄河远上白云间"作正本,而将"黄沙直上白云间"做另说了。彭先生认为我的解释可以作为一家之言,建议我写篇诗歌鉴赏的文章,把这两个版本都介绍给读者,并说这篇赏析文章可以作为这门选修课的读书报告提交上来。不过,当时我的读书报告已另有选题,虽然答应彭先生要把这篇赏析写出来,却一拖再拖,始终没有动笔。这也成了我对彭先生心中一直存有的一份内疚与遗憾。

彭先生讲解古代文学,常常强调不同时代的研究者,由于所处社会环境不同、采用的研究方法不同,对历史上同一作家、作品的看法也一定有所不同。任何研究成果都不可避免地带有研究者时代的烙印。对《诗经》《楚辞》、汉乐府、李白、杜甫乃至明清小说的研究无不如此。她还特别以三国故事在流传中究竟谁是正统为例,详细阐发了自己的这一看法。对彭先生来说,一部研究著作,一部诗文注释,如果不能鲜明地反映研究者、注释者所处时代,就不会有新意。因此,她正在做的高适诗注就是要把我们这个时代的特点体现出来。我当时并不十分了解彭先生究竟是如何注释高适诗的,但她所说的"时代精神"却给人以启发。在我看来,所谓"时代精神"包含着两重含义,一是研究者自己生活的时代,二是古代文学作品产生的社会环境与时代。研究边塞诗,那就特别要研究盛唐精神对文学产生的巨大影响。

彭先生在讲解高、岑诗时,还特别要求我们通读古代诗人作品全集,强调掌握诗人作品全貌对理解、评价诗人的文学成就与局限的重要。她认为,惟其如此,才能避免先入为主的偏见。彭先生提出的读全集的重要性,其实也是中文系众多师长前辈留给我们的治学传统。为了深入研究边塞诗,我不但查阅了以高适、岑参为代表的所有边塞诗人的生平经历,通读了所有边塞诗派诗人的作品集,而且把置身边塞半年以上诗人所作的边塞诗与短暂出访边塞的诗人所作的边塞诗做了一番比较,确认盛唐边塞诗的兴起与唐王朝"出将入相"的社会风气密切相关。盛唐出塞诗人很多,而久留边塞并最终官至高位的,似乎只有为数不多的高适、岑参几位。中唐李贺《南园十三首》"男儿何不带吴钩,收取关山五十州?请君暂上凌烟阁,若个书生万户侯?"一诗直接道出了其中的原因。我跟彭先生谈了自己对唐代边塞诗兴起原因的看法,马上得到了彭先生的充分肯定。她说,边塞诗历代都有,但为什么唐代初期、晚期都没有形成一个诗派,而只出现在盛唐?为什么当时会有那么多诗人亲赴边塞、写出如此多脍炙人口的边塞诗?这就是"盛唐气象"在文学中的反映。彭先生鼓励我继续从盛唐的时代精神以及当时社会风气入手,深入分析、探讨这一文学现象。这门课的读书报告,我写的是"论盛唐边塞诗形成的社会原因",后来发表在1982年北京大学出版社出版的《大学生》杂志第二期上。这是我第一次在正式刊物上发表学术论文。

2

与彭先生熟了,聊天的话题也就越来越广泛随意,对彭先生的人生经历也了解得越深,对其为人与治学精神尤其钦佩。

在"高岑诗研究"课上,彭先生曾多次提到,研究古代诗歌一定要会作古体诗词。只有通过作诗,才能更好地体味古诗中所蕴涵的意境。虽然我也曾试着写过古体诗、填过词,但总觉得古诗词受到太多格律的限制,难以自由发挥而放弃。可彭先生仍然认为,作为古代文学的研究者,至少要懂得如何作诗才谈得上研究。她甚至热情地提出由她自己来辅导我们作诗,而我们也可以随时把自己的诗作交给她指点。

彭先生第一次给我们讲高适诗,我们就已经从她吟诵古诗的节奏、讲解诗歌时所流露出的激情,感受到她身上所特有的诗人气质。跟彭先生聊得多了,才知道彭先生的家学渊源。父亲是清代进士,母亲出身于书香门第。受家庭的熏陶,彭先生从小就学书作诗。由于父亲早逝,她很小就随舅舅读私塾。有一次舅舅随口出了个上联:"围炉共话三杯酒",当时年仅九岁的彭先生不假思索当即对出"对局相争一盘棋"的下联,显示出超人的文学天赋,赢得舅舅连声称赞。彭先生对古典诗词极有悟性,少年时便写得一手好诗。后来我曾读到彭先生的几首诗作,其中《月夜抒怀三首》最受人激赏:

清辉依旧透窗纱,往事回想梦里花;
国破家亡人散尽,亲朋姐弟各天涯。

万里河山半劫灰,婵娟含恨且低回;
三更数尽难成梦,恍惚遥闻画角哀。

江汉奔涛犹滚滚,英雄儿女恨填膺;
冲冠怒发驱强寇,四亿中华庆再生。

诗中既浸透着诗人对国破家亡的凄楚哀恨，又流露出巾帼不让须眉、驱逐强虏的悲壮豪情。

抗日战争时期，考上北大中文系的彭先生为继续求学，变卖家产，只身随母亲前往西南联大。不幸的是，母亲于途中患病，其时正值日本飞机连日狂轰滥炸，医护人员都躲进了防空洞，年仅20岁的彭先生眼睁睁地看着母亲躺在病床上因得不到及时救治而病逝。此后，彭先生一直被困在沦陷区，两年后才有机会逃离，辗转来到位于叙永的西南联大分校，后又转入昆明西南联大本部。彭先生在西南联大时，和那个时代的许多新青年一样，积极投身进步学生的爱国运动，曾担任西南联大湖北同乡会主席，并经常通过诗歌创作表达对沦陷的家乡的深切怀念以及对日本侵略者的切齿痛恨，这一点深受联大中文系教授闻一多先生的赏识。特别当闻一多先生得知彭先生父母双亡的悲惨身世，对彭先生更是疼爱有加，收其为干女儿。彭先生自己也把闻一多先生当作父亲一般看待。

彭兰先生与闻一多先生的这段往事，她很少主动向人提及。在我看来，这是因为彭先生不想借与闻一多先生一家的这种特殊关系而博人眼球，同时也是刻意避免借闻一多干女儿身份提高自己学术地位之误解。尽管如此，课上课下，彭兰先生每每引述闻一多先生对某一文学现象的看法或见解时，我们仍可真切地感受到彭先生对闻一多先生由衷的仰慕与尊重。这些年，我总是在想，像彭先生这一代人如此低调谦虚平实淳朴的为人风范,在如今浮躁奢华夸张的社会风气中,早已成凤毛麟角,更不是那些所谓"教授""学者"所能望其项背的了。

上学期间,曾风闻彭先生与张世英先生结为伉俪是由闻一多先生介绍并为其主婚的。与彭先生熟识之后,曾向彭先生求证,才知所传有误。写此文时,我又特地与彭、张先生的长子张晓岚确认,得知彭先生与张先生其实是在西南联大的湖北同乡会上相识的。其时,彭先生是中文系有名的才女,颇得闻一多、浦江清、罗庸、朱自清等先生赏识,而学哲学的张先生也对古典诗词饶有兴趣,常与彭先生唱和往来。一来二去,两人由诗而结为情侣。可以说,"诗"在彭先生和张先生的关系中起着催化剂的作用。张先生后来在其《回忆录》中"坦白",当时的他并不像彭先生那样有着新青年式的激进,而更属于一心躲在"象牙塔"中做学问的青年学俊。与彭先生确定恋爱关系以后,张先生曾特地与彭先生一起拜见闻一多先生,接受了闻先生"准岳父"式的"面试"长谈。由此可见当初闻先生对彭先生的关爱的确犹如父亲一般。此后,在闻一多与彭兰先生的共同影响下,张世英先生终于也走出了"象牙塔",与彭先生一起积极参与进步学生组织的各种抗议活动。二十世纪四十年代,他们在昆明结婚时,闻一多先生担任彭先生的主婚人,冯文潜先生担任张先生的主婚人,而汤用彤先生则为证婚人。这一场号称"文学与哲学联姻"的婚礼，其证婚与主婚三人皆为现代学术界一顶一的大家！

彭先生与张先生婚后，曾有相当一段时间就住在闻一多先生家中。后来，两人一起离开昆明前往武汉任教，就在他们离开昆明不久，闻一多先生惨遭杀害。此事让彭先生与张先生都感到无比震惊与悲痛。二十世纪五十年代初，张先生和彭先生又先后受聘于北京大学，开始了他们长达数十年的北大教学生涯。彭先生与张先生的这段佳话，我是近些年才陆陆续续了解到的，但在当年与彭先生、张先生点点滴滴的接触中，我总能深深地感受到他们之间的默契与依恋。

3

彭先生虽然只教了我们一个学期的"高岑诗研究"，但她那平易近人、热情爽快的性格，使她与同学间很自然地建立起一种亦师亦友的关系，她还时常邀请同学去她家做客。那个年代，师生关系十分单纯融洽。拜访老师既不需要收到老师的邀请，也不需要事先预约，都是直接上门。话说回来，那个年代电话还是奢侈品，只有高干、个别名教授家才配备有电话。普通的学生即便想事先预约，也根本没有这种可能。这样也有好处，就是任何时候有了问题想向老师请教，随时都可登门拜访。顺便提一下，那时的老师也有到学生中间与学生互动的传统。至少像陈贻焮、袁行霈、陈铁民、周先慎、吕乃岩等先生，就都曾多次来到七七级中文系学生居住的32楼看望大家。我来自外地，在北京除了同学以外，没有任何其他亲友。彭先生对学生的热情、关心，总能使我感到温暖与信任。每当遇到问题，我都很愿意首先向彭先生请教。这样，我也成了彭先生家中的一位不速之客。

本科毕业论文，我的选题是盛唐边塞诗。系里公布的毕业论文指导教师名单上没有彭兰先生，可能主要是照顾彭先生的身体状况吧。而教过我们"唐诗文献与整理"选修课、正在从事《岑参集校注》的陈铁民先生担任了我的毕业论文指导教师。由于上彭先生的"高岑诗研究"课时，对边塞诗下了不少工夫，所以论文写得十分顺手，很快就完成了初稿，共计一万六七千字。论文的第一部分从《诗经》、汉乐府中的边塞诗谈起，分析为什么盛唐之前有边塞诗却没有形成诗派，第三、四部分谈边塞诗的主题倾向与艺术特点。这三部分我都写得很有把握，但对第二部分，却有些拿不准。这一部分主要谈唐代的社会状况，其中论述了匈奴、回纥、吐蕃在地域、民族、文化、习俗、语言、宗教等方面与汉民族的差异。这个看法与中国是一个多民族融合的大家庭的主流说法有所不同。尽管我完全是从学术角度谈这个问题的，但写完还是感到不太踏实，想来想去，决定在把初稿交给指导教师之前，先请彭先生过目，听听她的意见。

稿子交给彭先生两三天之后，彭先生就要我抽空去见她。我知道这一定跟我的论文有关。不敢怠慢，立马去了中关园43公寓彭先生家。是张世英先生给我开的门，张先生把我引到彭先生那里，特地笑眯眯地嘱咐彭先生说"慢慢谈，慢慢谈"。我意识到问题可能比较严重。果然，还没等我坐稳，彭先生的脸就沉下来了，她很严肃地对我说，你文章的第一、三、四部分作为一个大学生的毕业论文，略加润色修改就可以了。但问题出在第二部分。少数民族问题可不是一般的学术问题，而是原则立场问题。如果你不做重大修改，不从根本上改变你的看法，后果不堪设想。我可以很负责任地告诉你，如果你就这样把论文交上去的话，由于你的政治观点的错误，你不但毕不了业，就算你研究生考得再好，学校也不会录取你。彭先生的这番话一下子让我变得非常紧张。我可不是什么政治上的弄潮儿，不过一心想当个做学问的读书人而已。

彭先生看出了她的话对我产生了巨大的震慑作用，马上又放缓口气说，景琳，你从宁夏一个偏僻的小地方考进北大，而且是七七级，真的很不容易。我相信你一定不想因为这四五千字所表述的错误观点而断送前程吧。民族问题是原则问题。回纥、匈奴、吐蕃自古以来就是中华民族的一员，这是不容否认的事实，你这样写是违背历史唯物主义的。直到彭先生说出这番话，我才明白她的真实用意。她这是根据自己多年的生活经验与政治敏锐，看出了我在政治上的幼稚、不成熟，担心我这样写会给自己的将来带来意想不到的麻烦，所以才说得如此严厉。最后，彭先生用几乎不容商量的口气要我把这一部分彻底删去，一字不留。后来我真的按照彭先生的意见做了。论文完成后，交给了陈铁民先生，没有任何悬念地过了关。不久，又顺利毕业，并通过了硕士研究生考试。

本科毕业前夕，全班同学要在图书馆前拍毕业照。班长岑献青嘱咐我，彭兰先生身体不好，照相那天接送彭先生的任务就交给你了。那年头的接送，可不是今天意义上的接送。上大学时，我连辆自行车都没有。所谓接送，只是提前去老师家，陪老师一起来学校，照完相再陪老师回去。到了照相那天，我估摸着从中关园彭先生家到图书馆走路最多需要30分钟。算计好时间，就出了北大东南门，沿着马路往中关园走。这样，即便彭先生出来了，我也可以迎面与她碰上。可到了彭先生家才知道，她一早便骑车离开了。我急匆匆赶回图书馆前，只见彭先生正坐在椅子上跟几个同学说话。原来彭先生提早出来是要先去五院系里办点事，不幸的是，彭先生在路上摔了一跤。从同学们关切的口气里，我听出彭先生摔得不轻，很是担忧。彭先生看到我着急的样子，立即挥挥手，轻描淡写地说，没事，我只是摔了一下，不用担心。照完相，我要用自行车推着彭先生回中关园43公寓，但她坚持不肯。我只好站在图书馆前目送彭先生骑上她那辆小自行车远去。事后我才知道，彭先生这一跤摔得不轻，伤了腿，养了很长时间才好。彭先生就是这样一位处处替他人着想、心地善良的人。

4

读研究生第一年的下半年，系里安排彭兰先生给我们几位古代文学研究生开设"汉乐府研究"专题课。开课前，系里通知我们说，由于彭先生身体不好，腿脚不便，要我们去彭先生家上课。

第一次上课，我就发现彭先生的身体状况比当年上"高岑诗研究"时更差了。她坐在椅子上，腿上还盖着一条毯子，看起来有些疲惫。尽管如此，一开讲，彭先生就立刻恢复了她一向的诗人风貌，精神振奋，吟诵汉乐府的声调、魅力不亚于当年。以前，我以为彭先生专攻唐诗，上了"汉乐府研究"才知道，彭先生对汉乐府也非常熟悉。别说汉乐府中那些短小的篇章，就连《孔雀东南飞》这样的长篇叙事诗，彭先生也能背诵！

上"汉乐府研究"时，我已经确定了硕士论文的研究方向，就没有像上"高岑诗研究"时那样花费巨大的时间与精力。除了听课，在彭先生的建议下，我通读了郭茂倩《乐府诗集》中的汉乐府部分和《汉乐府诗选》。期末的读书报告写的是一篇介乎研究与赏析之间的短文，题目是《说江南》。这份读书报告交给彭先生后，只知道得了个"优",以后便再没有过问。大概过了两三年,我已从北大毕业,忽然收到南方一家师范学院学报寄来的刊物,其中有我的这篇《说江南》的文章。原来彭先生没有跟我提,就把这篇《说江南》的读书报告推荐给这家学报发表了。彭先生一直都是这样默默地扶持、提携自己的学生,让人感到很是暖心。

读研究生的第二年,我曾在中关园42公寓徐先生家住过一段时间。其间,常在小区与住在43公寓的彭先生、张先生碰面。有时也带着女儿去彭先生家做客,于是跟张世英先生也熟悉起来。一次,张先生跟我提到他最近撰写的有关黑格尔戏剧理论的文章,我觉得这个题目很有意义,就把文章要来送到中央戏剧学院的学报发表。很快,张先生的文章就在学报上刊出了,可学报编辑为了节省版面,将文章中黑格尔引文的出处在发表时全部删除。对此,张先生颇有些不满,认为这大大降低了文章的学术价值。张先生跟我提及此事时,口气有些激动,弄得我有点儿不知所措。彭先生见状,忙替我解围,告诉张先生:这事不能怪景琳,他又不是编辑,删注释也不是他做的。你这样说好像在埋怨他一样。张先生这才意识到自己的口气有些过了,忙对我说对不起。我很感激彭先生为我化解了当时有些尴尬的气氛。

张世英先生黑格尔戏剧理论的文章在中央戏剧学院学报刊登后,引起了我所任教的戏文系几位教授的重视。当他们得知张先生的文章是我转过来的，就找我商量能否邀请张先生为中戏师生做一场黑格尔戏剧理论的专题讲座。张先生是著名的黑格尔研究专家，平时科研教学任务繁重，加上上次学报改稿的事，我不敢打包票，只答应可以去试试。当天下午我去彭先生家时，张先生不在。我就请彭先生转告张先生能否拨冗给中戏师生开个讲座。没想到当天晚上，我就得到了张先生肯定的答复。

到了上课那天，中戏派系秘书及专车到彭先生家来接张先生。本来我也要去学校听张先生讲座的，偏巧孩子生病，只好留在家里。接张先生的车走了不到一小时，系秘书突然给我打电话，说负责此事的系领导出差了，临走前忘记跟学校安排讲座的事，既没通知学生，也没安排教室。我一听，头皮都炸了，这叫什么事啊！我请系秘书马上联系校车队派车送张先生回家，可被告知学校的车都在外面，一时回不来，只能按系里原定的时间派车。半小时后，一位系领导也给我打电话，要我当天务必代表学校先给张先生赔不是，第二天系领导会亲自登门道歉。放下电话，趁着张先生还被"困"在我们系的当口，我急匆匆地跑到了彭先生家，请彭先生等张先生回来时，一定先给张先生消消气。彭先生见我真的急了，马上宽慰我说，你放心，发生这样的事的确不好，但这不是你的错，张先生一定不会怪你的。

当晚，我一敲彭先生家门，一如既往，又是张先生开

"清辉依旧透窗纱"

的门。还没等我开口道歉,张先生抢先面带微笑地说,今天我在你们系上了一堂物价课。原来张先生在系办公室等车的时候,系秘书和几个不知道什么人在那里抱怨物价。张先生还打趣道,以前我从没关心过这些事,今天倒是难得有机会体恤了一下民情。张先生的玩笑话让我悬着的心彻底放了下来。我知道,这得归功于彭先生的劝说。想想都觉得是满心的亏欠。让一位著名的哲学家在我们系办公室干坐两个多小时,尽听些鸡毛蒜皮的琐事,可张先生现在居然还能这么心平气和地跟我开玩笑。张先生还请我转告我们系领导不必来了,但彭先生认为这样对我不好,所以最后张先生还是答应见一面。我离开时,彭先生悄悄叮嘱我,你们系领导来给张先生道歉时,你最好别在场,否则,会让你的领导难堪的。彭先生就是这样时时处处为他人着想,总是在人最需要帮助的第一时间伸出温暖的双手。对我来说,彭先生不仅是学业上让我十分尊敬的良师,而且也是我人生道路上一位可以信赖、托付的引导者。

于细微处见功力
——为周先慎先生纪念文集而作

不知是从何年何月形成的传统,北大中文系的学生习惯上将所有资深教师无论男女,统统尊称为先生。自打上了中文系,我也是这么称呼老师的。譬如,见了吴组缃先生称吴先生,见了林庚先生称林先生,见了陈贻焮先生称陈先生。每次见我研究生导师褚斌杰先生,当然也总是称之为褚先生。凡事,似乎总有例外。中文系偏偏有这么一位资深教师,多年来每次相见,我从未在其尊姓大名后冠以先生,而每每以老师称之。这位享有如此"特殊待遇"的老师,便是教古代文学的周先慎先生。如此称呼周老师,原因其实有些好笑。我来自大西北,西北人往往前后鼻音分不清,一不留神就会把周先生叫成了周先慎。尽管二十世纪七十年代末早已不是天地君亲师、见了老师必得鞠躬作揖的年代,但倘若当面直呼老师名讳,那也是大不敬的。所以,每次见到周先慎先生,我总是习惯地称之为周老师。

1

恢复高考后的第一拨学生,名义上是七七级,其实到1978年2月才入学。失学多年之后终于进入大学,每一位学生,当然也包括我,对在北大的每一分钟都十分珍惜。每晚不是去图书馆就是在教室里看书,很少待在那挤着六位同学的窄小逼仄的宿舍里。偏巧有一天,在学四食堂打了晚饭后,略感不适,便把晚饭端回宿舍吃,吃完就躺在床上看书。正读得津津有味,住在334宿舍的徐启华兄忽然推门而入,通报说一位教古代文学的老师正在他们宿舍跟同学聊天,问我有没有兴趣参与。能够直接与老师面对面地交流,这是多好的机会啊。我马上扔下书,尾随徐启华而去。

他们的宿舍是我们班宿舍中住人最多、面积也最大的一间。推门进去,只见七八个同学正围着一位戴眼镜、不高偏瘦、气质优雅的中年教师说话。跟老师握手的瞬间,还没容我自报家门,老师倒抢在我的前头了:"我叫周先生,教古代文学史。"我不由纳闷,以往老师自我介绍,多直接报尊姓大名,还没听说过哪位老师自称"某先生"的。纳闷归纳闷,既然老师如此称呼自己,想必自有道理。更何况这是在北大中文系,又是一位教古代文学史的老师,在称谓上一定不会弄错。不容我多想,我也赶紧报上了姓名。

周老师好像想起了点儿什么，进而问道，你的学号是多少？这一问，搞得我更加纳闷了。第一次跟老师见面，有问姓甚名谁的，有问是哪儿人的，也有问生活上是不是有什么困难的，还真没遇到过问学号的。好在那时我整天泡图书馆，但凡借书或借阅资料，总是要报学号的，所以用不着多想，"7710001"便脱口而出。说实话，我一直以为学号只是个随意的编号。想来"77"代表入学的年级，别的数字是否还有什么特殊的意义，我还真没想过。周老师拍拍我的肩膀，笑着说，你可是咱们中文系的一号种子选手。什么种子选手？周老师见我露出了一脸的困惑，解释说，"10"是咱们中文系的代码，"001"是你在全系学生中的编号。我这才明白，原来这七位数的学号还有这样的讲究。

当年中文系七七级一共招了文学、新闻、古典文献三个专业100多位学生，我们班起初有30多人，后来又扩招到48人。论到系里报到的日期吧，我既不是最早的也不是最晚的；论入学成绩吧，七七级各省考各省的，不可能排出个第一第二的排行榜来；论年龄吧，我不是班上最大的也不是最小的；如果论姓氏笔画呢，我们班还有姓丁的。总之，这个"001"号究竟是根据什么排出来的，至今我还是一头雾水，不明白自己怎么会排在了全系第一位。用现而今的话来说，大概就是随机的吧。

自此，我便记住了这位自称"周先生"的老师，知道他会教我们明清文学史。估计周老师也因为我的学号而记住了我。那时我甚至猜想,周老师来学生宿舍之前很可能看过我们班的花名册,按学号,我排在第一,于是就把我的名字记住了。不然,周老师怎么没再接着问后面进来同学的学号呢。

2

与周老师第二次近距离接触是他给我们讲"三言二拍"的时候。当时周老师给我们布置了一篇作业,要求就"三言二拍"或其他任何明清小说中的一篇作品或一个人物形象写一篇不超过三千字的短文。这是上大学之后,老师指定的第一篇论文式的作业。我选择了分析杨令公杨继业的艺术形象。动手之前,我先读了《宋史》"杨业传",打算从民间说书艺人与文人对历史人物的加工创造入手,分析杨继业艺术形象的演变。资料虽找了不少,但真正动起笔来,才感到由于民间传说和说书艺人对材料使用的随意性,造成杨令公形象本身有不少矛盾之处,而史料记述又十分匮乏,很难把人物形象的发展脉络梳理清楚。结果一路写来,花了不少时间,修改了一遍又一遍,还是觉得不满意。眼看交作业的日子到了,我已经没有足够的时间把短文改到让自己满意的程度,可又必须按时交。于是我就把自己的想法以"后记"的形式附在了作业的后面一并交了上去。

作业是交上去了,心中并不踏实。一天,周老师下课时特意把我叫住,专门跟我谈我的这篇习作。周老师首先肯定了我的选题,认为角度很新,并且告诉我,杨继业作为历史人物在史书上留下的记载并不多,其艺术形象的完成实际上更多地来自不同时期民间艺人的加工创造。要论述一个人物形象的演变过程,就必须充分掌握资料,尽可能找出各种版本,加以比较。不过,这样一来,这个题目就会很大,一篇三千字的文章恐怕不够。周老师还说,分析人物形象的演变,特别要注重民间艺人以及文人在加工过程中对人物赋予的新的内涵,这样才能更准确地把握人物形象的发展脉络。不知不觉,周老师跟我站着谈了有半个多钟头。

后来,作业发回来了,周老师在字里行间加了很多批语。有些是那天他跟我谈到的,有些是根据他所掌握的资料加上去的。最后,周老师还写了大半页纸的评语。周老师批改过的这份作业我一直珍藏着,直到1985年夏天。那时我已在中央戏剧学院任教,适逢学校大规模调整教师宿舍,偏巧那年暑假我女儿出生,我住在岳父母家照顾妻女。可气的是,戏剧学院居然没给我打个电话通知我去学校搬东西。就这样,我留在宿舍的物品全部丢失,其中包括周老师批改过的这份作业,当年跑遍北京各大图书馆抄录的近百万字的《庄子》评注卡片,读书笔记,还有大学毕业时同学们给我的留言册以及其他生活用品等等，从此统统一去不复返。生活用品丢失了，还可以再买；但在北大求学多年积攒下来的资料、有纪念意义的物品的遗失，却成了我永远无法弥补的损失。我一直要求中央戏剧学院尽力帮我寻找东西的下落，可直到1991年我去北美的时候，也没把其中的任何一件找回来。

3

我与周老师私下的交集十分有限。我对周老师的了解、认识、钦佩主要来自课堂。周老师教我们明清文学史课时，我们已经学过了先秦两汉、魏晋南北朝、隋唐五代、宋元文学史，听过吕乃岩、陈贻焮、沈天佑、周强诸先生的文学史课以及众多知名学者教授的专题讲座，有机会见识了许许多多名师的风采。上明清文学史课前，我心里其实是有几分隐忧的。先秦诸子散文、汉赋、魏晋南北朝诗歌骈文乃至唐诗、宋词、元曲，上文学史课之前虽也有较多接触，但毕竟流传下来的作品浩瀚繁多，授课老师都是挑选自己最有独到见解的作品介绍给大家，文学史课大都上得精彩而又有新意，学生也都学得专注认真，我自己更是如此，而且每次上课总是将笔记做得极为详尽，惟恐落掉任何一句点睛之笔。

可明清文学就不一样了。明清文学最大的成就是那几部古典小说。除了《金瓶梅》仍属禁书以外,其余哪部小说同学们不是已经翻来倒去看过好几遍?且不说四大名著《水浒》《西游记》《三国演义》《红楼梦》,就是《聊斋志异》《儒林外史》《三言二拍》中的人物、故事,哪个文学七七级的同学不是烂熟于心,如数家珍?尽管七七级同学求知欲极强,学习起来如饥似渴,但这毕竟已是大学第二年的下半年,刚上大学时那种对北大中文系、对老师们的神秘感、新鲜感已逐渐褪去,在这样的情况下,周老师的明清文学史又能讲出什么花样来?

文学史是文学专业的基础课。与专题课、赏析课不同,老师课上主要介绍的是作家、作品与史的线索。要能把学生都如此熟悉的明清小说讲得出彩,同时又要有一家之见,委实不易。出乎意料的是,周老师的明清文学史课颇得明清章回小说的精髓,一上来便先声夺人。他绘声绘色的讲述,波澜迭起的起承转合,一方面讲明清文学发展的线索,一方面又糅合进周老师自己多年明清小说的研究成果。不论是讲述作品,还是分析人物,周老师特别擅长通过细节的分析来挖掘人物性格的发展,阐述自己的见解,有时就是一句话,甚至一个字,经周老师一分析,都能翻出新意来。直到今天回想起周老师分析《水浒传》"逼上梁山"的情景仍是栩栩如生,动感、画面感十足。

"逼上梁山""官逼民反"是贯穿《水浒传》故事发展、人物刻画的一条主线。《水浒传》中的众好汉无一例外都是被逼上梁山的,但同样是一个"逼",由于众英雄的出身不同、背景不同,其表现形式也不同。周老师分析林冲的被"逼",特别强调林冲在《水浒传》中刚刚出现时,他的"忍",且能"忍辱"、忍常人所不能忍、甚至胆小怕事有些窝囊的一面。要我们细读林冲得知妻子受辱时找到高衙内的描写:"当时林冲扳将过来,扳着他的肩胛,却认得是本官高衙内,先自手软了。"周老师抓住"先自手软了"这句在读小说时很容易滑过去的话展开分析,说作为八十万禁军教头的林冲原本有地位、有俸禄、有家产、有娇妻,可他供职于高太尉手下,深知那一拳打下去,这一切,地位、俸禄、家产乃至娇妻就都没有了,甚至还会有牢狱之灾、杀头之祸。因此,尽管受此奇耻大辱,虽"怒气未消,一双眼睁着瞅那高衙内",却"先自手软了"。这一句说明"逼上梁山"是有一个过程的。但周老师又说,林冲虽然能"忍",但如果他只是一味地"忍"而不反抗,如果在林冲的性格中没有英雄情结,他最后不会杀人,也不会上梁山,也就显示不出一个"逼"字。因而在得知自己的结义兄弟陆谦成为高衙内的帮凶之后,林冲买了一把解腕尖刀去找陆谦,还砸了陆谦的家。周老师说,这就是林冲英雄本色的一面。不过,这个情节,看似他是"忍"不下去了,但实际上却还是在"忍"。因为他只去找了帮凶陆谦而不涉及主犯高衙内,这说明在林冲的性格中,只要能活下去,他还会忍。接着,周老师又通过林冲发配沧州、野猪林、风雪山神庙、火烧草料场等一系列在我们读《水浒传》时不曾留意的细节，分析林冲是如何一忍再忍，直到无论如何"忍"都没有活路，无路可走，最终不得不"逼上梁山"的全过程，要我们把重点放在抓其中所展示出的社会背景，以及英雄由"忍"到"反"的人生经历上。说实话，我对林冲这位梁山好汉的认识以及对小说"逼上梁山"之"逼"的主题的理解，是在周老师的课堂上完成的。

周老师的课，讲的虽然都是人人耳熟能详的故事，其深度和广度却足以引人入胜。

4

周老师讲课的另一个特点是在细微处、在比较中见功力。

我至今记忆犹新的是周老师对武松的分析。武松出身市民，有着英雄的气节，但也有着市民的谨慎。周老师在课上着重讲了"武松打虎"与"杀嫂"两段，特别要我们注意小说是如何刻画武松既是常人又是英雄的。周老师说，武松连喝八大碗酒还要过冈，与常人"三碗不过冈"相比，是英雄本色，可是在景阳冈上看到老虎真的向他扑过来的时候，"武松被那一惊，酒都作冷汗出了"，却又显示出他常人的一面。还有，武松上冈的一路随着天色渐暗，曾两次看落日。这既是作者在交代时间,却又通过场景的描绘表现出武松内心的紧张,这也是常人的内心活动。但武松又是英雄,所以他会继续往前走。在看到官府的文书得知冈上确曾有虎伤人时,武松也曾犹豫过:"武松读了印信榜文,方知端的有虎。欲待转身再回酒店里来。"这又符合常人的心态。但假如此时武松真的返回去,便又不成其为英雄了。正因为武松是英雄,尽管心中存有疑虑,他还是提着哨棒走上冈去。"我回去时,须吃他耻笑,不是好汉,难以转去。"

我还记得周老师在讲这一段时,特别提醒我们留意武松手中的那根哨棒,说那根哨棒在小说中前后提到过十多次,但真正用到哨棒时,原本应打在老虎身上的第一棒却打在了树上,武松"双手轮起哨棒,尽平生气力只一棒,从半空劈将下来。只听得一声响,簌簌地将那树连枝带叶劈脸打将下来。定睛看时,一棒劈不着大虫,原来打急了,正打在枯树上。"周老师分析道,武松"打急了"说明他是常人,常人碰到这种情况都会急,更可能是怕。尽管武松"打急了",却没有怕。一哨棒没打在老虎身上,说明武松与常人一样,遇到老虎也会紧张。不过,倘若这一棒真打在老虎身上,下面武松徒手打死老虎的英雄气概就没有了着落。听了周老师的这一番分析,不能不让人佩服他抓细微处的功力。这样的细节,一般读者是不会如此留意的,也不会作这样精细的分析。实在地说,这样的分析是很见功力与学问的。

周老师讲课不仅擅长抓故事细节,而且擅长对人物进行比较分析,特别通过对细节的比较,揭示人物性格的独特之处。还记得周老师在讲林冲"先自手软了"时说,假如是鲁智深碰到这样的事,一定不管那人是不是高衙内,一拳头肯定是已经砸下去了,但又一定不会把高衙内打死。因为鲁智深属于粗中有细的英雄。要是换作李逵,毫无疑问必定是一板斧就把高衙内劈成两半了。周老师还给大家分析武松与李逵打虎的不同,说同样是打虎,李逵杀死一头小虎之后,见另一头钻进了虎洞,也不管洞里是不是还有别的老虎,想都不想就跟着钻了进去。假如换作武松,他是无论如何不会贸然钻进老虎洞的,他必定先要观察四周,在确保安全的前提下才会去杀虎。所以一头钻进老虎洞的只能是李逵,这是由李逵草莽英雄的性格决定的。而出身于市井小民、时时为自己留有后路、处事谨慎的武松就绝不会这么做。

周老师还把《水浒传》中的三个下级军官放在一起比较,从他们一步步被逼上梁山的不同经历,说明小说是如何展示人物形象的。鲁智深出身行伍,性格豪爽,路见不平便拔刀相助,做事考虑后果,却又"义"字为先,当军官不成便去当和尚,当和尚不成则上梁山当好汉,在上梁山的众好汉中做事最为痛快,因为他"赤条条来去无牵挂"。而武松出身市井,因打虎而身为都头,按照武松的性格，他会由此一步步升迁，与兄嫂一起生活下去，无论谁都不可能将他拉上梁山。所以他在"杀嫂"之后不会像鲁智深拳打镇关西那样一走了之，而是选择到官府自首。直到"大闹飞云浦""血溅鸳鸯楼"后才被逼上梁山。而同样是下级军官的杨志却与鲁智深、武松又有不同。杨志出身将门之后，押送花石纲翻了船，但仍对朝廷心存幻想，拒绝了梁山的挽留。后来杀了泼皮牛二，受到梁中书的赏识，重又燃起了杨志的希望之火，直到生辰纲被劫，才迫不得已与鲁智深一道占了二龙山落草。在三人之中，杨志出身最为显贵，上山的道路也最为曲折。周老师在课堂上就是这样把作品中的人物一个个地剖析给我们看，讲得头头是道，学生也听得兴趣盎然。

5

周老师讲课是将学术研究与赏析融为一体的。他对讲课十分投入，十分尽心，以至于我总是觉得周老师是把教课当作学问来做的。在讲到《水浒传》中宋江担心自己死后，不服他人管的李逵会闹事，便让李逵喝了毒酒时，当时周老师一拍桌子，愤愤地说："这是什么态度。"我在我们班书《文学77级的北大岁月》"一份抹不去的记忆"一文中特别谈到了这个场景："我不知道别的同学注意了没有，当时我被周老师投入的神情震动了，这一幕到今天犹在目前。"

周老师的明清文学史课上得相当成功，周老师也成为中文系深受文学专业学生欢迎的老师之一。我一直以为周老师在教我们班之前曾多次讲过明清文学史，这段文学史对他已是轻车熟路。直到十多年前，我从我们的班书中才获知事实并非如此。班书中收了周老师自己写的一篇回忆文章《难忘最是师生情》，他说："也许七七级的同学们至今还没有人知道，给他们上课时，我刚调到古代文学教研室不久，是第一次讲明清文学史。我相信恐怕没有哪位同学看出过，因为这是我的第一次，曾表现出丝毫的拘谨、紧张和胆怯，因为我确实不曾有过这样的心理和表现。这一方面是因为，当时真的很敬业，认真地备课，把多年的研习所得和学术积累（虽然有十年的荒废）全盘端出来。但是更为重要的是，77级同学们听课的热情和积极认真的学习态度，就是对我最大的支持，使我有了充分的自信。……在他们之前或之后，逃课的人，每届都有，但他们没有，我敢说，一个也没有。听课精神饱满、全神贯注，不要说打瞌睡，就是松弛懈怠的表情也看不到。因为他们愿意听，喜欢听，有很高的接受的热情，我自然就讲得很认真、很投入。每当我从他们的眼神中看出一种会心的交流时，心里就升起一种喜悦，甚至产生一种幸福感。这是一种教与学在情感和思想上交融的境界。"在这里我需要补充的是，正是因为有了周老师的敬业、全身心地投入，并且把自己多年的研究成果、研究心得毫无保留地倾囊相授,讲得如此声情并茂,才能吸引住学生,让大家听得陶醉入迷,不愿下课。教与学是相辅相成的。

离开北大后,我再也没有见过周老师,也没有过任何书信往来。特别自1991年8月离开祖国远走他乡后,由于教学任务繁重,我很少回国,也很少与师友同学联系,自然也难得听到周老师的消息了。今年4月21日清晨醒来,在我们班的微信群看到周老师去世的消息,瞬时间,与周老师不多的交往,还有随他上课的情景,恍然仍是昨日的事情。

我从没亲眼见过80多岁高龄的周老师的样子。在我的脑海中浮现出的,总是那位称我为"中文系一号种子选手"的周老师,那位站在讲坛上,精力充沛、典雅温文、认真投入的中年的周老师。在为班书写完《一份永远抹不去的记忆》一文后,班长岑献青告诉我,她曾打电话告诉周老师我在文章中特别提到了他教我们中国文学史课的情景,周老师很是高兴。

周老师,在地球最北边的国度里,住着一个您曾经教过的学生。也许有一天,当您神游到这里时,我们可以一起登上国会山的和平塔,鸟瞰这个不大、却漂亮的都城,一起去游览世界闻名的尼亚加拉大瀑布,去阿尔冈昆国家公园赏红叶,去枫树园观赏人们采炼枫糖,去葡萄园品尝冰酒,也一起去吃牛排、龙虾和三文鱼……我期待着。

做"小学问"的大学者
——写在曹先擢先生辞世之际

2018年11月9日清晨,一打开手机,就在微信朋友圈看到一条转发的消息:"语言文字学家曹先擢去世,享年85岁。"马上打开链接,是来自《光明日报》的消息,得知曹老师于11月7日在北京仙逝。我在文章留言处写下了这样几句话:"曹老师走了。上学时曾跟着曹老师学过一个学期的'说文段注'课,每次上课,曹老师留的功课都是'画字',当时颇有些不以为意,没想到出国后教中文却派上了大用场。感谢曹老师。曹老师一路走好。"

我在北大中文系读研究生期间,上过曹老师专门为我与同门章必功兄开设的专题课。说来惭愧,在本科、研究生六年半的时间中,我既没有拜读过曹老师的任何一部专著,也不曾读过曹老师写的任何一篇学术文章。即便是上他的专题课的时候,也是如此。直到后来转而以教中文为生才猛然发现,就是这40课时的专题课让我在不经意间掌握的一技之能,在我定居海外后受益良多。这些年来,每当我在中文课堂用从曹老师那里学来的"说文解字"法,向海外学生介绍每一个汉字所蕴含的文化意义、字形、字义的来源时,总会情不自禁地想起曹老师。

1

1982年初春,我开始读古代文学硕士研究生。由于导师褚斌杰先生正在为中央电大录制中国文学史先秦两汉课的电视教学节目,同教研室的费振刚老师负责安排我与章必功兄第一个学期的学习计划。费老师给我们开了书目,说段玉裁注的《说文解字》不但是先秦两汉研究生的必读书,也是必备书。如果没记错的话,当时段玉裁注的《说文解字》要价不菲。一本《辞源》大小开本的棕皮精装本要七八块钱。那时的七八块可不是小数目,差不多就是学校食堂一个月的伙食费了,何况我刚刚买了中华书局出的许慎《说文解字》影印本,就不太想再买段注本。费老师看出了我的心思,但他还是坚持说,研究先秦两汉文学,一定得备段注《说文解字》才行,并说该书资料翔实,读段注是研究先秦文学的基本功。最后,费老师索性正式通知我与必功兄,他已经请了曹先擢老师为我们两人专门开一个学期的《说文解字》课,就用段注《说文解字》为教材。事已至此,我周末只好去琉璃厂买回了一部段注

《说文解字》,没想到,那天在书店又发现了新出的影印本《十三经注疏》,于是一咬牙,顺带也给买回来了。

一个星期后,我们正式跟着曹先擢老师上课。

那时曹老师在古代汉语教研室执教,同时兼任系党总支书记。一般来说,担任行政职务的老师很少承担教学工作。但曹老师跟其他做行政的老师不太一样,他既是总支书记,又是学者,而且还是个做"小学问"的大学者。说曹老师做"小学问",不是说他的学问不大、不重要,更不是说这门学问容易做,而是说曹老师把自己毕生的精力都花费在研究那一个个小小的方块字上,也就是"说文解字"上。我这里所说的"说文解字",也不单单指研究许慎的那本书,更包含了对构成中国传统文化最基本因素的汉字的起源、发展、演绎过程的探索,对汉字字形、发音、义理之间存在着的直接或间接联系,还有形音义三者之间联系规律的研究,以及对每一个汉字所包含的特定文化意义、历史底蕴的发掘。这样的研究很少可以做成鸿篇巨制,往往就是千把字的一篇短文,分析解读的就是一字一音一形,貌似"小学问",其意义却是极其深远的。惟有学养深厚、博古通今、知识渊博的大学者方能当此大任。而曹老师就是其中的一位佼佼者。

曹老师的第一堂课,首先让我们感受到的是他对《说文解字》的熟稔,从版本、体例到内容,一说起来,简直如数家珍。曹老师上课问我们的第一个问题就是,是谁确立了汉字的偏旁部首？尽管从小就知道查字典需要掌握偏旁部首，大大小小的各种字典也用过很多种，可究竟是谁第一个创立了偏旁部首的概念，却从来没有想过，更没有研究过。见我和必功兄两人面面相觑谁也没吱声，曹老师先就偏旁部首的来龙去脉娓娓道来。原来汉字的部首最早是由东汉许慎根据对汉字形体的分析以及字源的考究而创立的。他将当时所见的9353个汉字，按照540个部首划归为14大类，另外还收了1163个异体字，一共是10516个汉字。自此，汉字的解释与字典的编撰，几乎全都采用了许慎确立的偏旁部首分类法。在这个意义上，许慎的《说文解字》堪称是中国文字学的奠基之作。

曹老师还给我们特别介绍了许慎《说文解字》对汉语言文字学的开拓性贡献。除偏旁部首的创立以外，许慎还开启了从训释汉字的本义出发，进一步阐释其引申义、比喻义的词汇分析法。曹老师说，在反切注音尚未出现的汉代，许慎采用的这种先训释词义，然后分析词形的构成，并且用"读若"、读与某同等方式记录读音，从义形音三方面注释词汇的方法，对后世训诂所采用的"因音求义"产生了直接的影响。

也是在曹老师的课上，我第一次了解到所谓"文字"中的"文"与"字"本是两个不同的概念。许慎《说文解字序》说："仓颉之初作书也，盖依类象形，故谓之文。其后形声相益，即谓之字。文者，物象之本；字者，言孳乳而寖多也。"就是说，描摹世间形象的早期的象形字是"文"，而后来把形与声结合起来产生的才是"字"。直到今天我还清楚地记得，曹老师讲到这里，站起身走到黑板前，一边在黑板上"画"着早期的象形字，说明何以为"文"，何以为"字"，一边介绍说，在许慎之前，只有六书的名称，却没有对任何汉字的具体阐释分析。是许慎第一次给六书的"象形、指事、会意、形声、转注、假借"下了定义，并且运用六书的观念解释汉字的来源。

曹老师大概是从费老师那里得知，为了买段注《说文解字》，我们两人都颇咬了回牙。因此在第一堂课上特意从版本发展的角度，说明段注的重要与意义。曹老师说，现在所能见到的《说文解字》的最早版本是唐代写本，但那只是残本。明清时最流行的《说文解字》是南唐时期徐铉、徐锴兄弟整理的二徐本。而清段玉裁的《说文解字》注，以徐铉本为底本，在许慎形义音三者相互推求的基础上，旁征博引，详细考订了《说文解字》所列举的所有汉字字义的演变，光引用的书目就达 226 种之多；同时，段玉裁还为《说文解字》所收的九千多个汉字一一标出了音韵系统。所以说，段注《说文解字》是一部划时代的巨著，耗费了段玉裁毕生心血，极有创见。清代另一位大学问家王念孙称其为"盖千七百年来无此作矣"。曹老师还说，正因为如此，熟悉段注《说文解字》不但是研究国学必备的基本功，这部书也是研读先秦两汉文献必不可缺的工具书。这就是为什么费老师要我给你们开"说文解字"段注课。

曹老师的第一堂课所显示出的渊博的学识,为人的宽厚谦和,对《说文解字》情有独钟的热爱,给我印象尤深。

2

曹老师的课每周两课时,一共上了一个学期。每堂课曹老师都会选择若干个汉字,从其偏旁部首、声符、义符三方面入手加以分析。在解释每个汉字所蕴含的字义以及文化意蕴时,曹老师特别注重探索汉字形音义三者之间的内在联系以及汉字的古今演变,强调研究方法的重要,引导我们掌握训诂的基本要义。

在曹老师的课上,我最喜欢听他"侃"字。汉字是中国文化的载体。探索每个汉字的不同构件所表示的不同意义,特别是从形音义三方面解读汉字,并从汉字的起源、本义看汉字的演变与发展,理解其中所包含的文化内涵,不难发现几乎每一个汉字就是一部文化书,而这千千万万个汉字又共同组成了一部独特的中国文化史。例如讲到"盟"字,《说文》是这么解释的:"盟,《周礼》曰,国有疑则盟。诸侯再相与会,十二岁一盟,北面诏天之司慎司命。杀牲歃血,朱盘玉敦,以立牛耳。从囧,从血。盟,篆文，从皿。盟，古文从明。"曹老师说，"盟"的本义就是诸侯结盟。古人认为血是生命的象征。所以在结盟时，要在地上挖坑，在坑边杀牲畜，把牲畜的血滴入器皿之中，并割下牛耳放在盘中。通过这样的仪式公开发誓，从此命运与共，永不背弃。这便是"歃血为盟"的由来。曹老师还说，这里的"明"字，既是声旁，也是形旁。作为形旁，"明"表示"公开"。了解了"盟"字的来源，就很容易理解现代汉语中结盟、盟军、盟国、联盟、盟约、海誓山盟等词语的由来以及其中所包含的深厚的文化内容。

在讲到"习（習）"字的时候，曹老师要我们先读《说文》的注释："习，数飞也。"曹老师说，"习"的本义是鸟多次练飞。甲骨文中"习"是一个会意字，上面是鸟的两个翅膀，下面是太阳，表示鸟多次在天空练习飞翔。但是小篆的"习"字，却把"日"错写为"白"，成为从羽从白的形声字。这样，"习"字的字义也开始发展、演化。如《论语·学而》中"学而时习之，不亦说乎"的"习"的字义就从多次练习引申为复习、实习，并含有熟悉、实践的意思。后来《战国策·齐策》中的"谁习计会，能为文收责于薛者乎"，"习"又引申为习惯，表示因多次接触而成了习惯。而《汉书·董仲舒传》的"习闻其号，未烛厥理"。又从多次练习的本义衍生出经常、常常的引申义。通过曹老师的解析，"习"字的形、义发展脉络不但清晰可见，而且饶有趣味。

在这四十多课时里，曹老师给我们分析了很多这样有趣的汉字。如他讲解"理"字，要我们先读《说文》的解释："理，治玉也。顺玉之文而剖析之。从玉，里声。"就是说，"理"的本义是动词，指在作坊将璞石加工成美玉或玉器。然后，曹老师引经据典说明"理"字的字义是如何演变、发展、引申的。他引《韩非子·和氏》："王乃使玉人理其璞而得宝焉，遂命曰：和氏之璧"，指出这里"理"作为动词的引申义就成了治理、使有序、对付、解决。又引《吕氏春秋·劝学》"圣人之所在，则天下理焉"，《战国策·秦策一》"不可胜理"，《荀子·王制》"理道之远近而致贡"，说明"理"是如何作动词用的。而作为名词的引申义，"理"又有了规律、道理、条理等义。他举《庄子·秋水》"是未明天地之理，万物之情者也"，《吕氏春秋·慎行论》"验之以理"等例子，让我们理解一个字的发展变化。举了很多例子之后，曹老师又回到段注上，说段玉裁在许慎的基础上，把"理"按照本义、引申义、假借义排列为"理，治玉也，剖析也。分理，肌理，腠理，条理，天理"，很妥切地展示出"理"这个字从具体到抽象的发展过程。这也是为什么段注对后来汉语词典的编写有着重大意义。

当时我就感觉曹老师对《说文解字》已到了了如指掌的地步。随便从中拈出个字，都能讲出一番道道来，而且很有自己的创见。例如曹老师对"朵"字的阐释就很能见其学问。现代汉语中"朵"常常作为量词出现，如一朵花，一朵云。但是"耳朵"以及"大快朵颐"这两个词中的"朵"，显然不是量词。《说文》："朵，树木垂朵朵也。从木，象形。此与采同意。"曹老师又引用《玉篇》《广韵》的解释"朵，木上垂也"，认为无论"垂朵朵"还是"上垂"，朵的本义就是鼓凸，鼓出来，不管朝哪个方向鼓，都可成为"朵"。这样解，"大快朵颐"的意思就是吃得腮帮子都鼓起来了。后来，曹老师还专门为此写了《试说"朵"》的考证文章。总而言之，这成千上万的汉字，在曹老师的眼中，并不只是用于沟通、表意的一个个小小方块字，而是承载着中华民族千百年文化信息的"密码"、符号。而曹老师自己就是那个掌握了破解这个文化"密码"的破译师。

曹老师上课，很注重实践，也就是要学生运用段注《说文解字》以及前代学者开创的各种训诂考据方法来解释分析汉字。在课上，曹老师时不时当堂给我们几个字，要我和必功兄在不翻看任何参考书的前提下，仅凭字的形音义分析其本义、引申义与假借义。每当我们解析得八九不离十时，曹老师总是给我们很大的鼓励。但有的时候我们的理解与本义相差甚远，甚至风马牛不相及。遇到这样的时候，我们总不免先自嘲一番，再听曹老师纠谬。

《说文解字》课虽然只上了一个学期，但从中学到的训诂学方法对我后来做学问有很大的启发与帮助。八十年代,我主持编写"中国文学宝库"中的《先秦散文精华分卷》、参与《红楼梦大辞典》的编写、主持《中国古代寓言选》的选篇注释、承担《中国古代十大悲喜剧集》中李渔《比目鱼校注》;九十年代,主编《中国民间风俗信仰词典》、编写《庄子散文选》;近年撰写《庄子的世界》一书、研究有关《坛经》的学术项目,就都用到了很多训诂考据的解析注释法。

3

曹老师《说文解字》课的另一个精彩处,是看他在黑板上用小篆写汉字。曹老师写小篆绝对到了了然于心、出神入化的地步。小篆字体的构图与现代汉字很是不同,又有着那么复杂的笔画,曹老师从来都不需要看书,信笔就可以把一个个小篆汉字写在黑板上。而且他的小篆写得十分漂亮娴熟,每个字都像是一件艺术品。虽然那时曹老师不过五十来岁,在专家学者如林的北大中文系,相对于王力、吴组缃、周祖谟、林庚等老先生,曹老师还只能算是小字辈。但他渊博的学识以及谦和宽厚的秉性,都让我和必功兄觉得他很有老先生的风范。

闲聊中得知曹老师是 1954 年考入北大中文系的,1958 年留校任教。读书期间他曾追随著名语言大师王力、魏建功先生致力于汉语言文字的研究。在治学道路上特别受到王力先生的提携。因此，老一辈学者做学问的精神与方法对他治学有直接影响。每次跟我们聊起他自己致力于《说文解字》研究的经历时，他都很感慨于自己所获得的老一辈学者的指导与教诲。

二十世纪七十年代初，曹老师有幸被北大推荐参与《新华字典》的修订工作。《新华字典》是新中国出版的第一部现代汉语字典，最初是由魏建功先生主持编纂的。这部字典初版于1953年，此后的十多年间先后再版过四次，但都没有做任何大的修订。直到1971年6月所出的这一版，才在前几版的基础上做了重大修订，包括增减词条、修改注释，并重新排版发行。因此，1971年版《新华字典》的版权页并没有按照出版顺序标为第五版，而注明是"修订第一版"。由此可知这一版《新华字典》的历史地位。

当年从事字典编纂没有电脑，全部词条都要靠人工摘抄卡片，工作量巨大。参加修订组的一共有来自北大、中国社会科学院、商务印书馆的五十多人。曹老师出任1971年版《新华字典》修订组副组长。说是副组长，其实曹老师承担了字典修订的实际主持工作。由于历史的原因，当时的正组长是由工宣队、军宣队代表出任的。自此，曹老师便与汉语辞书的编写结下了不解之缘。

1986年至1993年，曹老师调任国家语言文字工作委员会秘书长、副主任，兼中国社会科学院语言文字应用研究所研究员,还曾担任国家语委咨询委员会委员,中国辞书学会会长。1999年被中国社会科学院语言研究所聘为《现代汉语词典》修订审定委员会主任委员,商务印书馆辞书研究中心特约研究员。几十年间,他主编、撰写了大量与文字学、语言学有关的专著以及各类辞典,例如《通假字例释》(专著)、《字里乾坤》(专著)、《汉字文化漫笔》(专著)、《八千种中文辞书编目提要》(主编)、《汉字形义分析字典》(主编)、《新华多功能字典》(主编)、《汉字源流精解字典》(主编)等等,成果斐然。

不过,当曹老师跟我们聊起他参与《新华字典》修订经历时,他说的最多的还是他如何利用这个机会得以熟读《说文解字》。当年与曹老师一起参加《新华字典》修订的有北京师范大学教授陆宗达先生。陆先生是国学大师黄侃的入门弟子,对音韵学、训诂学、《说文解字》、现代汉语语法均有深入研究。其中尤以研究训诂学与《说文解字》成就最为显著。曹老师曾虚心向陆先生求教,陆先生建议他从精读《说文解字》开始,并要求他一定要掌握小篆。曹老师认为这是陆先生给他指出的做学问的方向。于是,他每天苦读一卷《说文解字》,硬是把全书的小篆都啃了下来。后来回到北大,系里要曹老师开《说文解字》讲读课,王力先生都通过了,可当时朱德熙先生主管开课的事,建议曹老师先听周祖谟先生的课,然后再自己开课。就这样,曹老师又跟着著名训诂学、音韵学、文献学家周祖谟先生磨炼了一年。曹老师如此不同寻常的经历，给他的《说文解字》研究以及辞典学研究打下了坚实的基础。难怪曹老师总是说他跟《说文解字》有着不解之缘，而且越读《说文解字》越觉得有趣味、有嚼头。

在曹老师的课上，他也要求我和必功兄学会写小篆。那时曹老师每星期给我们的功课都是照着《说文解字》上的小篆抄字。说是抄字，对我来说其实就是"画"字。曹老师的要求很高，所抄写的篆字，一定要熟悉到不看就能流利写出的程度。并且要像他分析汉字那样，根据字形说出这个篆字的含义以及演变。偏偏我是一个缺乏艺术细胞的人。汉字本来已经写得够难看了，还要写如同美术字的小篆！这个作业，对我来说绝对是个苦差事。一个学期下来，我大概学会了一百多个篆字。可惜的是，由于过去几十年没摸《说文》，也没有接触到篆字，到如今，除了几个象形、指事、会意的简单汉字，我还能"画"出来以外，稍微复杂点儿的，都已经还给了曹老师，既不会认，更写不出来。很是遗憾。

4

北大硕士毕业以后，我被分配到中央戏剧学院任教，从此走上了古代文学、中国传统文化的研究之路，并且把家也搬到了城里。而曹老师担负着许多社会兼职工作，很是繁忙，就再没有与他保持更多的联系。二十世纪九十年代初，我赴美探亲，后定居加拿大，开始了教中文的生涯。不曾想，我当年上的那四十课时的《说文解字》课在我后半生的职业生涯中派上了大用场。

九十年代，一方面由于中国的经济实力迅速崛起，加拿大驻中国各级使领馆、驻华机构迫切需要会说中文的人从事各种与加中贸易相关的工作，中文成为加拿大政府外语培训部门的一个重要语种，而且在加拿大普通人中也出现了学中文热。另一方面，加拿大多元文化事业方兴未艾，政府教育部门拨款扶持资助的各种少数族裔的语言文化教育项目遍及全国。特别是随着大陆移民数量的迅速增加，一所所以教简体字、拼音为主的中文学校如雨后春笋般在加拿大各大中城市纷纷开办起来。于是，学中文出身的我，在中文教学领域成了"抢手货"。我周一至周五白天在加拿大政府外语培训学校教授政府官员，晚上教中文学校的成人班，到了周末则教华裔子弟学习中文。

中文口语，除了四声稍微难些，对已经会说英法语的加拿大人并不难掌握。这主要是因为相比起加拿大英法两个官方语言的语法来说，中文语法实在太简单了。但是要想掌握汉字，能够会读会写，不光对母语是英法语的加拿大人是巨大挑战，就是对会说中文的华裔子弟仍非易事。当然，成人与孩子所遇到的学习难点截然不同，但在某种程度上又有着相通之处。

先说成人。我的成人学生大致可分为两类。一类是全职每天五六个小时在课堂学中文的学生，另一类是每周两小时利用业余时间学中文的。对母语使用罗马字母的成人来说，先要记住中文的发音与语法，再要记住汉字的读写，难度之大可想而知。英语、法语都只有二十六个字母，无论怎样拼写，总是在这二十几个字母范围之内。而中文就不一样了。光是常用的偏旁部首就有百来个，由横、竖、撇、捺、点、钩、提、折组成的汉字基本部件以及可与其他汉字构成新字的独体字就更多。难怪在很多成人学生心目中，汉字就不是写出来的，而是"画"出来的。要想记住这些一笔一画貌似随意组成的汉字，简直如同学习天书一般。过去在中国教汉字，老师的绝招就是抄字、听写。动辄抄写二十遍，然后听写。假如错了一个，那就再抄上几十遍。这招对付中国的中小学生可能灵，但对母语非汉语的学生绝对不可行。在我几十年中文教学生涯总结出来的多种汉字教学法中，曹老师传授的汉字形音义分析，从汉字结构的分析中揭示其中的文化内涵，并且按照"六书"造字之说解析汉字，十分有效。学生对这种教汉字的方法也最有兴趣。在解析汉字时，我喜欢用聊天、漫谈的形式，一来可以调节课堂气氛，二来避免把原本可以让学生轻松学会的汉字变成沉重的学习负担。

教成人学习中文、认汉字，不可能从"大小多少、上下左右、山水日月、人口耳目"等笔画少的字开始。这种教法只适于教会说中文的儿童,却不能满足以交流为目的的成人学习语言的需求。一般来说,成人一上来就要学"你好!""你叫什么名字?""我不是中国人,我是加拿大人。""你做什么工作?""我是电脑工程师。""今天星期几?""明天你想做什么?"等等。教成人汉字,当从何入手?汉字形音义分析成了我教成人学习汉字的最佳途径。既然第一课要学的就是"你好","我姓……,叫……","我是加拿大人,不是中国人","我是学生。你是老师吗?"那我就先把这些字的部首教给学生。从象形字的"人""女""子""日""口""土""生"等介绍起,再介绍更复杂一些的由会意、指事等产生的二元汉字:"大""好""是""王""国""老"等以及典型的形声字"吗"等,一堂课下来就能教会学生二十几个汉字。学生对这样的汉字分析法,表现出了浓厚的兴趣,一致认为这样认汉字比死记硬背实在容易太多了。

为了巩固课堂汉字教学成果,我还利用电脑平台,借助共享软件,配合课程,设计了专用于识字的练习,供学生课外复习,这样一来,就是每周仅有两课时的学生,每堂课下来也可以轻松掌握二十多个汉字。至于全职学生,每周学会一百多个汉字更是完全不成问题。不久前,我教"研究"两个字,就把"研"拆成"石"与"开"、把"究"拆成"穴"与"九",分别解释这四个汉字的由来与字义,然后再把"石"与"开"、"穴"与"九"合在一起,分别解释"研"与"究"这两个汉字，最后才把"研究"放在一起分析。这种分析法，不但可以帮助学生迅速记住汉字，更重要的是可以教会他们掌握这种形音义的汉字分析法。随着词汇量的扩大，他们在阅读过程中，一旦遇到不认识的汉字，也能够根据汉字的结构特点猜出该字的可能义。虽不能保证百分之百猜对，但至少可以让学生掌握一种猜读、泛读的技能，进一步扩大词汇量。在这里，我得老老实实地向曹老师坦白，有时候为了帮助学生尽快记住汉字，我不得已也杜撰了一些汉字的由来，而且还鼓励学生自己给汉字编故事，以便找到最适合自己的记忆汉字的方式。在这方面，我自己得负全责，与曹老师无关。

教成人汉字，我有时需要杜撰，杜撰也十分有效。但教华裔子弟学中文，这一招就完全行不通了。华裔子弟的父母虽大多理工出身，但都经历过国内高考的拼杀，个个都是中文了得。我手中必得有金刚钻，才敢揽教华裔子弟的瓷器活。

在海外教华裔子弟学中文很不容易。首先，孩子每天听的、看的、说的都是英文、法文，周一到周五去正规学校，周末本来是休息、娱乐的时间，却又被父母送进中文学校，大部分孩子对学中文极为抵触。在周末中文学校，往往是老师在台上讲得声嘶力竭，可学生在下边玩的玩，聊天的聊天，打游戏的打游戏，看英文书的看英文书，全然成了自由市场。其次，中文的确难学。在海外出生长大的华裔子弟能听说中文已经相当不错，再要会读会写，谈何容易？特别对那些半大不小的中学生，正处在人生的叛逆阶段，如何激发起他们学中文的兴趣，让他们自觉自愿到中文学校来都是极大的挑战。一些学生家长得知我是北大中文系出身，还是中文系研究生毕业，又有多年的教学经验，纷纷把他们的孩子送到我的班上来。

每堂中文课，我都得颇动番脑子准备。一般来说，我总是先从生词中选出一些汉字，从字形、字源讲起，分析其本义，引申义，再穿插介绍历史典故，发掘其中所蕴含的文化意义。这种借题发挥，旁征博引的讲法很有成效。记得最早介绍的就是很简单的"尖""卡""囚""重""出"等，一下子就把学生吸引住了，教学效果十分明显。孩子们不但记住了汉字，对学中文有了兴趣，而且还经常用在我课堂上学到的东西去考他们的父母。不少家长反映，自从把孩子送到我的中文班，周六接送孩子上学的路上以及饭桌上的话题都少不了转述中文课上所听到、学到的内容。他们非常感谢我激发起了孩子学中文的热情。

可是华裔学生与家长之间对我的中文课的这种"讨论"，给我上课时信口而来的"说文解字"无形中也带来了很大的压力。一旦我讲错，很可能马上就会传遍当地华人圈，成了人们茶余饭后的笑柄。而我当时手头又没有段注《说文解字》之类可靠的工具书可供查找，只能根据当年曹老师教给我的方法去解析，既没有时间也没有办法做充分的准备。记得一次，一个学生在黑板上写了个"燹"字考我。全班二十几双眼睛霎那间全都齐刷刷地聚焦在我身上。我知道这其实是孩子的父母在考我呢。我想了想说，这个字的读音应该是"xiǎn"，但不敢肯定，还需要查字典确认。那个学生很惊异地连连点头。接着我又根据字形分析说，这个字的上边是两头野猪，下面是火，火烧野猪，这个字当有野火、战火的意思。写字的学生更吃惊了，眼睛也瞪圆了。原来她爸爸教她这个字的时候颇有些得意地表示，倘若王老师能马上说出这个字的读音和字义，他就算服了。其实，真正让学生和家长心服口服的不是我，而是曹老师教给我的汉字形音义的分析方法。

还有一次，一个学生问我"教"的字义。最简单的办法就是直接告诉他相对的英文单词"to teach"。不过，我迅速想了一下，马上把"教"字拆开，先从"孝"与"文"说起。告诉学生，"文"当理解为"以文化人"，也就是使人受教育，而教育的核心就是"孝"。"孝"字的上半部是"老子"的"老"，下半部是"儿子"的"子"，所以"孝"就是老子坐在儿子头上，也就是，儿子要永远服从父母，不可违背。然后，我又引发到"孝顺"上来解释"孝"。"顺"的意思是"顺从"，"顺从"父母就是"孝"。而"顺"这个汉字，一边是"川"，一边是"页"。在古汉语中，"页"可以假借为"叶"，一张纸或者一片树叶掉在大河里，只能顺水漂流，没有其他选择。就这样，从"教"

讲到"孝",讲到"以文化人"以及"以孝化人",再引申到"顺"与"孝顺",谈及"孝"在中国传统文化、中国历史中的地位,并引发出"孝"与"忠"的关系的讨论。同时还穿插介绍了《论语》《孟子》中有关"孝"的故事。一个"教"字讲了一个多小时。学生听得津津有味,学中文的兴趣也就越来越高。在教华裔子弟的中文课上,曹老师传授的汉字分析法加上多年来自己对中国语言文化的研究,都在孩子们的课堂上发挥出神奇的功效,深受华裔学生欢迎。后来,由于求教的学生太多,我索性开办起自己的中文学校。一干就是二十多年。

就这样,在我二十多年教中文生涯中,常常是学生随时发问,我随时"说文解字"。有时为了帮助学生尽快记住汉字,我也采用非学术的"望文生义"的方式。这种"说文解字"与曹老师有根有据的训诂学指导的"说文解字"有着本质上的不同,但在教学实践中却成了一种成功、有效的汉语教学法。二十年来,我教过数以百计的华裔子弟,他们从最初恨中文学校到热爱学中文,并真正掌握了中文。而那些全职参加中文培训的中文学生毕业后,则在加中文化贸易交流中无须翻译,就可直接用中文与中国同行交流沟通,还有那些每周晚上跟我学两小时的中文学生,也都由于掌握了中文,给自己的生活工作带来了极大的方便。每当我看到学生们在中文学习领域取得的巨大成绩,我都情不自禁会想起曹老师。

迟到的纪念
——写在褚斌杰先生去世12周年之际

2006年11月1号，我的研究生导师褚斌杰先生驾鹤仙逝。我大概是两天后才从家人的电子邮件中获知这一消息的。怎么会呢？我不敢相信，马上给师母黄筠打了一个电话确认此非误传。霎那间，最后见到先生的那一幕一下子浮现在眼前：1991年8月18日，距我离开中国还有三天，我特地去蔚秀园褚先生的寓所向先生辞行，聊过几句之后先生送我下楼。当我骑上自行车在几十米远的路口拐弯时，一回头发现先生仍站在楼门口目送着我远去。我急忙跳下车向先生示意请他赶快回去。褚先生抬起手来，在夕阳中向我挥手告别，那一幕从此便定格在我的脑海中。岂料这一别竟成了与先生的永别。

1

我第一次见到褚斌杰先生的名字,是在 1981 年北京大学中文系硕士研究生招生的导师名单上。褚先生招收研究生的研究方向,正是我准备报考的先秦两汉文学。自 1978 年 2 月入学以来,陆陆续续听过许多老师的课,也接触了不少中文系的老师,唯独没听说过褚先生。于是我特意跑到图书馆阅览室翻开报刊资料索引查找了近两个小时(那时查找论文可不像如今这么方便),竟没有找到一篇褚先生的大作。我颇有些沮丧地离开了图书馆。刚出图书馆大门,正巧遇到从五院中文系办公室出来的陈贻焮先生。与陈先生已经非常熟了,寒暄了两句,便转到了我所关心的话题上。提起褚先生,陈先生立刻滔滔不绝起来。据陈先生说,褚先生在学术研究领域曾十分活跃,20 世纪 50 年代学界有关《长恨歌》、李清照、李煜等的讨论都是由褚先生引起的。他文章写得相当漂亮。不仅如此,褚先生性格爽朗,待人宽厚。陈先生还说,如果你做了他的弟子,一定受益无穷。最后还特地对我说,如果你没听说过褚斌杰这个名字,"楚子"你该知道吧,那就是褚先生的笔名。

"楚子"是我所熟悉的学者名字之一。上中国古代文学史课时,曾浏览过不少专家学者对文学史上各主要流派与作家的研究论文,其中一些就出自楚子之手。北大图书馆201阅览室的李鼎霞老师得知我对报考褚先生的研究生有兴趣,特地给我推荐了褚先生的《中国古代神话》与《白居易评传》两本书,让我对褚先生的学术研究有进一步的了解。原来褚先生是山东人,北大中文系毕业后留校任教,曾做过游国恩先生的助教,后调到中华书局做编辑。褚先生20多岁时就已经是学界一位颇为知名的学者了。我好奇地问,为什么60年代后就再也见不到褚先生发表的研究文章了呢?李老师叹了口气说,还是等你做了他的弟子,自己问他吧。

后来,我果然如愿以偿,与章必功兄一同考上了褚先生带的第一届硕士研究生。再后来,随着与褚先生越来越熟,先生坎坷的经历也就知道得越来越多。80年代中期,江苏古籍出版社(今凤凰出版社前身)《古典文学知识》约我写篇有关褚先生的文章,褚先生大概担心我不知天高地厚会惹出什么麻烦来,嘱我写完之后一定要先让他过目。至今这篇文章的具体内容已记不全了,唯一记得清清楚楚的是我在文中提到褚先生在学界沉默了20多年的原因是因为1957年被错划为右派,被迫离开讲台去了中华书局当编辑。褚先生看后命我将这一段删去。他说,与很多人相比,我的这点遭际实在算不了什么,就拿当年同系的裴家麟(裴斐)先生来说吧,我实在不知幸运了多少倍。再说,过去的事已然过去,不必再提了。说这段话的时候,褚先生脸上常有的笑容消失了,显出了少有的严肃,使我觉得根本没有违拗、商量的余地。其实，我明白褚先生是不愿意再提及这段让人痛苦的经历，最后这段话变成了"由于众所周知的历史原因，褚先生离开了他热爱的讲台，去中华书局做了20多年的编辑。"（大意如此）后来读到白化文先生的文章，说褚先生离开北大是为了充实、加强中华书局编辑的力量，想必白先生也不愿再触动褚先生心中那一直深藏着的隐痛。

2

我算是正式入了褚门，可接到研究生录取通知书时，系里告诉我，褚先生眼下正在为中央电视大学录制讲课录像，非常忙，至少有半年无法回校，系里决定让费振刚老师暂时替褚先生带我们两个研究生。一天下课后，费老师找到我和章必功兄说，褚先生正在搬家，你们俩快去看看能否帮上点儿忙。我和章必功兄赶到中关村的一座筒子楼，老远就看见一位个子高高、偏瘦的中年人正在指挥几个人从车上往下卸东西。我认定那就是褚先生。我走上前去自报家门，褚先生未曾说话先就哈哈一笑，然后伸出手来，顷刻间，与先生见面之前的种种担心以及对先生的神秘感与陌生感，随着先生爽朗的笑声顿时化解了。我和章必功兄立马加入搬运东西的行列中。身为北大中文系副教授的褚先生一家四口搬进的居所，其实是只有两间屋子的简易筒子楼。水泥地、石灰墙，显得十分陈旧简陋。与我所知的林庚先生燕南园62号的独门小院，王瑶、陈贻焮先生镜春园的院落，季镇淮先生朗润园的公寓，甚至与褚先生学生辈的老师所居住的教师公寓相比，也形成了强烈的反差。或许这也是作为50年代末热血青年的褚先生为自己的坦率真诚所付出的代价之一吧。

褚先生的家具不多，家里不少的空间都被书占据了。我们把东西搬好后，褚先生说，今天太乱了，改日再请你们吃饭。那天褚先生给我留下的印象是一位平易可亲、学者型的长者，那握着我的虽然是一只书生的手，却很有力。

中关村的筒子楼，我只是搬家时去过一次。再一次见到褚先生，是我在名义上做他的弟子大半年之后，大概是1982年的秋天了。一天，费老师给了我和章必功兄一个地址，要我们去见褚先生，方知先生已经搬进了蔚秀园。蔚秀园的公寓不大，也不奢华，但与中关村的筒子楼相比，绝对有着天壤之别，至少有了独立的厨房、卫生间。那时节，我已经又一次读了《周易》《左传》《诗经》《墨子》《论语》《孟子》《楚辞》等，正在重读《庄子》。心想先生召见，一定会问书读得怎么样了。谁曾想我们三人坐在褚先生的书房里拉了一个多小时的家常！这一次的家长里短，彻底拉近了我与先生间的距离。也就是从那天起，我正式开始了在褚门的学习。

那些日子,先生要我和章必功兄每两个星期去见他一次,而且要我们分头去。先生还说,只要有事,随时都可以去找他。这不免让我有些纳闷。先生很忙,可除了非三人不可的事,如编撰文体辞典、参加建安文学讨论会、去南方实地考察、安排实习讲课等,先生很少召见我和章必功兄一起去。多年后我曾问他这是为什么。据他解释,如果我们两人一起来谈学习心得,免不了相互影响。一个人来,才好根据每人的具体情况对症下药。虽然自己多花了些时间,可对我们各自更有好处。至于时间,只要少看会儿电视、少睡点儿觉、少闲聊会儿就全都有了。出国以后,由于工作极忙,我与国内师友联系不多。先生去世后,曾上网粗略查看过先生的学术成就,发现先生一边上课,一边在带硕士生、博士生的同时,还撰写了20来部学术著作,发表了大量的研究论文。先生享年仅73岁,大概与他对工作、对学生的认真精神、对事业的执着是分不开的。在回到北大,环境与形势都允许他倾心做学问以后,褚先生似乎一直是憋着一股劲,要把那失去的20年抢回来。否则,按照先生的心胸,倘若不是这么拼命工作,再活个10年、20年,当不成问题吧。

在蔚秀园见过先生之后不久,我如约去先生那里汇报我的读书情况,特别想听听先生对我硕士论文选题的看法。先生只是笑着说,从你读书汇报的详略中,我看得出来你自己已经有了想法。如果还没有想好,就再多考虑一下,现在还早,不必急着给自己定论文题目。然后,先生递给我一张书目,记得上面有关于《楚辞》《庄子》的两三本书,建议我读完再去见他。回宿舍的路上,我暗暗佩服先生的洞察力。读本科时,因为上过林庚先生的楚辞研究课,加上对林庚先生本人人格魅力的钦佩,很喜欢楚辞,同时,也对《庄子》特别感兴趣。仅仅是一次谈话,先生就已经知道我的倾向了。

3

韩愈说,"师者,所以传道受业解惑也"。在先生的门下,"传道""解惑"自不必说,对"受业",我也感受良多。在先生的指导下,我养成了两个习惯。一是读书有了想法后马上记下。先生总是说,做学问千万不能偷懒,一偷懒,这个想法可能就永远找不回来了。于是,我平素总是把一个小小的笔记本带在身上,无论是去图书馆、在宿舍看书还是坐公交车,一旦有什么想法,就马上以日记的形式记录下来。二是写文章。先生说,文章落笔之后,至少要朗读三遍,先生强调的是朗读而不仅仅是看。先生说,只有在朗读的过程中才会发现问题,而看却不一定。而且他要我们文章写成后要先在抽屉里放上一个月,然后再拿出来读三遍,如果这时候觉得满意了,才可以寄给报纸杂志。我发现,先生在看我的作业时,嘴唇总是在微微地动。

我相信先生也是在读呢，只是由于我在场而没有出声。跟随先生学习的时候，我谨遵先生的教诲。这两个习惯一直保持到离开中国的时候。

先生鼓励我们做研究，写文章，不要怕失败，也别迷信名家。只要是在读书、研究过程中有了自己的看法，算得上是一家之言，就大胆地写出来，即使与导师的观点不同，也不必有什么顾虑。我当时只当是先生说说而已，谁承想竟还真碰到过这么一次。大概是1984年初，某省召开建安文学研讨会，邀请先生出席。先生要我和章必功兄每人写一篇文章送交会务组。我写了《阮瑀略论》一文，主要考订阮瑀的生平，并对其作品作出了自己的评价。先生看后找我谈了一次，提出了一些不同看法，并嘱我修改。阮瑀在文学史上算不上是有影响的作家，想不到先生对阮瑀的作品也如此熟悉，我很钦佩先生学识的渊博。回去后，我又认真研读了阮瑀的作品，觉得很难按照先生的意见修改，第二天便十分忐忑地跟先生实话实说。先生听后表示，只要成说就行，并把我的文章留下了。后来因种种原因我们没能参加这次研讨会，可是几个月后，我却收到了主办单位发来的信函，称褚先生推荐的《阮瑀略论》将收入《建安文学讨论集》一书。先生在学术问题上的宽容对我的鼓励很大，使我有勇气向先生提出自己各种成熟或不成熟的看法，在聆听先生教诲的同时，也与先生作学术上的探讨争辩。先生这种对后辈学生的提携爱护对我影响很大。后来我在中央戏剧学院任教时，也鼓励学生发表与我不同的看法。曾有一位学生因不同意我对孔子的评价，竟写了一封七千多字的"信"与我探讨。

先生得知我毕业后想进大学任教，于是在聊天或汇报读书情况时，常有心无心地聊些教书的技巧。1983年底，先生安排我去他的本科班做教学实习。建议我在认真备课的同时，也要准备一些与授课内容相关的轻松的话题，一张一弛，好让课堂的气氛活跃起来。实习课那天，我虽按照先生的嘱咐做了充分准备，可登上讲台，一时紧张，竟把准备好的开场白全忘到爪哇国去了。说实话，一个在读的研究生第一次站在北大中文系的讲台上，不紧张那才怪呢！我正紧张着，一眼望见坐在第一排的先生，先生惯常的笑容、鼓励的目光使我很快就进入了角色，顿时感到轻松起来。一轻松竟然也开始胡侃了。记得那次我讲的是庄子的人格精神，谈到藐姑射神人"肌肤若冰雪，绰约如处子"时，不知怎么竟冒出了这么几句：你们知道吗？褚先生的笔名是楚子，不过，此"处子"非彼"楚子"也。课堂上马上爆发出了阵阵笑声。我瞥了眼先生，先生从容地走上讲台，在黑板上端端正正地写下了"处子"与"楚子"两个词，才回到自己的座位上。我想我可能闯祸了，先生虽宽宏大量，可他能容忍我当着几十个学生的面开他的玩笑吗？事后证明，先生非但没有不高兴，反而说我的玩笑让课堂气氛活跃了。不过，先生也提醒我，这种时候，你应当板书的,所以我替你上去写了。先生的教诲让我在日后的教书生涯中受益无穷,使我成功地走上了中央戏剧学院戏剧文学课的讲台,也成为加拿大政府语言学院最受欢迎的中文教师之一。

4

1983年夏季,褚先生带着我、章必功兄还有季镇淮先生的弟子夏晓虹兄去江南实地考察。那时我开始对佛教产生了很大的兴趣。我们师徒几人一同去了南京栖霞寺。先生说,如果我们走散了,两个小时后在山门口会合。寺院里游人如织,尽管努力不离先生左右,可很快我就看不到先生与夏晓虹兄了。自己一个人在几个殿堂转了一圈儿,觉得时间差不多了,就东张西望地搜寻着先生、夏晓虹兄的身影。碰巧此时,遇到了一位老法师,就跟他聊了起来。老法师邀我去他的房间喝茶。我看看表,离集合时间还有20多分钟,就兴冲冲地跟了进去。可一聊起来,我就把时间忘了。等我再一看表,已经与先生约定的时间过了近半个小时。我急忙向老法师告辞,疾步赶到原先说好的会合处。见到先生,正准备向大家道歉并诚恳接受批评时,没想到先生面无丝毫愠色,反而笑着说:你可回来了。如果你出了家,我怎么向徐甸(我妻子,当时的女朋友)交代。先生的谅解与宽厚,让我心中的愧疚减轻了好多。事后夏晓虹兄告诉我,你没按时回来,褚先生非常担心你出了什么事,让我找了你两次。这么热的天,褚先生坐在石头上,一等就是半个小时,连一句责备的话都没有,你的导师可真是好脾气。

先生大度、好脾气、宽容,但人总有七情六欲,再大度开朗的人也难免有心情不舒畅的时候。大概是1984年深秋的一天,我去拜访先生,交谈中,我发现一向与世无争的先生,因人事、工作等问题心情有些郁闷。我开玩笑说,你常常告诉我,无论做什么都要有张有弛,可你整天不是上课就是做学问,从不参加任何休闲活动,也很少与北大其他学者教授交流,这样对你的身心健康没有好处。于是我跟他提到北大九三学社常常组织一些有意思的活动,社员自由参加。先生倘若有兴趣,不妨参加个组织。至少遇到什么苦闷事,也可以有个散心的地方。我这么一说,褚先生误以为我是九三学社社员。我说,要参加九三学社,不是教授也得是副教授,最起码是讲师,我哪儿够格啊。我之所以了解北大九三学社的一些情况,是因为我曾随我岳父徐继曾先生参加过一次北大九三学社组织的活动,还在那里碰到过中文系的两位老师。先生听后,对我的建议颇有兴趣。当时,我岳父、北大西语系教授徐继曾先生是北大九三学社的负责人。我从徐先生那里取来申请表格,请褚先生填完后交了上去,并为他们安排好面谈的时间。大约是在1985年的春夏,先生加入了九三学社。

今年我偶然读到一篇纪念褚先生的文章,其中谈到先生加入九三学社一事说:"1978年,褚先生重新回到北大(注:褚先生其实是1979年重回北大的),继续教学工作。褚先生是新中国教育界的元老,成果丰硕,德高望重,又历经磨难,组织上考察他人品优秀、爱国爱党、敬业守法、追求真理,觉得他如果参加民主党派将能更多地发挥影响力,征求本人意见,褚先生无条件地服从组织安排,加入九三学社,1985年2月1日,正式成为九三学社社员。原来大家以为褚先生是受到1952年老会员启功先生的影响,其实主要是组织上的安排。"[1] 这当只是作者的推测,与事实并不相符。这里顺带加以澄清。

5

先生不但在学术上对学生指点良多,而且当学生遇到其他问题时,也往往爱护有加。我的硕士论文做的是《庄子》。答辩之前,心中不免有些忐忑,一是不了解程序,二是对庄子这样的大家,不知道会面对一些什么样的问题。先生得知我的顾虑后,马上笑着鼓励我说,你不必想得过多,只要正常发挥、准备充分,不会有问题的。我的硕士

---

[1] 黄震云:《怀念褚斌杰先生》,见《民主与科学》2018年第2期。

论文答辩委员会由褚先生、倪其心、阴法鲁还有社科院文研所的谭家健等五位先生组成。进入答辩阶段,一直进行得挺顺利,我也发挥得越来越好,可最后,阴先生突然提出要我谈谈庄子与阴阳五行的关系。我一下子愣住了。我从来没有研究过这个问题。怎么回答?想来想去,我正准备想办法把这个问题敷衍过去时,褚先生显然觉出了我的为难,忙插话道,景琳,这可是阴先生交给你的一个很好的研究课题。你早晚要把这篇论文搞出来,交给阴先生。当时,我心里一个劲地说,谢谢先生救我。没有先生,我还真不知道会怎么收场呢。我所遇到的难题,就这样被先生的几句话轻而易举地化解了。

1983年夏随先生去南方实地考察归来后,先生认为这次游历使我的文章、学问都有了很大的进步,他希望我能多出去走走,开阔眼界,参加更多的学术交流,并说他一定要再带我出去。那时,凭我与妻子两位大学老师的工资是无法自费参加学术活动的,所以就没把先生的话放在心上。

1989年7、8月,我收到全国首届庄子学术讨论会的邀请信,会议的地点在庄子老家安徽蒙城。那时我已在中央戏剧学院戏剧文学系工作五年了。当我向系里提出参加学术研讨会的请求时,系主任苦笑着说,每年11、12月,咱们系穷得连买粉笔的钱都没有,哪儿还有经费让你出去开会。系主任说的是实话。每年年底都领不到粉笔,只好用不知谁收集起来的粉笔头。而我自己的那点工资和一点儿稿费,也仅够养家糊口而已,自费参加会议想都不能想。大概是8月底,我收到了褚先生的一封信,嘱我得便时去见他一趟,并问我是否收到了会议的邀请信。我利用周末带孩子去北大看她外公外婆的机会,顺便去先生家拜访。先生得知我们系的经济窘况,思忖了片刻,说,我答应过你要再带你出去一趟,这次会议的费用我来想办法。到今天我也不知道这次开会的费用是怎么解决的,反正一切都是先生的安排。这件事让我很受感动。但我感触更深的,还是在与先生长达两个星期朝夕相处的日子里,先生对我的爱护。

1989年10月从北京去外地,时常会被人问到一些相同的问题,而北大还有中央戏剧学院那时都十分出名。在火车上先生就再三告诫我,管好你那张嘴。自古道祸从口出,不要给自己找麻烦。我向先生保证,一定只谈圣贤书,不提窗外事。开会那几天,我与先生同住一间饭店,同在一个讨论组。头一两天大家相互不熟悉,倒也相安无事。后来,几个年龄相仿的人越来越熟,共同的话题也就越来越多,聊天的范围也越来越广。一次会中休息,我经不起大家再三询问,正想说点儿什么的时候,先生马上说自己的烟没了,让我帮他去买一包。这种买烟送打火机的事在会议期间大概发生过两三次。其实,我心里明白得跟镜子似的,知道是先生生怕我惹祸。

记得有一天先生跟我聊到半夜,讲了很多五十年代他同龄人的亲身经历,但唯独没有说他自己。我知道先生说的别人,其实很多就是他自己的经历。先生甚至告诫我,与女同事在同一个办公室工作或者谈话,一定要半开着门;一定不能和一个女同事单独出差;对学生关心的同时要掌握好分寸,保持好距离;教书不光是教知识、教做学问的方法,更是教做人……我默默地听着先生的絮叨,心中却充满了感激,深知这都是先生的肺腑之言。此前,我看到的褚先生,更多的是一位学者,一位教授,一位大度、爽朗、慈祥、宽厚的长者,从那晚开始,我更把先生视做了父兄。也就是从那个晚上开始,我对先生的理解又加深了一分,我真切地感受到五十年代末期发生的事,在他心上留下了多么深重的创伤,也看到了先生开朗大度、与世无争的背后,隐藏着一颗久经磨难的谨慎之心。

6

在北大中文系教过我的诸多老师中,褚先生的家我进出的次数最多,对他的生活状况也最了解。褚先生这一辈人,工资收入远远低于老一辈的教授学者,如王力、杨晦、魏建功、游国恩、吴组缃、林庚、王瑶诸先生,即便与陈贻焮、吴小如等先生相比,也有一定的差距。褚先生由于1957年被错划为"右派",结婚也晚。我入褚门做他的弟子时,儿子褚九只有 14 岁,女儿褚双还在上幼儿园。师母黄筠在商务印书馆当编辑,后来调入北京语言文化大学当老师。那个时代,两位大学老师养一对孩子虽不能说是难事,但也并不轻松。特别搞科研就得买书,那可是个不见底的花费。我应约到褚先生家汇报学习情况时,多次赶上他们全家在吃晚饭。褚先生家的晚饭常常是白菜或萝卜烩大饼。我曾跟褚先生开玩笑说,山东人喜欢吃大饼卷葱,你给改良成白菜萝卜烩大饼了。褚先生似乎很满足于这种简单的饮食,他的回答是,家里除了我以外,没人能接受大饼卷葱,烩饼既方便又好吃,做起来还节省时间。

1983 年我们南下做实习调查,其间,褚先生生活之简朴给我留下了深刻的印象。我们一行四人到了南京,必功兄因家中有事,加之思家心切,便先行而去,只有我与夏晓虹兄随先生同行。吃惯了北方饭,到了南方才体会到,南方饭菜做得就是精致美味。孟子说,口之于味,有同嗜焉。虽然 6 年来,学四食堂那直径一米多的大铁锅炒出来的饭菜吃得让舌头快失去了味觉,但嗅觉还是很灵敏的。比起北方菜来,南方菜做得是真诱人啊,不由人不咽口水。但每次在饭馆坐下,点菜的任务总是由褚先生担任,我和晓虹兄只能随着褚先生,他点什么我们就吃什么。一次,在上海城隍庙,我们三人走散了,过了饭点儿,我也没找到先生与晓虹兄,就一个人进了饭馆。坐定之后,看到同桌食客点的菜肴挺有特色,名字也有意思,叫"平地一声雷",也依样画葫芦点了一个。原来这个菜就是北方的海鲜锅巴。二十世纪八十年代初,一盘菜也就一块多钱,我吃得有滋有味。下午按约定时间回到旅馆,晓虹兄还没回来,我便向褚先生汇报了这几个小时的见闻,顺带赞了两句自己独享的午餐。不料,褚先生一听,脸色就严肃起来,批评我说,你现在每月只有40来块钱的奖学金,怎么花钱这么大手大脚?就不知道要节省一点吗?以后你还要居家过日子,总不会要寅吃卯粮吧?如果不是夏晓虹兄敲门进来,真不知先生还要教育我多久。当时我虽然一声没吭,心里却颇不以为然。

在北京时,就听说杭州的天外天和楼外楼这两家餐馆擅长做杭州名菜,十分有名。但有了上海的经历,到了杭州便不敢再开口,暗地里还是企盼褚先生能开恩破费一下,带我们去一饱口福。可是到了第三天,褚先生还是没表露出一点出去搓一顿的意思。于是我开始吟诵起林升的诗句"山外青山楼外楼,西湖歌舞几时休。暖风熏得游人醉,直把梁州做汴州",借此来提醒褚先生。可诵了几次,褚先生也不理会,我只好试探着跟褚先生说,西湖醋鱼、龙井虾仁可是杭州名菜,如果能品尝一下,咱们也不虚此行呀。可能是碍于夏晓虹兄的面子,褚先生只说我们的时间不够,要看的东西还很多,随便吃点儿就行了。那时我真的不理解褚先生为什么总是这样节省。直到自己结了婚,有了孩子,开始独自过日子,才深深体会到先生那一代人的艰难。比起我们这一代，褚先生那一辈好像更生不逢时一些。在最好的年华，他们做不了学问，经济上还十分窘迫。现在好不容易熬到了改革开放的日子，却又碰上"脑体倒挂""搞导弹不如卖茶叶蛋"的严重不合理的收入分配状况。本来上天留给他们的就是那么几十年，他们却还得把相当一部分宝贵的时间花费在算计如何让自己工资的每一分钱都各得其所上。呜呼哀哉！

褚先生节省是节省，但他的节省是有原则的，有骨气的。褚先生是山东人，我们南下考察时，师母带着两个孩子与我们同行到济南探亲。从北京启程的前两天，必功兄收到家信，说有急事，嫂夫人嘱咐他，一定要抽空返回铜陵一趟。必功兄准备与我们一起参观孔府之后，在南京分手。

离开济南时，我们发现小九与褚先生之间不知发生了什么矛盾，两人看起来都很不高兴。我和必功兄经向师母询问，才知原来小九想与我们同行南下，但褚先生与师母都觉得花费太大，坚决不同意，十四五岁的小九就耍起了小孩子脾气。看着小九又生气又委屈的样子，我劝褚先生说，其实就是一张火车票，外加吃饭，必功兄离开后，小九可以与我同住一个房间，无须住宿费。小九也插话说，我不但不用花住宿费，还可以用章必功的火车票，不用花你的钱。小九话音还没落下，就被褚先生厉声喝住了：不行，你想都别想。我们此行不是出来旅游的，你绝不可动章必功的经费,那是学校的钱。再说,章必功回老家以后,我会和王景琳同住一个房间,没有你的地方,你就老老实实留在济南,然后跟你妈妈、妹妹一起回北京。褚先生说得斩钉截铁,没有丝毫商量松动的余地。在与褚先生相识的几年里,这是我第一次见褚先生发这样大的火。其实,当时褚先生完全可以径直带上小九,不必跟我和章必功解释什么,回来后他可以直接去系里报销,也没有人会注意这样的细节。但是褚先生想都没有这么想。这件事的确不大,却让我切身感受到那一辈知识分子不愧是公私分明、不占一分钱便宜的正人君子。

先生走了十二年了。十二年来,先生的很多友人、弟子写了许多文章,对先生的学问、学术地位、人品给予了很高的评价,这么多年,虽然我也总想写点儿什么寄托自己对先生的怀念,但每每坐在电脑前却又思绪万千,竟不知从何下笔了。在先生逝去十二周年的今天,就将此文权当一份迟到的纪念,呈现于先生面前吧。

[附录]

勇于开拓　勤奋钻研
——记褚斌杰先生

在皓首泰斗济济的古典文学研究界,五十二岁的褚斌杰先生应该说是年轻的。若从他十九岁在北京大学中文系读书时发表第一篇学术论文《屈原——热爱祖国的诗人》

算起，他从事学术研究已有三十余年了。可实际上在这三十多年中，真正能够允许他从事科研与教学的日子，不过十年左右。就在这短短的十年里，褚斌杰先生不仅先后为北大中文系、中央电大中文系开设了多门必修、选修课程，而且出版了四五部专著，编纂了《李清照研究资料汇编》（与他人合作），发表了三十余篇学术论文以及近三十篇文艺随笔。最近，他主编的《中国古代文体辞典》已基本完成，二十余万字的《九歌研究》即将脱稿。褚斌杰先生以一系列引人注目的成就，成为人们熟悉的文学史家。

褚斌杰先生，笔名楚子，一九三三年生，一九五四年在他二十一岁时，就以优异的成绩毕业于北京大学中文系，留校任助教。后任中华书局中国古代哲学、中国古代文学编辑，现为北京大学中文系副教授、中央电大中国古代文学史（先秦两汉部分）、中国古代文体概论等课主讲教师。

早在上大学与任助教期间，褚斌杰先生就写了有关《三国演义》的主题、李煜作品的评价、白居易《长恨歌》的主题思想、李清照词的思想和艺术以及关于我国古代美学著作研究等论文。五十年代初，用新观点研究中国古典文学还刚刚起步，古典文学研究的范围还比较狭窄，特别是对中国古代文学中的某些复杂现象，还少有人问津。而褚斌杰先生的这些文章，以其思想的敏锐、观点的新颖，引起了学术界的注意。

针对那些比较复杂、不易一下说清楚的重要问题，积极思考，独辟蹊径，提出自己独到的见解，是褚斌杰先生自青年时代起就坚持的治学精神。打开二十世纪五十年代初作家出版社出版、《文学遗产》编辑部选编的《〈三国演义〉论文集》、《李煜词讨论集》和一九八四年中华书局出版的《李清照研究论文集》，在作者目录上，首先能看到的就是褚斌杰先生的名字，这并非巧合。这些论文集都是以文章发表先后为序排列的，而褚斌杰先生确确实实是在未开垦的处女地拓荒的人。这种勇于开拓与创新的精神，也明显地体现在他的《白居易评传》一书中。

《白居易评传》是褚斌杰先生在大学四年级，也就是他二十岁时完成的一部专著。在此之前，为古代著名文学家作传的专著，只有《杜甫传》。而《白居易评传》，则是新中国成立后较早出现的一部古代文学家的评传。白居易是文学史上著名的伟大诗人，但在他身上也有比较复杂的问题。白居易的一生，明显地可划分为两个阶段。前期，他写下了大量反映社会现实的作品；后期，在尖锐的社会矛盾面前，他退却了，写下了大量的闲适诗。怎样对白居易后期思想与创作做出恰当的评价，这在当时还少有文章涉及。而褚先生在这本书中，把人物置于当时广阔的社会政治背景中来分析，揭示了导致白居易前后期思想矛盾的根本原因，并对其后期思想和创作作了分析评价。又如，褚斌杰先生认为：《长恨歌》的主题思想呈现了复杂性和多样性。白居易既对唐明皇与杨贵妃的贪欢误国表示不满，又对他们的爱情悲剧抱有一定的同情，但《长恨歌》的主要思想还是表现和歌颂爱情。后来，褚斌杰先生将这一看法撰写为《关于〈长恨歌〉的主题思想及其评价》，发表于一九五五年七月十日《光明日报》"文学遗产"栏目。此文发表后引起了学术界的又一次讨论。直到今天，关于《长恨歌》的主题仍不断有人撰文讨论，这更说明三十年前褚斌杰先生文章探索性的意义。

从一九五三年到一九五七年底，褚斌杰先生凭着他的勤奋与开拓精神，撰写了十余篇有较高学术水平的论文，完成了《白居易评传》。并在整理、研究古代神话资料的基础上，编写了《中国古代神话》一书，此书深入浅出，出版后很快便被译为英、法、日、朝等多种文字发行。然而，就在褚斌杰先生准备在学术领域进行更深入、更广泛开拓的时候，一九五七年，因为众所周知的原因，褚斌杰先生被剥夺了教学与科研工作的权利。这一中断，就是整整二十年。对于褚斌杰先生来说，这二十年，是多么重大的损失！

直到一九七九年，褚斌杰先生才回到北大中文系执教，此时，他已人到中年了。但褚斌杰先生并不也没有时间去怨天尤人，而是全力以赴，要把二十年中失去的，在未来的岁月里夺回来。从一九七九年到现在，他没有假期，没有节日，在几乎每学期都开课、指导研究生、每年都要几次外出讲学的情况下，继续刻苦钻研、著书立说。近年来，他出版了《中国文学史纲要》（先秦两汉部分）、《中国古代文体概论》两部计有五十余万字的著作。从这两部书中，可以看到褚斌杰先生继续保持了他以往的开拓精神和创新精神。他的《中国文学史纲要》，在总结前人研究成果的基础上，以自己的体会与感受，细致、深入地分析作家、作品，许多章节都写出了新的面貌。正因为如此，读褚斌杰先生的《中国文学史纲要》，绝少有似曾相识之感，因而这部书出版后，在社会上得到了好评。而《中国古代文体概论》，则是一部填补空白的专著。以往，对中国古代文体论和文体史尚缺乏系统、全面的研究，褚斌杰先生的这部书，理清了文体史发展的线索，解决了不少以往没有解决的疑难问题，提出了许多新的看法。例如，对赋体文学的起源、骈体文的起源以及各种文体的流变，都以大量的资料为依据，提出了新的看法。他所主编的《中国古代文体辞典》，对我国古代的多种文体作了比较准确的解释、说明，是一部非常有价值的工具书。

褚斌杰先生的教学科研工作紧张而繁重，但他同样关心与支持社会教育活动。一九八四年，在他左肩长了骨刺、疼痛难忍的情况下，带病完成了电教片《白居易》的脚本工作（此片正在拍摄中）。近年来，他在中央电大担任主讲教师，不少学员给他写信请教问题，有时每月达数百封之多，褚斌杰先生总是尽量抽时间回信，一一解答学员提出的问题,使他们学有所得。有些来访者请他审阅文章,褚斌杰先生总是悉心指点,提出中肯的意见,有时甚至动笔修改。对一些有见解的文章,褚斌杰先生还帮着推荐发表。

这些年来,褚斌杰先生就是这样勤勤恳恳地教书育人,踏踏实实地作学问,在学术道路上孜孜不倦地攻克一个又一个难关。目前,他已积攒了大量经学史的资料,准备在《九歌研究》脱稿后,即着手撰写一部经学史。我们祝褚斌杰先生在他的学术研究上,取得更大的成就。

原载《古典文学知识》1986年第8期,有部分修订。感谢《古典文学知识》编辑部许勇先生百忙之中帮我找到35年前的文章

"老顽童"谢冕老师

谢冕老师的学生或者了解他的人都知道,谢老师浑身上下都洋溢着一种如同青春躁动般的激情,他爱诗,爱诗的语言,就连他的学术著作也写得像诗一样。年轻时,他的激情直接喷薄燃烧于他的诗歌中;而到了中年,他的激情则喷发在他的三尺讲台上,渗透在一部部他精心编写的大部头著作中,也倾注于他对一切新生事物的鼎力支持上;到了老年,他的这股激情非但没有随着鬓发苍苍、步履渐缓而衰退,反而越来越有了几分"老夫聊发少年狂"的豪气:他率领着手下一班"谢家军",闯荡"江湖",驰骋于新诗创作与研究的文坛,并且更多了些"率性而为"的"出格"之举,诸如一年一度的"谢饼大赛",号称争做谢老师"身体好,食欲酒量好、兴致好"的"三好学生"之类,都足以见出其童心未泯、激情依旧的真性情。不夸张地说,谢冕老师是教授、学者群中地地道道、货真价实的"老顽童"。

1

谢冕老师是福建人，1932年出生在福州。受时代的鼓舞，17岁的谢老师便投身革命，穿上了军装，开始了他的军旅生涯。1955年退役后考入北京大学中文系。北大中文系55级是一批比较特殊的学生，其中既有高中毕业直接参加高考的普通学生，也有调干生。不过，那一年的调干生与之前最大的不同是，那一年的调干生都必须以同等学历参加高考，并达到同样的录取分数，才可以被大学录取。当时，与谢老师一同以调干生身份考入北大中文系的，还有后来的文学评论家陈丹晨，文艺理论家、学者张炯。在这个意义上，我们七七、七八级与北大五五级有某种相似之处，这就是同班同学之间的年龄相差悬殊。

认识谢冕老师大约是1979—1980年间，在中文系为我们七七级、七八级学生开设的当代文学课上。这门课是由几位老师合作教授的，除了谢冕老师以外，还有洪子诚、张钟、佘树森三位老师。谢冕老师教我们时，已经40多岁，但是按照当时的标准衡量，还算是青年教师。由于"文革"前后十几年没有评职称，谢老师教我们的时候，好像还是位助教。他走上讲台教我们的第一堂课，首先让我们感受到他的年轻的，还不单单是他的年龄，更是他激情澎湃、神采飞扬的"少年才子"气质。据说谢老师年少时，的确曾热衷于写诗，十几岁便有诗作在报刊上发表。虽然至今我还不曾读过谢老师的任何一首诗作,但他的诗情不但涌动在他的散文诗歌评论中,更流淌喷发在给我们讲课的每一瞬间。

谢老师是福建人,说起普通话带着很重的福建口音。对我这样的纯北方人来说,听懂他的普通话是需要一段适应时间的。谢老师似乎也知道自己说话的特点。每次开讲时,他都尽量控制住自己的情绪,语速快慢适中,声调平缓稳当,吐字也就更清楚。可是用不了多久,谢老师很快就会被自己所讲的内容所感动,特别一讲到他所钟情的诗歌,讲到诗的内容、风格与特色,他很快就完全沉浸于诗的世界,声调也就随之越来越高,语速越来越快,精神也越来越振奋,于是乎"手之舞之,足之蹈之"。从最初静止地站在讲台之后,到在讲台附近来回不停地走动,再到走下高出地面尺余的讲台区域,直接踱步到阶梯教室第一排座位前的空地上,从教室的左边走到右边,再从右边踱到左边。除了必须停下来板书以外,谢老师常常是不到下课铃响口不停、步不停,始终保持着口若悬河、激情奔放的动态。据说,北大中文系只有谢冕老师没有病历,我猜想,这大概一来是由于谢老师的身体素质好,二来恐怕与他上课时总在教室里走来走去有关。那两个小时走下来,加在一起,少说也有几公里。这得是多好的健身活动!

谢老师的课,讲得很精彩。第一是他上课总是带着他那特有的诗人的激情:乐观、兴奋、明朗、浪漫;这种激情往往可以直接感染学生的情绪,让学生随着他的讲授,与他一起激动,一起亢奋,一起沉醉。谢老师的课堂气氛总是十分活跃。他一讲起诗来,那种陶醉忘形、眉飞色舞、如痴如狂、手舞足蹈的形象与神态,完全不像是一位四十多岁的老师,更像是一位二十出头的少年诗人。谢老师还爱笑,说到有意思的事,他往往自己先就开怀大笑起来,笑得那么忘情,那么清脆爽朗,单纯如同孩童,很自然地让学生都受到感染。同学们都很喜欢听谢老师激动时讲课,也很欣赏讲课时激动的谢老师。

第二是谢老师上课的语言永远是带着诗意的。他很少用直白的教科书式的语言或者深奥晦涩的学术语言。他十分擅长使用短促而节奏鲜明、富于韵律而又画面感强烈的语言讲述文学现象,讲述诗歌的发展,例如"我们以为是传统的东西,往往是凝固的、不变的、僵死的,同时又是与外界隔裂而自足自立的。其实,传统不是散发着霉气的古董,传统在活泼泼地发展着。"[1] "接受挑战吧,新诗。也许它被一些'怪'东西扰乱了平静,但一潭死水并不是发展,有风,有浪,有骚动,才是运动的正常规律。"[2] 又如:"能够全面代表伟大的五四时代精神的,是鲁迅,而能够以全新的诗歌意象概括一个全新的时代的诗人,则是

---

[1] 谢冕:《在新的崛起面前》,《光明日报》,1980年5月7日。
[2] 同上。

郭沫若。郭沫若以女神之再生,以凤凰涅槃,以天狗吞日,以充满激情的声音和想象力向我们托出了一个鲜活生动的狂飙突进的时代。"①在他的课上,类似这样充满诗意的语言,再配上他那极富穿透力的声音,时时在课堂的上空回旋往复。

如果说,谢老师的课还有什么缺憾的话,那就是上他的课,最难的事是记笔记。我们上大学的时候,既没有现在如此方便的录音设备,也没有可以随身携带的笔记本电脑,课堂笔记全是用笔一笔一笔地记在笔记本上。谢老师这种肢体与声情并用,以声调、动作、神情、诗一样的语言授课的独特方式,学生无法抗拒地把目光牢牢地聚焦在他的身上。就仿佛是在观赏一部舞台聚光灯下的独角戏,观众很难把视线从台上主角身上移开,低下头去边听边做笔记。谢老师的课,的确不是让人听的,而是让人观赏的。更何况,一旦谢老师情绪调动起来,"进入了角色",他的语速也随之大大加快,这种种因素都迫使我不得不放下笔,聚精会神地连听带观赏,生怕错过了精彩的部分。四年本科下来,在我所有课的课堂笔记中,谢老师的课我所记的课堂笔记最少,收获却并不因此而减少。相反,却让我充分感受到谢老师在中文系的独特性。

---

① 谢冕:《诗与时代——在北大新时代诗歌座谈会上的发言》,2019年9月4日,见 https://www.sohu.com/a/338713888_661863。

谢老师与我们文学专业七七级，还有着一种特殊的缘分。凡是我们班来自北京的同学都知道，谢老师受大学的委派，担任了北京地区中文系的招考官，因此所有北京的同学都是谢老师一个个亲自挑选来的。这也使谢老师与我们班结下了一种蕴含着极为特殊的情谊，谢老师为我们的班书《文学七七级的北大岁月》一书写的《相聚在新时代——记北大中文系一九七七级》文章中曾这样动情地写道："不仅仅是事关教育复兴，不仅仅是事关师生情谊，也不仅仅是事关知识传承或者文学发展，我此时提笔写这篇文字的缘由，都是，又都不是。命运安排我们相逢、相识，安排我们一起度过难忘的时光，这是由于什么？不说社会盛衰，不说时代进退，甚至也不说众生哀乐，不说这些宏大的话题，但就我个人而言，我把我和七七级这个集体的相遇和相知，堪称是我个人生命的一个重大的庆典——意味着新生，光明，希望，还有幸福的重大的庆典！""都说1977级的出现是中国当代教育史的一件大事，是的，但也不仅仅是。我更愿把它的出现看成是一个预言，一个象征，或者更是一个标志。一抹彩云在中国的天空升起，它划分了夜晚和黎明，停滞和进步，封闭和开放，愚昧和文明！1977级，它就是披着那朵祥云降临人间的。它的出现是一种绝境中的希望和新生的福音。它告知了一个新时代的降临。""不难想象，这一年我与七七级猝然相遇，曾经带给我多大的惊喜！……至少对我个人而言，我和七七级的相遇，不仅意味着我找到了他们，更意味着我重新找到了自己、找到了我曾经的梦想、找到了与我的生命相伴随的我今后的学术道路，我的事业和幸福。"读了谢老师的这篇文章，不难理解当年谢老师是怀着怎样一种心境走上讲台的，他之所以那么富于激情，那么激情澎湃，是因为他终于实现了自己的梦想，找到了与其生命相伴随的路。

2

谢冕老师的学术成就是巨大的，特别在当代文学、当代诗歌研究领域，他以自己的实力奠定了自己的学术地位。谢老师的代表作《文学的绿色革命》《中国现代诗人论》《新世纪的太阳》《论二十世纪中国文学》《1898：百年忧患》《百年中国新诗史略》以及他所主持的多个大型研究项目，《20世纪中国文学丛书》《百年中国文学总系》《中国新诗总系》《中国新诗总论》等等都成为研究当代文学不可或缺的重要文献。同时，谢冕老师还是北大中文系当代文学教研室的创建人之一，是北大中文系第一位当代文学博士生导师。

由于多年来远离当代文学研究领域，对谢老师这三四十年来所创造的学术辉煌，自知无可置喙。但至今记忆犹新的，是谢老师当年如何以文学评论家的敏锐眼光，冲破重重思想的禁锢，为朦胧诗的兴起大声呐喊，写下了在当代文学研究史上值得浓墨重彩大书一笔的名篇《在新的崛起面前》。

大概是在1978年底到1980年初这段时间，以北岛、舒婷、顾城、江河、杨炼、食指、芒克等为代表的一批年轻诗人在诗坛异军突起，他们创作的意象隐晦朦胧、寄寓深邃含蓄的现代诗在社会上广为流行，颇受年轻学子的青睐。他们的诗作完全打破了当时正统诗坛所谓浪漫主义与现实主义两大流派的禁锢，表达的只是一种诗人自我的心灵感受、情思流动、生命感悟与哲理思索，以诗的语言、诗的意象流露出对"人"的关注，对正统的叛逆，对自由、光明的向往。这些诗，由于受西方现代诗的影响，在写作手法以及意象的创作上往往不是直露的、明晰的、直接的，而是模糊的、象征的、隐晦的。在十年动乱刚刚结束的七十年代末、八十年代初，这样的诗篇自然引起了正统诗坛以及诗歌评论界的强烈反弹，甚至连艾青、臧克家等老一代诗人也出面对这样的新诗加以指责。

在我们的当代文学课上，主讲当代诗歌的谢冕老师是否有讲到北岛、舒婷、顾城等人的诗篇，由于相隔年代久远，实在想不起来了。但我相信，致力于当代诗歌研究的谢冕老师应该早就注意到并开始研究这批诗人以及诗作。就在文学界围绕北岛、舒婷、顾城等人的诗作展开激烈争论之时，谢冕老师于1980年5月7日在《光明日报》发表了题为《在新的崛起面前》的文章。谢老师以"新诗面临着挑战"为切入点,从"五四"以来新诗的出现,新诗的发展轨迹与背景,特别是"刚刚告别的那个诗的暗夜"对诗歌的摧残等等方面,对新涌现出来的新诗派、新诗作给予了充分的肯定、热情的支持,甚至把这样一些"古怪"的新诗的出现与"五四"以后的新诗运动相提并论。面对声势浩大的新诗的反对者,他尖锐地指出:"我们的新诗,六十年来不是走着越来越宽广的道路,而是走着越来越窄狭的道路。三十年代有过关于大众化的讨论,四十年代有过关于民族化的讨论,五十年代有过关于向新民歌学习的讨论。三次大讨论都不是鼓励诗歌走向宽阔的世界,而是在左的思想倾向的支配下,力图驱赶新诗离开这个世界。"这是一位学者对新诗历史发展的回顾,更暗含着他对新诗派出现的前瞻性的预言。在文章的最后,谢老师旗帜鲜明地说:

我们一时不习惯的东西,未必就是坏东西;我们读得不很懂的诗,未必就是坏诗。我也是不赞成诗不让人懂的,但我主张应当允许有一部分诗让人读不太懂。世界是多样的,艺术世界更是复杂的。即使是不好的艺术,也应当允许探索,何况"古怪"并不一定就不好。对于具有数千年历史的旧诗,新诗就是"古怪"的;对于黄遵宪,胡适就是"古怪"的;对于郭沫若,李季就是"古怪"的。当年郭沫若的《天狗》、《晨安》、《凤凰涅槃》的出现，对于神韵妙悟的主张者们，不啻是青面獠牙的妖物，但对如今的读者，它却是可以理解的平和之物了。

接受挑战吧，新诗。也许它被一些"怪"东西扰乱了平静，但一潭死水并不是发展，有风，有浪，有骚动，才是运动的正常规律。当前的诗歌形势是非常合理的。鉴于历史的教训，适当容忍和宽宏，我以为是有利于新诗的发展的。

这是一篇既充满理性分析又洋溢着战斗激情的文章。在"新的崛起"面前，谢冕老师不是墨守陈规地加以指责，或者以沉默不语保持中立，而是态度鲜明地振臂一挥，率先站出来支持诗歌创作的新趋势、新动向。"接受挑战吧，新诗"，这类恍如呐喊的文字，也只能出于青春永在的谢冕老师之手。他的这篇文章，直接挑战了否定新诗派诗人的诗歌理论权威，成为为后来的朦胧诗派正名的第一篇檄文。谢老师在这篇文章中论及其中某些诗歌的特点时，还首次用了"写得很朦胧"的字眼。应该说，"朦胧"这个词的使用，是中国当代诗歌史上"朦胧诗派"之称的始祖。

谢冕老师这篇文章一发表，当时就在诗坛、诗歌理论界、文学界、文艺界掀起轩然大波。参与这场争辩的人越来越多。一时间，有关朦胧诗的争论遍及各类文学刊物、报纸杂志。随着争论的不断深入,新诗派的影响日渐扩大,《诗刊》特地组织了有关新诗派的讨论。当年《诗刊》第八期发表了章明题为《令人气闷的"朦胧"》的文章,对新诗派大力讨伐,并予以彻底的否定:

> 有少数作者大概是受了"矫枉必须过正"和某些外国诗歌的影响,有意无意地把诗写得十分晦涩、怪僻,叫人读了几遍也得不到一个明确的印象,似懂非懂,半懂不懂,甚至完全不懂,百思不得一解。对于这种现象,有的同志认为若是写文章就不应如此,写诗则"倒还罢了"。但我觉得即使是诗,也不能"罢了",而是可以商榷、应该讨论的。所以我想在这里说一说自己的一孔之见。为了避免"粗暴"的嫌疑,我对上述一类的诗不用别的形容词,只用"朦胧"二字;这种诗体,也就姑且名之为"朦胧体"吧。……它们简直是梦幻,是永远难以索解的"谜"。"朦胧"并不是含蓄,而只是含混;费解也不等于深刻,而只能叫人觉得"高深莫测"。我猜想,这些诗之所以写得"朦胧",其原因可能是作者本来就没有想得清楚。

也就是从章明的这篇文章开始,原来没有"体"、没有"派"、互相之间甚至没有个人联系的新诗诗人便被统称为"朦胧诗派",其诗作被称为"朦胧诗体"。章明的文章代表了当时文学界相当一部分诗人与文学评论家对朦胧诗的看法。但历史证明,尽管朦胧诗派始终没有形成一个文学团体,没有发表过任何创作宣言,其历史地位、艺术成就、文学贡献却是划时代的。朦胧诗派的出现标志着诗歌进入了自我意识觉醒的新时代,也意味着诗歌创作的独立审美价值的确立。而在当时最具代表性的为"朦胧诗派"鼓与呼的三篇文章(后统称为"三个崛起")中,也就是谢冕的《在新的崛起面前》、孙绍振的《新的美学原则在崛起》与徐敬亚的《崛起的诗群》,谢老师的那一篇无疑是"第一个"。他的文章对朦胧诗派文学地位的确立起到了推波助澜的作用。自此,谢冕老师也被视为是当代诗歌研究领域当之无愧的权威,成为当代文学中的一面旗帜。此后几十年中,几乎凡是有当代诗歌大型活动的地方,就一定会看到谢冕老师的身影。

3

谢冕老师的诗人气质以及他的"顽童"性格,不仅体现在学术上、课堂里,更见于日常生活中,体现在他对美食美酒的热爱,以及他那独一无二的带研究生的方式上。

谢冕老师是生在南方、长在南方的典型的南方人。但在饮食习惯上,他与我所了解的南方人颇为不同。我印象中,南方人的餐饮都是小碟子小碗,典型的菜品精致小巧玲珑型;而北方人的餐饮讲究的则是大盘子大海碗,以吃撑为目标的量大实惠型。以美食家出名的谢老师当然不会抗拒任何精美高端的美味佳肴，但他所酷爱的偏偏是北方简单易做、满大街随处可见、极为大众化的面条、饺子还有馅饼。无论是高级餐馆还是小摊上卖的面条、饺子还是馅饼，就没有谢老师不爱吃、不被他称赞的。

　　谢老师不单单喜欢吃面条、饺子、馅饼，还时不时把自己吃面条、饺子、馅饼的体会感悟付诸笔端，写过不少篇颇有情趣的《饺子记盛》《馅饼记俗》《春饼记鲜》，透着一股对生活的热爱与青春的活力。而且，谢老师不但自己喜欢这些北方美食，享受于面条、饺子、馅饼的美味，还热衷于把这些美食介绍给朋友、学生，邀请大家与他一起分享。最为匪夷所思的是，他还把吃馅饼闹到连年举办吃馅饼大赛，甚至夸张地把大口吞食馅饼当作检验是否为谢门弟子的地步。天下喜欢美食的人多了，喜食馅饼的人也不少，但像谢老师这样身为大学者、大教授，却率领着自己一众男女弟子到处寻食馅饼，并连年举办"食饼大赛"，把吃馅饼发挥到极致的，恐怕谢老师是独一份！且看谢老师发表在2019年3月2日《文汇报》"笔会"上的《馅饼记俗》：

　　某月某日，我们因与馅饼"喜相逢"而突发奇想，为了声张我们的"馅饼情结"，干脆把事情做大：何不就此举行定期的"馅饼大赛"以正"颓风"！

当然,大赛的参与者都是我们这个小小的圈子中人,他们大都与北大或中关村有关,属于学界中人,教授或者博士等等,亦即大体属于"中关村白领"阶层的人。我们的赛事很单纯,就是比赛谁吃得多。分男女组,列冠亚军,一般均是荣誉的,不设奖金或奖品。我们的规则是只吃馅饼,除了佐餐的蒜头(生吃,按北京市井习惯),以及酸辣汤外,不许吃其他食品,包括消食片之类的,否则即为犯规。大赛不限人种、国界,多半是等到春暖花开时节举行"大典"。大赛是一件盛事,正所谓"暮春者,春服既成",女士们此日也都是盛装出席,她们几乎一人一件长款旗袍,玉树临风,婀娜多姿,竟是春光满眼。男士为了参赛,嗜酒者,也都敬畏规矩,不敢沾点滴。

我们取得了成功。首届即出手不凡,男组冠军十二个大馅饼,女组冠军十个大馅饼。一位资深教授,一贯严于饮食,竟然一口气六个下肚,荣获"新秀奖"。教授夫人得知大惊失色,急电询问真伪,结果被告知:不是"假新闻",惊魂始定。遂成一段文坛佳话。一年一场的赛事,接连举行了七八届,声名远播海内外。

文章的题目是《馅饼记俗》,冠以"俗"字,可谢老师却偏偏写得很"雅",并暗用《论语·先进篇》中孔老夫子与弟子畅谈志向之典来衬托赛饼一事之美。话说回来,这的确也算得上是桩"雅事",堪与《红楼梦》中才子佳人在大观园吃烤鹿肉的描写相媲美。

举办馅饼大赛这几年，谢冕老师已步入耄耋之年。别说到他这个年龄，即便是大多数中年人早已开始节食、忌口，唯恐多吃一口会为"三高"埋下祸根。可谢老师却是大不吝。不仅自己大吃特吃，还带上硕士生、博士生一同大快朵颐，甚至拉上某"资深教授"共襄盛举。他们的"战绩"也甚是惊人：男子组冠军吃了12个，女子组冠军吃了10个，连老年组的教授也吃掉了6个！最重要的是，这可不是一口一个的袖珍馅饼，而是地地道道的北京大馅饼，是捧起来能遮住大半个脸的那种。

北大中文系知名教授主办吃馅饼大赛这样的"壮举"，换了别人，随便是褚斌杰、费振刚、袁行霈、张少康、洪子诚、张钟、孙玉石、严家炎还是何九盈，我都绝对不会相信，但如果说是谢冕老师，我信。原因很简单，那就是在北大只有像"老顽童"一样的谢老师才会如此别出心裁，做出这样让人惊掉下巴的事。

从七十年代末认识尚属中年的谢老师到如今，40多年过去了。谢老师也已年近90。虽然他早已从教学一线退了下来，可仍旧身退事业不退，人老心不老。有关他所参加的各种活动的消息仍不时地从各种各样的媒体传来。我相信，无论谢冕老师的年龄如何增长，他的心永远年轻，他永远是一位活脱脱的"老顽童"。

虽远犹近的孙玉石先生

有的人无论从时间还是空间距离上，虽然离你很近，甚至是朝夕相处，你却觉得与他/她相距甚远，而有的人虽然一直离你很远，但在朦胧之中，却觉得近在咫尺。这种距离感完全与时间、地点无关，仅仅是一种心灵的感受。对我来说，孙玉石老师便是这样一位与我虽远犹近的师长。

上大学时，我早早就给自己确定了古代文学的研究方向。因此，对现代文学、当代文学、文艺理论等课的任课教师，大都采取了一种"敬而远之"的态度。"敬"是发自内心的、由衷的。教现代文学的孙玉石老师、袁良骏老师，当代文学的谢冕老师、文艺美学的胡经之老师等等，当时还相当年轻，虽还说不上著作等身，却已在各自的领域取得了可观的学术成就，其为人的品格与风范则更是让人钦佩敬重。而"远"却是无心的、下意识的。由于研究方向不同,大学、研究生期间自然与这几位老师少了许多私下的交流,造成了事实上的生分。不过,即便如此,记忆中的孙玉石老师似乎从来就没有真正与我远离过,他的身影不时在学生宿舍还有我们班组织的各种活动中出现,直到今天。

1

孙玉石老师是第一位给我们讲授现代文学史课的老师。孙老师最让我感动的,是他的坦诚,他的不矫情,他的真实,他的谦逊。据孙老师自己透露,给我们七七、七八级文学专业上课,是他1965年研究生毕业留校后第一次给本科生上现代文学史课,总共备课的时间还不到半年,就"仓促'上阵'"[①]了,因此,当时他的心情竟然丝毫不比学生轻松。他回忆自己这段讲课经历时这样说道,"七七、七八级从已经是著名作家的陈建功到刚自高中毕业的苏牧这样一批'老少'学生,还有刚走进北大的第一批研究生钱理群、吴福辉、凌宇、赵园等顶尖的'才子',满满腾腾坐了一屋子的人。刚踏上踩一脚还有些颤悠的讲台地板,面对一大片充满兴奋也充满期待的眼睛,我的心怦怦

[①] 孙玉石:《七七级:一首读不完的诗》,收入《文学七七级的北大岁月》,新华出版社,2009。

直跳。这时我确然感到一种来自经验不多的内心压力,一种来自知识虚空底气不足的忐忑不安"。"对于给学生讲课,特别是给二百多学生系统讲现代文学史课,我说自己当时内心有很'害怕'的感觉,确实不是今天故意编造的一种矫情或者客套的饰语。""这些战战兢兢中开始的讲课实践,使我自真正意义上迟来的教书生涯开始,就体味到了一把做一个北大中文系教师的最大幸福和快乐。"[①]

孙老师的这几句话,我读了好几遍。每读一遍,都有着不同的感受:有钦佩,有尊重,但更多的还是一种莫名的感动。当初坐在课堂里聆听孙老师讲课时,我坐得离讲台很近,却丝毫没有察觉到孙老师内心深处隐藏着的紧张与不安。只是后来自己也当了多年的教书匠,各种各样的讲台站多了,才身临其境地体会出孙老师所表露的是怎样一种毫无掩饰的坦诚。如今的孙老师早已在中国现代文学研究界奠定了自己的学术地位,但现而今还有哪一位名头响亮的大家肯如此老老实实地承认自己的第一次,自己的曾经呢?

孙老师不但是我们七七级同学的老师,也是大家的朋友。在七七级同学心中,他一直都是极受大家尊敬的良师益友。在课上,他给我们讲民国初期五四运动的发生与影

[①] 孙玉石:《七七级:一首读不完的诗》,收入《文学七七级的北大岁月》,新华出版社,2009。

响，讲文学革命的兴起、发展、过程和意义，讲"新旧"文学的论战，讲白话文运动的得失，讲鲁迅的小说与诗歌，讲众多文学社团流派，特别是文学研究会和创造社的文学主张；在课下，他时常与班上同学就现代文学史上所涉及的种种文学现象进行交谈探讨，完全把同学当作朋友般对待。这种师生间的互动，用孙老师自己的话来说，使得他与我们班的"老少"爷们儿，"成了心心相通的朋友，成了站在同一起跑线上与时间竞赛的拼命者。我们同是心灵'荒原'上互为传递薪火的播种人。"[1] 也正因为如此，我们班同学也与孙老师建立起了一种独特的师生关系。每次班级举办活动，孙老师和他夫人张菊玲老师都成了邀请对象，仿佛他们也是我们的同窗一般。

孙老师后来又为七七、七八级开设了"中国新诗流派"和"中国象征派诗研究"两门专题讨论课。由于与其他课程时间冲突，我没有选修，但仍从同学们的口中听到了很多有关孙老师的传闻。孙老师的专题讨论课很有自己的独到之处。1979年，几乎所有大学本科的课都是教师的独角戏。课堂提问是师生间唯一的一种互动形式，而孙老师的专题讨论课却颇为开风气之先。作为主讲，他先给选课的学生开列出一份现代主义新诗作品的书单，在课堂上

---

[1] 孙玉石：《七七级：一首读不完的诗》，收入《文学七七级的北大岁月》，新华出版社，2009。

重点讲授自己对这些作品的研究心得，一己之见，然后便与学生一起进行讨论分析，并有计划地安排学生写作品分析报告，轮番上台讲解。后来，孙老师主编《中国现代诗导读》1917—1938卷以及《中国现代诗导读》穆旦卷时，特意把同学们写的读书报告与自己的讲述一并收入其中。书出版后，孙老师还千方百计找到当时参与写作的同学，郑重其事地在书上签上自己的名字，专程把书送到他们手中。卢仲云兄1991年任职于新华社香港分社，作为中文系系主任的孙老师曾应邀赴港讲学访问。他行前特意打听了小卢在香港的电话，为他带去最新出版的《中国现代诗导读》的签名本，还在书的扉页写上了"此书是师生心血的共同结晶，愿永记那些难忘的时光"这样动情的话。

今天，每当我看到所谓的学者教授整天忙于炒作自己，哗众取宠，剽窃成风，甚至把学生当成自己的雇工，就十分感慨于当年的学者教授是如何尊重学生的创造与成果，如何提携鼓励学生，对待学生就像对待朋友同行一样，那么热忱谦逊，不掠美，不贪功，无私念。几年前，《文艺报》记者曾采访过孙老师，其中问到的一个问题是："您当初进行的一些探索，现在已经成了学界的'共识'甚至'常识'。那么，话题回到您的课程本身，因为'讨论课'现在也是大学研究生教育的一种主要形式，能否谈一下您在这方面的经验？"孙老师非常坦率地回答说："至少这样使我的教学与研究真正实现'教学相长'。学生在课上的发言,很多都成了刺激我日后继续思考甚至修正自己已有观点的灵感。"①孙老师做人乃至做学问之真、之坦诚、之实在,在当今学术界一片浮躁虚夸的氛围中,无疑是一股清流。

2

孙玉石老师是 1955 年考入北京大学的。北大中文系五五级在中文系历史上是一个极为特殊的存在。

其特殊之一,是这一级学生因在校期间集体编写了一部"红皮中国文学史"而名声大噪。这部以批判"资产阶级文学史观"为己任的红皮文学史一问世,便被热捧为文学史"大跃进"的典型产物。然而,意想不到的是,该书出版还不到一年,便由于受到当时党内专家邵荃麟、何其芳等的批评而不得不做重大修改,从而有了四卷本百万余字的"黄皮文学史"。黄皮文学史所做的最大修改是剔除了红版中对"资产阶级专家"的点名批判,也删去了所有带有浓厚"革命性"的内容,实际上等于违逆了编写红皮本的初衷。1963 年再次修订过的蓝皮文学史问世,主编署名为游国恩、王起、萧涤非、季镇淮、费振刚等。这几

---

① 李浴洋:《历史云波中的新诗研究——孙玉石教授访谈录》,见《文艺报》,2016 年 11 月 18 日。

人中除费振刚来自中文系五五级外,其余均为古代文学研究领域中的大家。不过,即便如此,这部五五级集体编写的红皮文学史,还是常常被当作1949年后北大所取得的一项重要学术研究成就而被炫耀。后来,五五级学生中有相当一部分人脱颖而出,成为中国文学艺术界的著名学者,其中包括文学评论家、文艺理论家张炯,文学评论家陈丹晨,现当代文学史学者孙玉石、黄修己、孙绍振、谢冕,近代史学家杨天石,古代文学史学者王水照,文献古籍学者孙钦善,语言学家鲁国尧、陆俭明等等。不过,这群星辈出的现象似乎与他们是否参加过文学史编写并没有什么必然的联系。

其特殊之二,是以1957年"反右"为界,这一级学生的整体命运被齐刷刷地一刀切割为两个截然不同的阶段:"反右"之前,诚如杨天石先生所憧憬的那样,大家都是"满怀着幻想和希望走进北大的";他们的学习、生活则像孙玉石先生以及他的同屋为其宿舍所命名的那样,洋溢着"六味书屋"的情趣;① 而"反右"之后,随着时代的巨变,幸运与不幸,荣耀与屈辱,也把五五级这个群体推向了两极。据陈丹晨回忆,"'反右'开始后,同学间那种嘻嘻哈哈、没心没肺的关系变了,能感到一种谨言

---

① 宋春丹:《北大中文55级:校长说决不向专以压服不以理说服的批判者们投降》,见《中国新闻周刊》总892期。

慎行甚至人人自危的紧张气氛。"[1] 据说,"杨天石因为说了一句'今后要通过学术为社会主义服务',被认定走'白专'道路,北大团委还办了'杨天石个人主义思想展览'。刘鸿时因为日记中一句'当奴隶当久了,解放的时候就会很惊讶我怎么当这么久的奴隶'被划成右派。李坦然因为说了一句'别看未名湖表面很干净,可是把底翻过来也很肮脏'被划成右派。还有人一张大字报没有贴过,因为本来要划右派的教授太有名而把指标给了学生而被加为右派。最后,中文系五五级划出 11 个右派,以 10% 的比率超额完成了任务。"[2] 在五五级毕业 40 周年的 2000 年,五五级同学谢冕、费振刚两位先生主编了一部五五级同学回忆录《开花或不开花的年代》[3],缅怀"难忘的岁月"。这部书,我是在"豆瓣读书"网上偶然发现的,至今还没有机会拜读。但仅仅是"开花或不开花的"书名,特别是"不开花的"这四个字,已经深深地触动了我,不由得不让我的心一阵阵紧缩,生出些许的悲哀来。后来,我又读到几位读者在网上的留言。寥寥数语,话不多,却也可以让人

---

[1] 宋春丹:《北大中文 55 级:校长说决不向专以压服不以理说服的批判者们投降》,见《中国新闻周刊》总 892 期。
[2] 同上。
[3] 谢冕、费振刚:《开花或不开花的年代》,北京大学出版社,2001。

管中窥豹，触摸到那个时代留在五五级身上的印记。让我索性把这几句留言直接抄录在这里，作为对一个时代的终结的纪念：一位只有拼音署名的读者说："有些文章很热血，有些文章很狗血……，两种不同的政见文化磨砺出两种人……"[1] 另一位署名"小二"的人说："可以一窥当年高等教育界乃至那个时代的疯狂，四十年后的那封信昭示着个人命运被玩弄时的无力感。"[2] 在我看来，这才是五五级同学命运最为特殊之处。

孙玉石老师，便是这样一个特殊群体中的一员。在了解了五五级的独特经历之后，我时常暗自猜想，当年的孙老师会属于哪一个阵营呢？左派？中间派？中左？中中还是中右？尽管至今我仍未能找到明确的答案，但从孙老师对这段历史、这段经历的深刻反思、忏悔中，已足以让人窥探到一个代表着"社会的良心"的知识分子的内心世界。

任何一个荒诞、暴戾时代的诞生，必然是各种各样外在内在推力交相作用的结果。每一个人在历史的进程中都既是参与者、创造者，但同时又是被参与者、被创造者。反思一个时代，最容易也最简单的办法是将所有的责任与罪恶都归之于不可控的外在力量，归之于时代使然。然而，回顾中国过去几十年的动乱，有多少人扮演了施虐者

---

[1] GingLam: https://book.douban.com/subject/1196224/2010-09-16。
[2] 小二：https://book.douban.com/subject/1196224/ , 2015-07-20。

与受害者的双重角色?一个没有自省、忏悔、救赎的民族是没有希望的,是不可能进步的。而我在孙老师身上看到的最为闪光、最具有人格魅力、最无愧于"士志于道"的知识分子的一面,恰恰是他对自己的严苛,对历史责任的承担,对"集体无记忆""集体失语"的愤懑。

孙老师与谢冕、孙绍振、洪子诚等人合著的《回顾一次写作——〈新诗发展概况〉的前前后后》[①]一书,对五十年代末期政治以及文学氛围做了精彩而又客观的叙述,为后人了解那个时代、那段历史提供了可靠且宝贵的一手资料。然而,其中最让我感动甚至可以说是震撼的,还是孙老师对自己锥心刺骨般的批判,发自内心深处的忏悔与自责:"我们曾经很深地伤害过"一些老师们,"今天我们是有愧的"。"我们不应当在历史过失面前集体无记忆,集体失语。"[②] 他甚至把后来对象征派、现代派诗歌的研究,也当作是一种"借着走近历史对自己曾经的错误的一种忏悔和救赎"[③]。在这样近乎决绝的反思中,我看到的是社会的良心,是知识分子的担当。许多受过高等教育的人可

[①] 谢冕、孙绍振、刘登翰、孙玉石、殷晋培、洪子诚:《回顾一次写作——〈新诗发展概况〉的前前后后》,北京大学出版社,2007。
[②] 同上。
[③] 同上。

以有知识,是学者,是教授,却未必当得起"知识分子"这四个字。在我看来,真正的知识分子,应该是真善美的追求者,是社会痼疾的发现者、批判者,是历史责任的承担者。孙老师便是这样一个大写的真君子,真儒士。

3

孙老师教我们时,尽管他自己说这是他第一次给本科生开中国现代文学史课,但课上得十分出色,颇见功力。当时我们只知道孙老师是王瑶先生的开山大弟子,是王瑶先生在北大带的第一代研究生,却不知道当年研究生选拔过程中颇具时代特色的轶闻趣事。据说,在那样的时代,谁可以做研究生,选谁做研究生,不但不需要事先征求指导教师的意见,就连学生本人也毫不知情,一切都由组织指派,个人没有任何的选择余地。孙老师就是在五五级的毕业典礼上,才突然获知自己的毕业去向是留校做王瑶先生研究生的。而作为导师的王瑶先生,同样事先没有参与任何的面试、笔试,直接收到的是将由自己指导的研究生名单,传闻还说王瑶先生曾一度气得拒绝接受,但最后还是不得不服从了组织的安排。不过,幸运的是,很快王瑶先生就发现,孙老师是名副其实的有见解、有才华、出类拔萃的优等生。1963年《北京大学学报》第一期刊登了孙老师撰写的《鲁迅对中国新诗运动的贡献》一文。这篇文章本来是孙老师提交的一份读书报告,王瑶先生阅后认为很有价值,便径直推荐了出去。直到学报把文章清样送交孙老师校对时,他才知道王瑶先生把自己的文章推荐发表了。对王瑶先生来说,这可能是件举手之劳的小事,但对于还是研究生的孙老师来说,却是王瑶先生对自己学术能力的肯定。由此也可见出王瑶先生对孙老师的赏识。

老话说,"名师出高徒",的确不假。孙玉石老师走上讲台,给我的第一印象便是位庄重儒雅、矜持睿智的谦谦君子。他个子不高,目光炯炯,不苟言笑。说起话来,不疾不徐,沉稳自若,还带着一点东北口音。孙老师讲课的最大特点,是逻辑严密,条理清晰,用词准确,没有半句废语赘言。无论是谈论作家作品,抑或流派社团,出口成章,俨然就是一篇结构严谨、资料详实、论据充分的学术论文。事实上,孙老师有好几部学术著作都是在他的课堂讲稿的基础上发展而成的。例如他的《野草研究》《中国初期象征派诗歌研究》《中国现代诗导读》等等就都源自于他的讲稿。

讲授现当代文学,无外乎要讲时代背景、作家个人经历,作品内容以及艺术特点等等,孙老师自然也不例外。但是,孙老师讲课的另一个鲜明特点,是他非常重视对文献资料的挖掘与整理,所引用的每一条资料都要把出处、来源交代得一清二楚。孙老师对资料使用的这种一丝不苟的学术态度,给我的印象特别深。后来看到孙老师称自己的这种做学问方法"基本都是朴学的方法"①,立刻就理解了孙老师为什么要花费如此大的精力去挖掘每一条资料了。孙老师这种极为严谨的治学态度,不但为我们学生做学问树立了榜样,也赢得了他的同事的敬重。洪子诚老师就说,孙老师对治学的严谨态度已经到了"坚持尽可能靠近、进入'历史现场',期望重现事情发生的细节、氛围、情境"②的境地。温儒敏说,"孙玉石几十年投身学术与教学,对学问有一种类似宗教的真诚,容不得半点掺假或差错。他写文章,一个论点,一条史料,甚至一个注解,都要反复斟酌,毫不马虎。"③我特别欣赏温儒敏所说的这种近乎"宗教的真诚",这几个字确实不但极为传神地描绘了孙老师的治学态度,而且真切地透露了孙老师做人的与众不同之处。这种真诚,应该说不光是孙老师的治学之道,也是他的做人之道。在孙老师那里,做学问与做人是难以切割的。也正因为如此,近年孙老师每每提及当代学界浮

---

① 李浴洋:《历史云波中的新诗研究——孙玉石教授访谈录》,见《文艺报》,2016年11月18日。
② 洪子诚:《纪念他们的步履:致敬北京大学中文系五位先生》,原载《南方文坛》,2020年7月13日,见"中国作家网"www.chinawriter.com.cn。
③ 温儒敏:《王瑶先生的大弟子孙玉石》,见"温儒敏的博客",2015年12月22日,http://blog.sina.com.cn/s/blog_59432ccb0102w2m0.html。

躁虚夸之风的盛行，总是愤激不已，甚至决绝地说出早知如此，当初就该选修考古学或语言学这样硬碰硬的学问的话，可见其内心的纯粹。

大学期间，我仅仅上了孙老师的一门课，虽然没有资格对孙老师的教学作全面的评价，不过，就是这一门课，也让我获益良多。上大学之前，除了领袖的著作以外，只有鲁迅的书可读。不过，读懂鲁迅并非易事。记得我在课余曾特意向孙老师请教过对《野草》中《秋夜》的理解。《秋夜》是鲁迅散文诗中的名篇，其写作手法深受西方象征派的影响，作品中浸透着一种诡异幽深、凄美孤冷的情绪，其中所描绘的形形色色的意象，更是扑朔迷离，虚实交叠，隐晦艰涩。特别当我试图按照七十年代末、八十年代初解读鲁迅的既定模式去理解体会作者在文中所寄寓的象征意义时，深感读得遍数越多，想得越深，疑问也就越多，对作品也就越感到无解。例如，一般的解读是，"枣树"象征着鲁迅坚韧不拔、孤傲不羁的战斗品格；"奇怪而高的天空"，象征摧残善良美好生命的恶势力；而"小粉红花"，指的是被恶势力欺凌摧残的弱小群体；"小青虫"则比拟向往光明不惜牺牲的年轻人；如果文中的每一个意象都可以这样诠释的话，那么，"窘的发白"的月亮到底象征着什么，"夜游的恶鸟"又究竟是正面的还是反面的，还有发出"夜半的笑声"的"我"却"不愿意惊动睡着的人"要表现一种什么样的情绪与心境，等等等等。我把自己的种种困惑都跟孙老师讲过后，得到的最有意义的教导是，要用一颗诗人的心去体会鲁迅的散文诗，而不要首先把鲁迅放在一个"战士"的框架里，用简单的非黑即白的思路去体会鲁迅的诗，特别是这种象征意味浓郁、意境朦胧的诗作，更要避免像索引派那样去解读，事事处处都要在现实社会中找到对应之物，用这样的方法和思路研究文学、研究诗作，不可避免地会把文学作品混同于战斗檄文或者政治评论。在文学批评还只限于现实主义与浪漫主义这两把尺子的年代，孙老师的话至少给我的思路打开了一扇新的窗户，让我嗅到了一股清新的文学批评之风。后来，孙老师把自己的研究重点之一放在了对新诗的解读上，没准我当年的那个问题还是其中的一个契机呢。

这件事也让我联想到文学课堂教学的问题。固然课堂教学是高等教育的一个重要环节，但具体到文学课堂，文学当如何教？课程当如何设置？最近我在"百度"上发现北大学者陈平原君已经在这方面进行了十分有益的探索与思考。囿于海外一隅，我暂时还无法读到陈平原君的原著，但仅仅从"百度"的介绍中，我可以断定，他已经在从"文学课堂的追怀、重构与阐释"的角度，试图为中文系课堂教学的发展，开辟出一条颇有价值的思路。"百度"词条给我提供的另一条很有意思的信息，是陈平原君在他的《"文学"如何"教育"》一书中提及的一位位著名的教书先生："康有为、鲁迅、杨振声、黄侃、沈从文、顾随、钱穆、孙玉石……"这个排名本身，很能说明孙玉石老师在中文系名师榜上的地位。据说，陈平原君在他的书中"透过这一个个记录在历史上的姓名以及他们当时的课堂状况"，"探讨了学科化之前的文学、新文学如何学院化等诸多问题。"① 也就是说，孙老师的教学方式与教学成就，在某种程度上已成为研究探索文学课堂如何教育的一个成功范例。

除了课堂教学的成就，孙老师在现代文学研究领域的学术贡献主要体现于两个方面：一个是对现代新诗，特别是对现代象征派诗歌的研究，一个是对鲁迅的研究。可惜隔行如隔山，我实在没有资格对孙老师的学术成就妄作议论。

到如今我离开北大校园已经几十年了。几十年来，由于身居海外，再也没有见过孙老师。不过，从我们班的微信群中，还是可以断断续续得知孙老师的情况。知道孙老师早已退休，离开了他耕耘多年的讲坛，但他始终与我们班同学保持着密切的联系。2012年，我们班组织了一次赴南京观赏油菜花聚会，同学们戏称这个旅游团为"菜花团"。在同学们发来的照片、视频中，我看到比同学们大

---

① 百度百科：陈平原：《北大微讲堂："文学"如何"教育"》，北京大学出版社，https://baike.baidu.com/item/北大微讲堂："文学"如何"教育"。

20来岁的孙老师跟同学们在一起的时候,笑得那么开怀、那么灿烂,才知道原来在课堂上不苟言笑的孙老师,心中跳动着的其实是一颗充满活力的年轻的心。

从我们班的微信群上得知,孙老师退休后,和孙师母(中央民族大学张菊玲教授)将自己10378册藏书以及十余幅名人字画无偿捐献给了大连民族大学图书馆。该馆为此专门建立了"长白书屋",以鼓励莘莘学子奋发向上。前不久,我们的班主任张剑福老师和几位同学代表全班前去看望孙老师。孙老师身体、精神状况都很好。衷心祝愿孙老师健康长寿。

比较文学的掌门人、跨文化研究的旗手
——乐黛云先生印象

乐黛云先生是中文系教过我们七七级专业课的老师中为数不多的几位女性之一。教我们的时候,乐老师还相当年轻。当时我们只知道乐老师主攻现代小说,对茅盾、鲁迅颇有研究,课讲得好,还精通英语。大约是从大四开始,乐老师突然就从大家的视野中消失了。等到她重出江湖,再次现身未名湖畔,活跃在国内的学术界,时间已进入 1984 年。那一年我刚好研究生毕业,开始任教于中央戏剧学院戏文系。初上大学时,中文系教学与研究很清楚地分为中国文学与外国文学两大块,而中国文学又分古代、现当代以及文学理论几大类。二十世纪八十年代开始,颠覆了传统的单一学科建制,交叉学科的建立成为一时风尚,比较文学一下子发展得如火如荼,颇为引人注目。不过,由于自己的研究领域限定在古代文学,对比较文学的发展仅仅是偶尔关注一下而已。直到 1984 年秋,冯友兰、张岱年、朱伯崑、汤一介等先生发起成立中国文化书院，我突然惊喜地发现，乐黛云老师已俨然成为中国新兴的比较文学学科的掌门人，跨文化研究领域的旗手。原来，过去的几年，乐老师受邀先后于世界学术顶尖级的美国哈佛大学与加州伯克利大学做访问学者、研究员，花了几年的时间，在比较文学研究最前沿潜心钻研，硕果累累。一回到国内，顾不上歇息，便全身心投入了新兴学科的建设，成为北京大学比较文学与比较文化研究所的创建人、奠基者。自此，乐黛云老师的名字便与中国 21 世纪比较文学研究紧紧联系在了一起。

1

乐黛云老师出生在一个颇为西化的家庭。父亲是贵州大学英文系教授。耳濡目染，乐老师自幼便阅读了大量的外国文学作品，尤其对英国文学情有独钟。1948 年，年仅 17 岁的乐黛云在贵阳参加大学考试，目标锁定北京大学英语系。没想到阅卷的沈从文先生非常赏识她的文学才华，在沈从文的鼓励下，乐黛云老师转读中文系。彼时北大中文系名师云集。大学一年级，教国文的是沈从文，教现代文学作品选读的是废名，教说文解字的是唐兰，全都是名头响亮的一代大家。在众多名师的指点下，乐老师一方面继续潜心于西方文学，另一方面与中国文学结下了不解之缘。不妨说,正是因了沈从文,乐黛云老师才有了这样得天独厚的机缘,找到了将西方文学与中国文学连接在一起的契合点,为她日后培育出一棵枝叶繁茂的比较文学参天大树播下了颗粒饱满的种子。

年轻的乐老师,身上流淌着以天下为己任的热血。40年代末的北平战云密布。乐老师积极投身学生运动,秘密为地下党工作。蒋介石政府在迁往台湾前夕,曾送机票给众多文化名人,邀请他们前往台湾。据说沈从文也在其中。当时北平中共地下党得知沈从文对他的学生乐黛云十分赏识,师生关系比较密切,便派乐老师前往劝说沈从文留下。沈从文后来果真留在了大陆,不知是不是乐老师的劝说起了决定性的作用,也不知假如沈从文当初去了台湾,命运又会有何不同。

现实生活中永远存在着太多的悖论。曾几何时,像乐老师这样积极上进、坚定的"左"派青年教师,在后来的政治运动中竟然未能幸免。1957年初,乐老师与几位"血气方刚"的青年教师一起酝酿筹办同人刊物《当代英雄》。尽管这份刊物实际上最后并没有付梓,仅仅是以壁报的形式张贴在系里的过道上,但在反右中,还是被定性为反动刊物。所有参与筹办的青年教师,一个不落统统划为右派。乐老师还成了其中两个极右派之一,不但被开除公职,还被遣送农村监督劳动,直到1962年才重新回到中文系资料室,当上了资料员。

乐老师这一段不同寻常的经历是我们入校不久就听说了的。当时跟乐老师一起被划为右派的，还有我的研究生导师褚斌杰先生、古代文学的倪其心先生、古典文献的金开诚先生、对外汉语的潘兆明先生、中央民族大学中文系的裴家麟（裴斐）先生、中华书局的沈玉成、傅璇琮先生等等。比较起来，其中遭遇最惨、受惩罚最严厉的是裴家麟先生，他不但被开除了公职，每月只能领取16元的生活费，还被遣送茶淀农场"监管"劳改了十余年。其次，便是乐老师了。其他几位像褚斌杰、倪其心、潘兆明、沈玉成、傅璇琮、金开诚等先生，虽不能继续留在北大当老师，至少都调到中华书局等单位从事编校古典文献类的学术工作。而乐老师却连这样的机会也没有得到。1982年我做褚斌杰先生研究生以后，曾多次试图从不同侧面向他了解当年反右的经历，可每当触及这个话题，褚先生都讳莫如深，似乎那是他心中一处永远也愈合不了的伤痛。但我知道，他当右派的原因跟乐老师一样，都是因为那份刊物。《当代英雄》没有使几位热血青年成为英雄，在那个反常、畸形的年代，反而毁了几位年轻学者的大好前程。实在令人唏嘘。

十年动乱结束以后，乐黛云老师终于回到了现代文学教研室，从此可以堂而皇之地大步登上大学的讲台。大约是1980年前后，三角地贴出了乐老师将举办一个比较文学讲座的海报。那时节，比较文学正热，十分抓人眼球，但比较文学的现状究竟如何，研究当从何入手，近现代有哪些比较文学的研究成果，国际比较文学界的状况，以及中国比较文学的发展方向等一系列问题，鲜有系统的介绍。乐老师开办的这个有关比较文学的讲座，适逢其时，于是我也跑去凑了个热闹。当晚，一个大大的阶梯教室挤得水泄不通，连讲台两侧的空地、过道的台阶都坐满了人。我去得略晚，只能坐在靠后的台阶上。讲座的具体内容已经想不起来了，隐隐约约记得乐老师提出了要让全世界都听到中国的声音的口号，很是振奋人心。她的口才以及阶梯教室里的火爆场面至今仍历历在目。

那是我第一次听乐老师的讲座，也是我第一次见到她。

2

听过乐黛云老师的讲座以后，我一直期盼着乐老师会给我们七七级本科开一门有关比较文学的课。但直到毕业也没有。忘了是大三还是大四了，我们终于等来了乐老师开设的选修课"茅盾研究"。

上大二时，我就已经确定了古代文学的研究方向。一般来说，在各种各样的选修课中，我总是优先选择与古代文学有关的课程。尽管我的课程表已经排得很满，就连与古代文学有关的课都时常让我难以取舍，我还是毫不犹豫地选了乐黛云老师的"茅盾研究"。我决定选这门课的原因有三。一是之前听过乐老师关于比较文学的讲座。她看问题角度的新颖、敏锐以及出色的口才给我留下了很深的印象,相信她的课一定会突破当时的研究框架,在方法论方面给人以启迪。其二是自己已经读过茅盾大量的作品,记忆尚新,用不着再花很多时间去读原作。其三是我的学分已够,这门课可以纯粹当作是一门文学欣赏课来上,如果有所感悟,就写一篇读书报告,多得一个学分。否则的话,就只当是上了一门讲座课。这就是当时有很多古代文学、文献专题课可供选修的情况下,我仍旧选了乐老师的"茅盾研究"的原因。大学四年间,这也是我选的唯一一门现代文学的专题课。

印象中选这门"茅盾研究"专题课人不太多,大约有二三十人,以七七级的同学居多。据说,自乐老师1958年初离开讲台以来,这还是她第一次为中文系本科生开课。

乐老师的第一堂课并没有直接讲茅盾,而是先介绍了国共合作失败、北伐失败的特定历史背景,然后把讲解重点放在那个时代三位代表作家鲁迅、郭沫若、茅盾的比较上。乐老师认为,同是投身于时代洪流的知识分子,这三位作家的作品代表了当时知识分子的三种政治倾向。关于这一点,我凭着记忆在网上找到了她的有关论述。乐老师是这样说的:"鲁迅、郭沫若和茅盾恰好代表了革命知识分子在革命转折关头的三种不同类型。白色恐怖使鲁迅感到先前的攻击社会如一箭之入于大海,正因为未真正威胁反动派,才作为废话而得以存留。这促成了鲁迅投身实际革命的决心,他是在革命失败的关头参加革命的。郭沫若则不同,革命失败所引起的仇恨和激愤,使他一时看不清实际条件,恨不得一切知识分子都能在一夜之间'获得无产阶级意识'。他是因为要革命而走上了不利于革命的、脱离群众的路。茅盾又是另一种情形:革命夭折给他带来的是痛苦的思索,是暂时离开革命的漩涡,重新审视自己走过的路,是经过一段曲折回流,重新汇入革命队伍。他暂时离开了革命,为的是以后更正确地走革命的路。"①

乐老师还将鲁迅与茅盾小说的创作背景做了一番比较,她认为,鲁迅写的是许多具有新思想的知识分子在与自己的封建家庭的决裂中的痛苦挣扎,在茅盾的小说中已经很少看到新型的知识分子与封建家庭的斗争,而是脱离了封建家庭之后"漂"在城市中的知识分子的幻灭、动摇与追求。乐老师更进一步认为,茅盾小说中知识分子的形象是在新时期对鲁迅小说中的知识分子形象的发展,也是对形势发生了巨大变化后、在新形势下知识分子何去何从的探讨。乐老师就是通过这样细致又有见解的比较,让我们切身感受到那个时代知识分子的痛苦与奋斗,也让我们看到了处于同一洪流中以不同眼光看社会的知识分子的

---

① 乐黛云:《跨文化之桥》,北京大学出版社,2002。

群像。

乐老师的茅盾研究,不仅将鲁迅、郭沫若、茅盾这三位同时代的大家放在一起加以比较,而且也运用比较的方法分析阐释同是茅盾作品中的主人公形象。《蚀》三部曲——《幻灭》《动摇》《追求》是茅盾的代表作。这部作品生动地展示了那个特定时期一群知识分子从犹豫彷徨到坚定革命信念的人生轨迹。其实,这种人生轨迹就是茅盾本人走过的人生之路,也是茅盾创作心理路程的展现。乐老师通过对小说中几位"漂"在城市中的女主人公的心理活动的分析与刻画,说明茅盾是如何在这一组女性知识分子的群像的塑造中,展露其本人的人生之路与心理路程。在这门课上,乐老师还特别比较了《蚀》与茅盾的另一部代表作《子夜》的异同。

开"茅盾研究"课时,乐老师已涉足比较文学。虽然她的课无关比较文学,但我觉得,她是把比较文学的研究方法用在了现代文学的研究上。乐老师的"茅盾研究"课讲得相当成功,很受欢迎,其灵魂就是"比较"。而我在乐老师的课上最大的收获也是学会了"比较"的方法。这种比较可以是同一时期、同一形式、同一题材的不同作家的比较,也可以是同一作家不同时期的作品中所描写的艺术形象的比较,从比较中,来发现作者心路的演变与艺术形象发展的轨迹,来研究那一个时期历史的演进以及文学思潮嬗变的过程。

3

乐黛云老师在比较文学领域的腾飞,最终成为中国比较文学领域的掌门人,固然与她在北大四年的大学生活以及早期对现代文学的研究密不可分,然而,对她一生影响更大、更深入骨髓的,还是她与汤一介先生在北大的相识、相知、相恋,并结为伉俪,从此两人相互扶持一生。如今凡是知道乐黛云的人都知道汤一介,知道汤先生的人也都知道乐老师。从1940年代末、50年代初在北大相识、相爱到2014年汤先生去世,北京大学校园的大道小径,特别是碧波荡漾的未名湖,见证了乐老师与汤先生60多年所共同经历的风风雨雨,记录了他们之间的恩恩爱爱,两人也成为中国学界又一对比翼齐飞的学术夫妻。如今在互联网上不管是输入两人中哪一位的名字,乐黛云、汤一介、汤用彤这三个名字几乎总是同时出现。汤一介的父亲汤用彤是一代国学大师,中央研究院第一届院士。当年在美国求学时,曾与陈寅恪、吴宓并称"哈佛三杰"。嫁到学问如此卓著的世家,在今人看来不啻于"嫁入豪门",不过,在当时思想极"左"的乐老师眼中,却是涉及站稳革命立场的原则问题,她曾在婚礼上公开表示要和资产阶级家庭划清界限。婚礼第二天,汤家父母举办婚宴宴请亲朋好友,乐老师也以反对旧习俗为由拒不参加。尽管乐老师曾经"左"得可爱,不过,在内心深处,乐老师实际上一直十分感恩于汤用彤夫妇对她的厚爱与帮助。

乐老师曾不止一次说过,她与汤一介先生"非一般市井夫妻"①。只有了解乐黛云老师和汤一介先生的人才知道这句话的真正含义。在这里,我只举两个小小的例子。1958年乐老师生孩子尚未满月,她被补划为极右派。汤先生深深知道,这对从40年代末就为党积极工作、身为党支部书记的乐老师打击该有多大!为了减少对乐老师精神上的刺激,汤一介先生藏起了所有乐老师能看到的有关她成为右派的信息。在乐老师被遣送京西农村监督改造的日子里,汤先生一周一信,顶住来自各方面的压力,坚持称乐老师为"同志",甚至有人连带抨击汤先生的立场有严重问题的时候,汤先生也从未动摇过。汤一介先生一直坚信乐老师不是右派,更不是极右派,他对乐老师的爱不改初衷。在乐老师一生中最艰难的日子里,汤先生从精神上给予了乐老师极大的支持与鼓励,为此,汤先生还曾受到严厉警告处分。"文革"中,汤一介先生因反对哲学系党总支书记聂元梓而被打成"黑帮",有段时间他天天挨批斗、写交代材料。无论多晚,乐老师每晚都会坐在哲学系楼前的台阶上等汤先生出来一起回家。正是夫妻之间的这种默契、互相支持、信赖,才使得乐老师与汤先生相濡

---

① 李昶伟:《乐黛云:旁观汤一介、汤用彤》,见《新京报》,2016年1月14日。

以沫,一道走过了人生道路上一个个艰难的关口。我岳父徐继曾先生是北大西语系教授,有次聊天时,他提到当年同系的俞大綱先生受完批斗回到家,便因受不了这种屈辱而自杀了。当时徐先生曾十分感慨地说,倘若她的先生曾昭抡也在北京的话,两人能够相互安慰一下,或许俞大綱先生也不会走上绝路。在那个特殊时期,有多少著名的学者、教授由于无法忍受所遭受的种种侮辱,最后只能一死了之。但乐老师和汤先生却手挽手地挺了下来。最能说明乐老师与汤先生一生相互扶持、结伴而行的是汤先生的散文《同行在未名湖畔的两只小鸟》,文中这样写道:"未名湖畔的两只小鸟,是普普通通、飞不高也飞不远的一对,他们喜欢自由,却常常身陷牢笼;他们向往逍遥,却总有俗事缠身!现在,小鸟已变成老鸟,但他们依旧在绕湖同行。他们不过是两只小鸟,始终同行在未名湖畔。"说得多么温馨,又多么深情。这一对在未名湖畔盘旋翱翔一生的鸟,为北大增添了多少活力与景色!

我在北大上学六年半,只上过乐黛云老师"茅盾研究"一门课,却从没机会面对面地受教于汤一介先生。1991年我离开中国赴美探亲,以为此生再也没有机会聆听二位先生的教诲了。不想,这样的机会竟然不期而至。1991年秋,我妻子徐甸在美国缅因州的 Colby 大学东亚系任教,住在一个叫渥特维(Waterville)的小镇。一天,我们收到缅因州另一所著名大学 Bowdoin 东亚系主任史教授（忘了他的英文姓名，只隐约记得中文姓是史）打来的电话，邀请我们参加他们系主办的一个学术讲座，主讲人竟是北大哲学系汤一介教授与中文系乐黛云教授。接到电话，我们都很兴奋，当即答应说一定前往参加。我们知道如果错过这个机会，很可能就永远错过了。特别是在异国他乡能够见到曾经教过自己的老师岂非人生一大快事！

放下电话，我们才意识到我们面临的一个现实问题是，如何从Colby去Bowdoin。两所大学之间相距虽只有80多公里，在北美，这点路真不算什么，开车连一个小时都用不了。可是那时我和妻子都不会开车，也没有车。在缅因州那个偏僻的小地方，我们居住的小镇连公共汽车都没有，更不要说火车了。仅有的灰狗长途汽车也不到Bowdoin那里去啊。明明知道汤先生和乐老师近在咫尺，却去不了，把我急得不行。妻子见我实在想去，便打了一圈电话，终于找到一位学生愿意开车陪我们。那天我们提前一个多小时就出发了，不幸的是，学生的老爷车在途中抛了锚，怎么也发动不起来。只见他趴在车下折腾了大半个钟头，车才好不容易又跑了起来。

等我们到达讲座的教室时，汤先生已经开讲了有20多分钟。我们只好悄悄地在教室的后面坐下。环视四周，只见在座的有Bowdoin大学东亚系系主任史教授和另一位华裔女教师以及二十几位学生。汤先生讲的是中国传统文化的传承问题，史教授现场翻译。大约 40 来分钟后，汤先生讲完，有一个短暂的休息。我赶紧走上前去与乐老师聊了十来分钟，得知她这些年一直在北美从事比较文学与文化的研究。休息结束后，乐老师概括地就中国社会发展前景、存在的问题以及目前文学发展情况做了一个简单的报告，仍由史教授担任翻译。然后，是在场听众提问时间。由于当时中国还没有像后来那么开放，所以大家的问题多半还是集中在当时的社会现状以及未来发展上。就是在那次讲座上，我发现乐老师不仅仅是一位学者、教授，而且还怀着一腔年轻人的热血。讲座结束后，史教授邀请我们与乐老师、汤先生共进宵夜，可是因时间已晚，送我们来听讲座的学生担心天太晚又黑，万一汽车再坏在回去的路上，会是很大的麻烦。特别缅因州地广人稀，那时还没有手机，在高速公路上找到人家打电话叫拖车实在很不容易。他说的也是实情。来的时候我就注意到，我们一路上开了近一个小时，不但来往的汽车稀少，就是路边也没见到什么人烟。所以我不得不与乐老师、汤先生匆匆告辞。

在 Bowdoin 大学听乐黛云老师、汤一介先生的讲座，是我出国 30 多年来在北美参加的唯一一次有关中国文学、传统文化的学术性讲座。这也是我最后一次见到乐黛云老师与汤一介先生，也是我在国外见过的唯一教过我的老师。那一次虽然是去也匆匆，归也匆匆，毕竟听到了两位大师级老师的讲座。特别是在那个连中国人都少见、中国话都很少听到的小地方,能与乐老师与汤先生相见,听他们用中文讲中国传统文化、讲中国文学,感到十分亲切,也算得上是人生一大快事了。

袁良骏先生：一生锋芒毕露的斗士

大概从孔老夫子开始，讲究的就是为师要有为师的样子，所谓"师道尊严"是也。无论发生了什么事，也不管面临怎样的处境，在学生面前，老师始终都要保持"喜怒不形于色"的高大形象，表现出"泰山崩于前而色不变"的姿态来。究其原因其实很简单，老师的一言一行都是要"为人师表"的，岂能轻易动容动色！就我个人的经历而言，前前后后上了17年学，教过我的老师总有几十位之多；而我自己也曾在国内教过小学、中学、大学，在国外又教了二十多年"老外"中文，其中总结出的一条重要经验，就是切不可将自己日常生活中的情绪带到教室中去。做老师的，就得像出色的演员一样，一上讲台立马便进入角色，你便不再是你自己。不过，在我所认识的众多老师中，教我们现代文学史的袁良骏老师却不是这样。袁老师是一位说起话来丝毫不加掩饰、处处以本色示人的学者。

课上课下,不论对谁,学生也好,同事也好,名人也好,他都保持着"高度的一致"。这样的人,跻身于高级知识分子云集的地方,难免就会有些"与众不同"了。

1

我们的中国现代文学史课是 1978 年秋天开始的。学生包括文学 76 级、77 级和 78 级,好像还有新闻 77 级。授课教师有两位,一位是孙玉石老师,另一位便是袁良骏老师了。两位老师在教学内容上虽有少部分交集,但分工很是明确,孙老师讲"五四"和抗战时期的文学,袁老师讲三十年代和《讲话》之后的文学。

袁良骏老师高而偏瘦,戴一副黑框近视眼镜,留着具有时代特色的分头,乌发浓密,一边本该向下的头发总是不服管教式的倔强地向上翘着。教我们的时候他只有 40 来岁。袁老师的板书很漂亮,也很有特色,准确地形容,就是"龙飞凤舞"。北大中文系以板书闻名的老师很多,如吴组缃、林庚、吴小如、袁行霈、金开诚等先生都擅长板书,他们的字或飘逸,或雄健,或潇洒,或清秀,都颇得书家之三昧。而袁老师的字却是瘦劲偏硬,特别是那些带钩的笔画,或者以竖作结的字,往往写得很用力,很突出,好像要传达出一种"力透纸背"的情绪,或者说是一种不肯"循规蹈矩"的"挑战"精神。最为出格的,是有些左右结构的汉字,无法写得瘦长,袁老师索性把左右结构的字改写成上下结构的。有些字的创意,甚至颇有些吊诡,如他写的"桃"字,竟然不是左"木"右"兆",而是上"木"下"兆"。这样"创造性"的汉字写法,我还是头一次见到,当时就惊得眼睛都瞪圆了。想必在场看呆了的同学也绝不止一个。袁老师这种"独出心裁""不拘一格"的板书给我留下了极为深刻的印象。随着现代文学课的进程,他的课听得越多,对袁老师的了解越深,我总觉得袁老师的字与他的性格有着某种相通之处,甚至可以说是他的性格让他的字有了这样鲜明的特色。

袁老师讲起课来,精力充沛,声音高亢有力。袁老师讲课的"声势"可与吴小如先生有一拼。不过,同是底气十足,吴小如先生因有唱京剧的功力,他讲究吐字的清晰,声调的抑扬顿挫,听起来给人余音绕梁的感觉;而袁老师说起话来,传达的是一种战斗的激情,一种冲锋陷阵的斗志,声音也就更激昂澎湃,铿锵有力,仿佛掷地有声。在教室里,袁老师给大家的印象如同铁人,永不知疲倦。袁老师教我们时,还算是青年教师,正处在厚积薄发的年代。那时他每天除了上课和短暂的睡眠之外,其余的时间大概全部投入在了教学与科研上。他曾在短短的一年中出版了两部有关鲁迅研究的专著,而这两本专著又是在给我们任课期间完成的。书中的很多章节就是袁老师给我们上课时所讲的内容。

给我们讲授现代文学史课的两位老师风格迥异,形成了鲜明的对比。孙老师讲课严谨缜密,一板一眼,为人却儒雅谦和,温润如玉;而袁老师则是大开大阖,辛辣尖刻,锋芒毕露,不留情面。我私下里常常揣测,想必袁老师是鲁迅的书读得多了,他讲课、写文章,或多或少都带着些鲁迅的影子,很有些"投枪"的味道。这么说,并不是说袁老师的课不严谨,不充实,其实他的课讲得相当精彩。就是在袁老师的影响下,到现在,一把年纪的我还能把徐志摩的《再别康桥》、戴望舒的《雨巷》只字不差地背诵出来。还有像叶永蓁、叶紫、白薇等这样一些算不上一流的作家,对五、六十年代出生的一代人,已经变得十分陌生,是袁老师的课让我们意识到在中国现代文学史上,他们的名字是不应该被遗忘的。也就是在袁老师精辟讲解的感召下,当年我也禁不住读了《小小十年》、《星》等原本不大可能会去浏览的作品,了解了二三十年代左翼作家所谓"革命加恋爱"的小说究竟是怎么一回事,这样的作品为什么会在那个时代如此流行。

记得讲到曹禺《雷雨》时,袁老师特意为我们介绍了当时尚不为众人所知的话剧《打出幽灵塔》。这是二三十年代才女作家白薇创作的一部三幕"社会悲剧",1928年刊登在鲁迅、郁达夫主持的《奔流》创刊号上。对这部剧,王瑶先生曾这样评论:"《打出幽灵塔》像易卜生的《娜拉》一样,正是一种叫醒那些沉睡在家庭中作傀儡的不幸妇女的声音。"①白薇的这部作品是以家庭恩怨为线索展示当时激烈的社会冲突，无论是戏剧结构还是人物关系的设置都与《雷雨》十分相似。如果不是袁老师的介绍，恐怕我是不会想到在曹禺《雷雨》问世之前，已经出现了与《雷雨》有着密切亲缘关系的剧作，特别是《打出幽灵塔》中的多角恋情、血亲乱伦、社会冲突背景等元素，都可看作是后来《雷雨》所表达的社会批判、人物设定以及戏剧结构发展的雏形。

2

不过，最能体现袁老师讲课风格的，还是他对现代文学史上文人之间、文学团体、流派之间所发生的历史事件、恩怨情仇、是非曲直所发表的爱憎分明的剖析。一个最典型的例子，是他对三四十年代左翼文艺阵营中两大首脑式人物周扬与丁玲交恶"内幕"的解析与评述。在丁玲与周扬的问题上，袁老师显然对丁玲的命运、遭际给予了极大的同情。他认为延安时期出现的周丁矛盾，并不可以简单地视为是两条文艺路线、不同文学主张之间的争论，而是有着个人恩怨的背景的。袁老师在讲到"延安文艺座谈会"

---

① 见百度百科"打出幽灵塔"词条:https://baike.baidu.com/item/打出幽灵塔/970965。

之前延安文艺界状况时,特别提到丁玲于 1942 年写的一篇借题发挥的悼文:《风雨中忆萧红》,并引用了其中的一段话"前天我想起了雪峰,在我的知友中他是最没有自己的了,他工作着,他一切为了党,他受埋怨过,然而他没有感伤过,他对于名誉和地位是那样的无睹,那样不会趋炎附势,培植党羽,装腔作势,投机取巧。"袁老师告诉我们丁玲的这段话,明褒冯雪峰,实则暗贬周扬,在当时的文艺界人人皆知。

二十世纪七十年代末期,周扬刚刚平反复出,担任着中国社会科学院副院长兼研究生院院长、学部委员,中国文联主席、党组书记等重要职务,但袁老师却本着不为尊者讳的精神,将周扬在五十年代初如何把丁玲打成"丁玲、陈企霞反党集团",并在随后的"反右斗争"中把丁玲、冯雪峰定为文艺界最大的右派分子,丁玲、冯雪峰集团定为文艺界最大的右派集团的来龙去脉一一介绍给大家。并特别发表评论说,"1957 年,是周扬的全盛期,是他生命史上最辉煌的一页。而这一页,恰恰是用丁玲、冯雪峰等人的血泪凝成的。"[①] 在丁玲的命运遭际问题上,袁老师把责任完全推到有"文艺沙皇"之称的周扬身上,虽然未必完全符合历史事实,但从中的确可以见出袁老师看问题的

---

① 袁良骏:《丁玲:不解的恩怨和谜团》,见《粤海风》2001 年第 5 期。

不讲情面，犀利尖刻，针锋相对。我个人认为，无论袁老师对周扬的评价是否有失公允，但在常常集体失忆的中国文坛，在习惯性地把责任归之于他人或者时代的背景下，袁老师的批评方法对那种普遍存在的模式化思维方式是一种极大的突破，他让我们不得不思考每一位个体对历史事件所应承担的责任。

另一个很能体现袁老师这种咄咄逼人的战斗精神的例子，是他对现代文学史上丁玲与沈从文"失和"一事的态度。丁玲1933年在上海被特务绑架，当时几乎没有人敢于出面揭露此事。沈从文得知后，先写下《丁玲女士被捕》一文，刊登在胡适主编的《独立评论》上，后又在《大公报·文学副刊》上相继发表了《丁玲女士失踪》以及《记丁玲女士跋》两篇文章。在听到丁玲遇害的传闻后，正在为丁玲被捕一事奔走呼号的沈从文感到无比愤怒和悲伤，又写作了《记丁玲》，在某种程度上向当局施加了压力，但其中也提到了一些在特定的年代根本算不了什么，而在后人看来却成了有损"革命者形象"的事，结果引发丁玲的极度不满。沈从文在五十年代初备受挫折，教授当不成，只被安排在北京文史馆做一个小职员，心情十分苦闷。对这么一位在自己患难时曾给予很大帮助的密友，丁玲却没有表现出丝毫的同情与帮助，反而在1952年为《胡也频文集》所做的"序言"中以刻薄的语言，说沈从文是"一个常处于动摇的人，又反对统治者，又希望在上流社会有些地位",对昔日的朋友表现出极度的蔑视。袁老师认为,在丁玲与周扬的历史恩怨中,丁玲是实实在在的弱者,但在与沈从文的历史恩怨中,她却是令人望而生畏的强者。她对沈从文的无情,反映了那个时代左派文人中普遍存在的一种病态。

在袁老师看来,丁玲之所以能"左"至如此,与她跟毛泽东之间的关系有关。丁玲对毛泽东一直极为崇拜,对毛泽东的信仰始终如一,而毛泽东对丁玲的才华也十分赏识,两人间的私人关系曾经很是密切。1936年毛泽东甚至特意为丁玲赋《临江仙·给丁玲同志》一词,其中"昨天文小姐,今日武将军"成为一时名句。据袁老师说,在延安时,丁玲常常闯入毛泽东的窑洞,寻求毛泽东的保护,因而躲过了不少劫难。而毛泽东也喜欢坐在丁玲住处的门槛上,与之聊天。正是因为与毛之间有这样异乎寻常的私交,使得丁玲长期以来一直相信,只要有了毛泽东的袒护和欣赏,谁都整不倒自己。所以每当她遇到什么不公之事,都会直接给毛泽东写信申诉,把毛泽东当作自己在政治斗争中的保护伞。没想到的是,袁老师讲课中涉及的这一段有关丁玲与毛泽东之间的轶事,却被某些仍活在"文革"思维中的同学当作什么"政治事件"报告给系党总支了,认为袁老师讲的这些轶事传闻有损毛主席的光辉形象。系里不得不专为此事找袁老师谈话。

一般来说,如果有学生到系里告老师的状,被告老师多半会本着"有则改之，无则加勉"的态度，大事化小，小事化了，不会跟学生较真，或者能忍则忍，这样，这一页也就翻篇了。可袁老师不同。他是那种眼中容不得沙子的人。他不但私下里非常生气，而且把这件事在课堂上公开捅了出来，口气与用词都很重，愤怒之情溢于言表。记得他一上来就说，关于我上课讲到的一些内容，有人去系里告密了。作为学生，用这种手段对付老师，以后工作了还了得！我们都知道，刚刚过去的那个年代，"告密"曾断送了多少人的前途甚至性命。袁老师用"告密"来形容打小报告的行为，可见他已愤怒之极。这件事，特别可以见出袁老师不惧邪恶、不惜一战的顽强性格。

大概是上大二或大三的时候，我在校园三角地的书店发现了袁老师写的一部有关鲁迅的专著，翻了翻，挺有意思，其中有些内容是袁老师上课时讲过的。书不厚，也不贵，作者又是教过自己的老师，就买了一本。说来也巧，刚出书店的大门，正好碰上袁老师也来书店，他看到我手中拿着他新出的书，很是高兴，我也就借机请袁老师在书上签了名，顺便聊了聊。袁老师还没寒暄两句就发起牢骚来。原来系里正在评职称，那时袁老师还是讲师，准备申报副教授。评高级职称，不但要看讲课时数，还要有科研成果。袁老师告诉我，他提交了两本有关鲁迅研究的专著，没想到有人说他的书分量不够，每本还不到十万字，质量也不高，其中就包括我刚刚买的这一本。甚至有人说，这样的书一个月就能写一本。对此，袁老师十分愤怒。临别告诉我，他不打算再在北大待下去了，很快将调至中国社科院文学所鲁迅研究室。作为学生，我自认是没有资格对袁老师的书说三道四的。况且我虽然买了书，却始终没有坐下来认真研读过。不过，袁老师的直率坦诚还是颇让我感到震惊与感慨。尽管我始终也不知道这其中究竟隐藏了怎样的故事，对于袁老师能把别人对自己研究著作的负面评价，如此轻易地就告诉一位并不很熟悉的学生，我还是特别感受到他做人的光明磊落。在三角地书店前遇见袁老师后不久，他就真的离开北大中文系去了社科院文学所鲁迅研究室。很快就听说袁老师在那里获得了相当于教授的高级职称。

3

在中文系老师中，与我的研究生导师褚斌杰先生一样，袁老师也属于成名较早的那种。当他还在读本科时，就已经有作品问世。一次讲到郭沫若的时候，袁老师不无骄傲地提到，他上大学时曾写过两篇与大人物叫板的文章。其中一篇是《要客观地评价曹操——向郭沫若先生请教》，发表于1959年3月5日的《光明日报·史学专刊》。这篇商榷文章发表后，不但引起了郭沫若的注意，而且在学术界也产生了相当的影响。袁老师讲到此事时深有体会地告诉大家，读大人物的文章，千万不要迷信，同样要带着批评的眼光去看，敢于怀疑，敢于挑战，敢于发表自己的不同意见。想必这类"叫板"文章的发表以及所带来的"注意"与"影响"，给了袁老师极大的鼓舞，乃至影响了他的一生，成了他日后一旦有人与他观点不一致，必定"商榷""论争""论战"的滥觞，也形成了他不留情面、四面出击、无所畏惧、百折不挠的鲜明个性与文风。

袁老师的这种性格在给他带来学术上巨大成就的同时，也给他带来了现实生活中的不少积怨与烦恼。最典型的例子就是袁老师与同为北大中文系现代文学研究"大腕"的严家炎老师之间有关金庸武侠小说评价的商榷与争论，以至于最后发展到论战、吵架，成为学界一次有名的事件。

这场论战的起因是严老师认为金庸的武侠小说虽属通俗文学，但作为一种文学现象，在文学史上应该得到重视，获得与严肃文学可相提并论的地位。1994年金庸在北京大学接受名誉教授称号的仪式上，严老师发表了以《一场静悄悄的文学革命》为题的演讲。后来，金庸把严老师的演讲在自己主办的《明报月刊》上全文发表。严老师对金庸武侠小说在文学史上的定位很快在学术界引起了强烈的反响。自然是有支持的，拥护的，也有反对的，不以为然的。

袁老师一直对金庸的作品有自己的看法。他认为金庸所创造的武侠世界,破坏了中国文学的优良传统,使中国文学从现实人生的描绘转到了虚幻世界的编造。在获知严家炎老师给予金庸小说的高度评价后,他一鼓作气发表了一系列与严老师论争的文章,与严老师展开了针锋相对的论战。而严老师也以一系列文章针锋相对,回击袁老师的质疑,同样是火药味十足。于是两位学者之间爆发了一场激烈的争辩。[1] 严老师和袁老师是北大中文系前后同学,毕业后两人都留校任教,且在同一教研室共事多年。虽然"论战"发生时,袁老师已离开北大中文系多年,但同为现代文学研究领域两位成就斐然的学者,同为深受学生尊敬的师长,最后因学术争论发展到这一地步,我以为绝不是两位老师的初衷,也绝不是大多数人愿意看到的。

平心而论,袁老师写商榷、辩论的文章,开始时往往只是观点的不同,只是想把自己的看法表达出来,其间未必有什么私人恩怨,原本也未必是想伤害什么人。特别是中年以后,他在学界已经奠定了自己的学术地位,著作等身,担任着很多学界的重要职务,完全不需要通过商榷、论战的方式刷存在感。了解他的为人,可能对他的文章只是付之一笑,不会去较真儿。但对于不了解或者无法接受他这种独特的文风以及"好战"个性的人,袁老师便会在

---

[1] 见古远清:《不戴面具的袁良骏》,《中华读书报》2018年7月4日第7版。

有意无意之间把人都得罪了。我实在不知道这对他究竟是幸事还是坏事。

从袁老师五十年代末与郭沫若商榷开始,在大半个世纪中,袁老师写过的商榷、论辩、论战文章不下几十篇。2005 年,中国文史出版社把他的这类文章收集在一起,出版了一本《袁良骏学术论争集》,没想到此书一出,又引起了一场不小的争论。为此,袁老师不得不写了《关于〈袁良骏学术论争集〉》一文,发表在 2006 年第 3 期《汕头大学学报》作为回应。此文的"摘要"对袁老师这些年的"论争"做了生动的说明,很有意思,不妨援引于此:

> 《袁良骏学术论争集》不是"骂人文选",鲁迅那样尖锐指斥"婊子"或"叭儿"的妙文都不构成"骂人文选",我们这些学术论争文章,"距离""骂人文选",何啻十万八千里之遥。《袁良骏学术论争集》涉及的问题甚多,冒犯的权威甚众,但率性而谈,不计利害,体现了论者对学术争鸣的见解和追求。"五四"文学革命中各抒己见、百家争鸣的生动局面,是编辑、出版《袁良骏学术论争集》的强大动力。

"率性而谈,不计利害,体现了论者对学术争鸣的见解和追求",不但点明袁老师著文的初衷,也准确概括了他的鲜明个性。我常常在想，如今的学术界，真正需要的是有更多像袁老师这样率性而为，不讲情面，有一说一，如同"匕首""投枪"一样的学者教授，还是应该继续把圆滑世故、你好我好大家好、溜须拍马、相互吹捧之习进行到底？

像袁老师这样的人，他的一生其实是十分孤独、寂寞的。尽管从二十世纪五十年代末开始，他就在报纸杂志上发表学术文章，一辈子著述颇丰，先后担任中国社科院文学所鲁迅研究室主任、中国鲁迅研究会副会长、中国社科院研究生院教授、博士生导师、享受国务院特殊津贴专家，著有《鲁迅思想的发展道路》、《鲁迅研究史》（上、下卷）、《白先勇论》、《现代散文的劲旅》、《香港小说史》、《武侠小说指掌图》、《袁良骏学术论争集》、《独行斋独语》、《冷板凳集》、《八方风雨》、《准"五讲三嘘"集》、《坐井观天录》等等，但是在他身后，我看到的仍然是一颗不为人所理解的孤独、寂寞的灵魂。

4

与袁老师接触过的人以及从他的文章、著作中不难看出，袁老师是个心快、口快的人，同时也是个思维敏捷、文章出手超快的人。快，就难免出错。因"快"出错而不得不公开道歉的事，在袁老师的学术生涯中发生过不止一两次。无论自己成就有多高，在学界的影响有多大，一旦发现错了立马公开道歉，在我看来，这是袁老师做人直率、磊落、难能可贵的又一面。

虽然袁老师好商榷、好论战，由此而得罪了不少人，但我始终认为袁老师有着一颗赤子之心，特别是对自己尊敬的老师。在他的一生中，除了与严老师因评价金庸武侠小说而引发了一场旷日持久的论战之外，他还因护师心切而卷入了与吴组缃、钱锺书先生有关的另一场风波更大的笔墨官司，最后不得不出面公开道歉。

事情的起因是这样的。1992年1月号《人物》杂志刊登了李洪岩撰写的《吴组缃畅论钱锺书》一文。该文是李洪岩根据1989年5月2日对吴组缃先生的采访录音整理而成。吴先生与钱先生都是文化名人，此文一出，很多报纸杂志争相转载或发表摘录，影响甚大。吴组缃先生于1994年去世，钱锺书先生于1998年去世。在两位当事人都已不在世的2002年6月3日，《北京日报》刊登了舒展所写的《钱锺书怎样对待"钱锺书神话"》一文，其中首次披露了读过李洪岩文章后，钱先生写给舒展的一封信。钱先生在信中对李洪岩文所提及的吴组缃与钱锺书的交往旧事，做了逐条批注。对吴先生提到的与钱先生当年在清华大学求学时的交往，钱先生断然加以否认，并多次使用"全无其事"的字样，例如：

2.《畅谈》（即《吴组缃畅论钱锺书》一文）第1段：1979年，一位海外学者向钱锺书问到吴组缃，钱先生说："吴组缃是相当谨严的作家，对于写作始终觉得力不从心；自从《鸭嘴涝》（后改名《山洪》）出版后，便搁笔了。"钱先生对此批注道：全无其事。说也惭愧，我到今（天）没有读过吴先生的任何作品。那位"海外学者"的"记录"也是富于"创造性"的——这已成中外采访者的"职业道德"问题。

3.《畅谈》中说：十年后，吴先生说：钱锺书与我同学，是个"书虫"。我常到他屋里去，他的笔记本一摞摞的。我进他屋，见他眼睛闭着，抽出一本，一看，"哎呀"打自己的头：记错了；摆进去，又抽出一本。钱先生对这一段又批注道："全无其事。吴和我同年级（1933），但不同系（我是外文系，他是中文系）；他年岁比我长，在校时只相识，从无来往。我只知道他那时早发表小说。我作笔记是到英国后，大图书馆书不出借，才开始带笔记本上图书馆的。"

5.《畅谈》中说："清华不分班、系，来往都很亲密。咖啡室开门，吴宓下午打过球洗过澡，就去喝咖啡。一次，曹禺对我说：钱锺书在那里喝茶，还不叫他给你开英文禁书看？（书库随便看，但书太多，摸不到门）我就叫钱锺书给我开三本。他一下开出四十多本，包括作者姓名，内容特点……"钱先生对这段批注说：全无其事。曹禺和我同系同班，若要问，可直接问我。吴先生的英语程度，以我所知，不什（怎）么高，曹禺未必要先请教他。……

钱先生的话言之凿凿，类似的批注有七段之多，基本上否认了吴组缃先生所说的全部"事实"。关于钱先生的信，舒展在文章最后说：

> 钱公此函，虽然藏于我处；但其著作权、发表权则应属于钱先生。我想趁杨绛先生健在之时，征得她的同意，公之于众，也算了却一桩代为"立此存照"的心愿。组缃先生同钱先生一样，都是我敬仰的前辈。吴先生的女公子吴鸠生还是我在中央戏剧学院的同班同学。吾生也晚，关于老一代言谈、信函中的事实疏证，是非曲直（笔者按：压根不是什么大是大非问题），我只配不置一词。最好的办法是留待清华的校史专家去考证，留待历史去评说吧。

按照舒展所示的钱先生的信，不难推出这样的结论：或者吴组缃先生在1989年5月4日接受李洪岩采访时出现重大记忆失误；或者吴组缃先生所说完全不可信，全然是"小说家者言"，因而遭钱先生驳斥、"打脸"。何况舒展发表的信是经钱先生夫人杨绛同意的，有钱先生的亲笔信在，岂会有假？

吴组缃先生自五十年代初便任教北大中文系，教学生无数，深受同仁学生尊敬爱戴。但凡是北大中文系毕业的，读过钱先生的这封信，会作何感想？有何心情？袁良骏老师曾直接受业于吴组缃先生，深知吴先生学识人品之高洁。同样，他又绝对相信钱先生的学识与人品。于是想当然地认为一定是李洪岩伪造了吴组缃先生的话。于是，出于对吴先生形象的维护，心快、口快、手快的袁老师在舒展文章发表仅仅两个星期之后，就在2002年6月26日的《中华读书报》"时代文学"专刊发表了《斥〈吴组缃畅谈钱锺书〉》一文，一开篇便指责李洪岩，"貌似熟悉吴组缃先生，实际上根本不了解吴组缃。他的所谓那些'畅谈'，根本不是（也不可能是）吴组缃的！"并说"已经长眠地下多年的吴组缃先生，又如何为自己澄清？不知吴先生生前如何得罪了这位'畅谈家'，以至于他如此痛下狠手！如果吴先生生前真的在自己北大朗润园狭小的客厅中接待过这位'畅谈家'，也就算他老先生太宽厚、太相信人、太缺乏知人之明了。"文章一如袁老师往昔风格，措辞辛辣犀利、尖刻无情、咄咄逼人。

然而，事实是李洪岩并没有作假，他有吴组缃先生口述的录音以及另外两位在场者为证，自然无法接受袁老师这样想当然的攻击与诽谤，要将袁老师告上法庭。而舒展公开发表的钱锺书先生的书信也没有作假。当袁老师知道自己在没有经过调查研究，仅凭着想当然便认定李洪岩的文章是"虚妄之词"而大加痛斥，是错怪了李洪岩之后，他于 2003 年 7 月 2 日在《中华读书报》发表了《斥〈吴组缃畅谈钱锺书〉一文的自我反思》一文，向李洪岩公开道歉。他说：

> 《斥〈吴组缃畅谈钱锺书〉》一文（见《中华读书报》2002 年 6 月 26 日）情绪比较偏激，措词比较尖刻，又用了讽刺挖苦、愤怒斥责的笔调，缺少与人为善的态度和宽厚大度的学者风范，虽然文章旨在为我的老师吴组缃先生辩护，但却没有考虑到文章对《吴组缃畅论钱锺书》一文（简称《畅论》）的作者所必然带来的精神压力和伤害。现在看来，文章的缺点是十分显著的，内心十分惶愧不安。我必须就自己的偏激和尖刻向《畅论》的作者李洪岩同志致以深深的歉意！所谓"怒斥"、所谓"畅谈家"、所谓"向吴组缃先生痛下狠手"云云，都是过火的，必须收回的；（所谓"根本不可能是吴组缃先生的"等纯属不实之词，必须收回的。）……我要以此为契机，进一步检查、端正自己的学风和文风。

应该说，袁老师的道歉是诚恳的，深刻的，而且上升到了"学风和文风"的高度。如果就事论事的话，我还是觉得虽然袁老师有时候过于偏激，说话伤人，但他的内心是坦荡的。

其实，袁老师由于护师心切，文章出手太快，就在他于《中华读书报》发表《斥〈吴组缃畅谈钱锺书〉》一文的同日,《中华读书报》刊登了范旭仑撰写的《钱锺书批注〈吴组缃畅谈钱锺书〉辨正》一文,对舒展所说"最好的办法是留待清华的校史专家去考证,留待历史去评说"作了回应。他在文章中旁征博引,以大量事实证明吴组缃先生除了一处记忆略有差异(而非"全无其事")以外,其他所述皆实有其事。真正记忆有误的,其实是钱锺书先生。袁良骏老师的确有错,错在护师心切且急,却疏于调查。在此,容我为袁老师一叹。

袁老师于2016年9月5日魂归道山。袁老师安息吧。衷心希望您在另一个世界里不要再意气用事,能够平平静静地生活。

一生求真的学者、师长
——怀念徐继曾先生

我的一生与北京大学是颇有几分缘分的。这首先是因为二十世纪七十年代末恢复高考的头一年,我就幸运地考上了北大中文系,这是其一。我与北大另一个缘分,便是与我相濡以沫几十年的妻子徐匋的相知相识,并由此成为北大西语系法语教授、著名翻译家、辞书家徐继曾先生的女婿。我一直称岳父为先生,这是因为在我心中,他不但是我的岳父,更如同教过我的众多北大老师一样,对我教诲颇多。徐先生是1989年在一次医疗事故中辞世的。那个让我第一次那么真切地感受到人生无常的一天,距今已有三十余年。三十年来,我一直想提笔为徐先生写点什么,却迟迟下不了笔。对徐先生的学识、经历了解得越多,对他的人品、为人越是敬重,就越感到难免会挂一漏万,只能拉拉杂杂地把我记忆中有关徐先生的点点滴滴,一段段碎片串连起来,聊作对徐继曾先生的纪念。

1

徐继曾先生（1921.06.28—1989.11.13）是江苏宜兴人。以前，我只知道宜兴是享誉世界的紫砂陶都。认识徐匋以后，才从岳母史雯霞老师那里得知，宜兴人真正引为自豪的并非紫砂陶，而是读书作画。岳母也是宜兴人。移居北京多年，说普通话还是带有浓重的南方腔调。据说，宜兴出的文人雅士之多在江南一带是有名的。远的不说，近的如著名物理学家周培源、清华前校长蒋南翔、书画家徐悲鸿、吴冠中，就都是宜兴人。徐先生的小学、初中是在宜兴读的。徐先生幼时十分聪慧，五岁便上了小学，与表哥朱声绂（西南联大陈岱孙先生的高足，后在清华大学政治教研室任教）同班。在全年级各门课的考试中，两人的分数总是互为第一第二。谈起这些陈年往事，岳母总是十分感慨。按照她的说法，倘若徐先生不是父母早亡，倘若抗战期间江南没有沦陷，徐先生是一定能跟表哥一样考取当时最好的大学，早早做出一番成就的。

命运对徐先生的确有些残酷。他四岁丧母，十岁丧父，小小年纪就品尝到人生的艰辛。宜兴徐家为明代大学士、内阁首辅徐溥之后。徐先生的曾祖父徐鸣皋（1819—1891），字声伟，号慕袁，是同治戊辰进士，还是著述颇丰的诗人。到其父徐仁锟时，徐家已衰败。徐仁锟曾把重振徐家的希望寄托在四个儿子身上，这一点从他给四个儿子分别取名若曾、嗣曾、继曾、学曾，可见一斑。遗憾的是，徐仁锟并没有看到儿子成年便英年早逝。过早失去父母的遭际，对徐先生独立坚韧性格的形成有着直接的影响。

由于家境的变故，徐先生没有继续读高中，而是考取了省立苏州工业学校。1937年"七七事变"后，宜兴、苏州遭受日军的狂轰滥炸，相继沦陷。国难当头，年仅16岁的徐先生不得不中断学业，随家人逃难，在抵达湖南时，怀着一腔报国热血的徐先生决定报考陆军工兵学校，开始了他投笔从戎的抗日生涯。抗战八年，徐先生也身体力行地为抗日救国奋战了八年。在抗战胜利七十五周年、历史真相变得越来越清晰的今天，徐先生的这一段经历，无疑是足以让任何一位爱国志士都感到自豪与骄傲的。然而，现实却与他开了一个莫大的玩笑。

八年抗战投笔从戎的经历，在黑白颠倒的年代却成了他无法洗白的"污点"：无休止的坦白交代，被当作"历史反革命"关进牛棚，受尽批斗毒打。不过，徐先生所经受的这种种屈辱，他本人从来没跟我提起过。只是妻子徐甸告诉我，"文革"中，红卫兵批斗同系著名学者俞大絪，拉上徐先生陪斗。被批斗的第二天，受尽屈辱的俞大絪先生就在燕东园家中含冤自尽。后来，徐先生每每跟女儿们谈及此事，总是感慨地说，倘若当时俞大絪的丈夫曾昭抡先生在北京，家中但凡有个亲人，兴许她都不至于走上绝路。当然，这是后话。

抗战一胜利，已经24岁的徐先生凭着自己的实力，在辍学多年后，于1946年考上了国立清华大学外文系。其时的清华大学外文系，英法德语"大腕"云集，徐先生的任课教师有将大量法国名著介绍到中国来的欧洲文学史家吴达元，哈佛归来的英国语言文学家赵诏熊，古希腊文学专家罗念生，专治法语语音学的年轻教授陈定民，传奇外教温德（Robert Winter），法国小说研究家盛澄华，还有学贯中西的大学者钱锺书。徐先生日后在学术生涯中显示出的深厚文学素养以及扎实的语言文字功力，与这一连串熠熠闪光的名字是分不开的。

1926年清华大学外文系创立时，学科建设、课程设置都是参照美国哈佛大学比较文学系的建制而设立的。当时的代系主任吴宓提出外文系的培养目标是培养"博雅之士"，特别注重语言、文学以及其他人文科学的相互为用。这个传统一直延续到徐先生上大学时。大学时期的徐先生是幸运的：一来凭着他天资聪颖，二来遇到了如此众多的良师益友，特别是他的恩师吴达元先生。吴达元教课向以严格严肃著称，上他的课，就是一个动词变位搞错了也不行，而徐先生的法语语法课几乎每次考试都得满分，多次得到不轻易夸奖学生的吴先生的赞扬。

徐先生上大学时另一位受益颇多的良师是1949年回到清华的钱锺书。钱先生教高年级的西洋文学史。他上课从来不用讲义，完全是即兴发挥，兴之所至，纵横捭阖，信手拈来。徐先生不大像大部分文科生那样气质浪漫、文采飞扬，更属于思路敏捷、论证严谨缜密一类。他写的读书札记、课堂报告颇为钱锺书欣赏。1950年徐先生毕业留校，与钱先生同系任教三年，并同住中关园几年，一直对钱先生敬重有加。八十年代，徐先生的译作卢梭《漫步遐想录》出版，曾寄给钱锺书一册请先生赐教。钱先生回信时，我惊讶地发现，他竟称学生辈的徐先生为"继曾兄"。由此可见钱先生的襟怀雅量，多少也透露出他对徐先生才华的赏识。

徐先生语言天赋极高。他是早期西语系为数不多几位从未出国留学、法文却可与留洋归来者相媲美的教师之一。"文革"中，徐先生举家从中关园被驱赶到成府。搬家前，来徐家看房的西语系外籍教师谭玛丽就曾伸着大拇指对徐匋说，你爸爸的法文是这个，简直不能相信他从来没在国外生活过。徐匋幼时，常听父亲在家大声朗读法文。想必徐先生不光有语言天赋，也是极为刻苦的。徐先生去世后，友人金克木先生在悼文中，提到二十多年前，他与徐先生等"牛鬼蛇神"在郊区劳改的一段往事："有一天清晨，我在仅有芦苇围着的露天厕所里，发现一个人手拿一张撕下来的外文书页在看。我正在极力忘掉学过的外文而怕忘不掉，怎么还有人怕忘掉呢？这人就是徐继曾。"[①]

[①] 金克木：《叹逝》，收入《金克木散文选集》，百花文艺出版社，2009。

徐先生晚年回顾自己一生时,最感慨的便是一生中两段最好的时光被耽误了。一段是抗战八年,16岁到24岁,最该读书的时候却不得不投身挽救民族危亡的抗战;而另一段就是"文革"十年,最好的年华,最该出成果的时候,却被剥夺了教书做学问的权利。而人生,又能有几个八年、十年!

2

徐先生1950年清华毕业留校任教。1952年全国院系调整,清华、北大、燕京大学等校的外语系合并为北京大学西方语言文学系(简称西语系)。当时的法语专业汇聚了众多的知名学者教授,其中有大名鼎鼎的曾觉之、吴达元、闻家驷、郭麟阁、罗大冈,还有陈占元、盛澄华、陈定民等等,而年轻的只有徐继曾。这大概是北大法语专业历史上最为豪华精湛的阵容了。此时的徐先生虽是初出茅庐,却已在翻译界崭露头角。1951年他与吴达元合译的阿拉贡《芳邻》出版,1953年他第一部独自完成的译作拉菲德的《活着的人们》问世,1956年又翻译了斯梯的《巴黎和我们在一起》。从1953年到1965年,徐先生不时有译作发表在《世界文学》《古典文艺理论译丛》等刊物上。同时,他还经罗大冈、齐香先生推荐,为世界保卫和平理事会的刊物做翻译。刊物涉及的领域十分广泛,有主张裁军、维护国家主权、推动世界和平的政论文,也有文化交流活动的报道以及文艺评论。给这样的刊物做翻译,对中文水平的要求极高。作者不同,文风、文体各异,要翻译得得体、准确、流畅并不容易。好在徐先生的中文功底不错,翻译起来得心应手,各种约稿也纷至沓来。

可惜,这样相对平静的日子并没有持续很久。之所以说是"相对",实在是因为自1950年以来,徐先生就为所谓"历史问题"陷入不断的检讨交代之中,大大小小的运动袭来,每一次都少不了脱一层皮,受一次煎熬。1966年夏"文革"开始,徐先生的命运也随着运动的兴起而跌到了最低谷。他先是被关入"牛棚"接受监督改造,打扫厕所,修整校园,烧锅炉,继之到江西鲤鱼洲干校种菜、挑粪。从1966年夏到1976年末,徐先生再没从事过任何翻译教学工作。这一停,就是整整十年。

直到七十年代末拨乱反正,一切才又逐渐走上正轨。彼时,百废待兴。北大西语系法语专业,老一辈学者或在"文革"中被迫害致死,或已属老弱病残,重建法语专业的重任落在了尚属中年的徐先生一代身上。徐先生性格耿直,办事公允,深得同事的信赖与尊重。"文革"一结束,他便被推举为法语教研室主任,系、校两级学术委员会委员。繁琐的行政事务,加上《汉法词典》的定稿工作,占据了他大量的时间,对于自己所倾心的翻译,尽管出版社约稿频繁，也只能选择一些经典之作，挤出时间来做。柳鸣九先生认为，这"反映了他作为译家的卓越见识与高雅品位"①，但也从一个侧面显示了徐先生不计名利、秉公办事的一贯做事原则。

这期间，徐先生翻译了两部"大家小书"：一部是柏格森的《笑—滑稽的意义》，另一部就是卢梭的《漫步遐想录》。此外，他还翻译了斯达尔夫人的《论文学》，校订范希衡译的卢梭《忏悔录》第二卷，与人合译《卓别林的一生》。在徐先生众多译作中，我个人更偏爱的，还是《漫步遐想录》。卢梭在这部作品中流露出的不加修饰的淳朴、真诚、才智，还有他在大自然的抚慰下，陶醉于广阔无垠的天地之间，与天地万物乃至整个自然融为一体的遐想，让我在恍惚中仿佛看到我所钟情的庄子的影子。

在徐先生翻译生涯中，他所从事的最后一部作品，是法国小说家普鲁斯特的长篇巨著《追忆似水年华》第一部《在斯万家那边》中的第二卷《斯万之恋》。这是一部名副其实的鸿篇巨制，厚厚七部十五卷，其篇幅之大，人物之众，写作风格之独特，都使得这样一部二十世纪世界文学史上的杰作，直到七十年代末还迟迟没有中译本出现。当时译林出版社的编辑韩沪麟，怀着一种使命感专程从南

---

① 柳鸣九：《柏格森与徐继曾》，收入《名士风流》，金城出版社，2011。

京来到北京,拜访了几位他当年在北大的恩师挚友,把这部巨著的翻译出版排上了日程。这其中就包括徐继曾先生。

起初,徐先生对承担这部书稿的翻译颇有些为难。其一,历时多年的《汉法词典》已经占据了他太多的时间;其二,普鲁斯特那种意识流式的委婉绵密而又冗长繁复的写法并非徐先生所偏爱;其三,这是一个集体项目。如此多的译者合作翻译,就算韩沪麟是再好的总管,也很难预料会发生什么。可是在韩沪麟看来,徐先生德高望重,他需要这样一位"镇得住场子"[①]的译者挑头。徐先生最终还是被韩沪麟的诚意所打动,慨然应允承担第一部第二卷的翻译。徐先生就是这样的人,一旦答应了的事,就一定会认真去做,哪怕花再多的时间。用韩沪麟的话说,"徐老师更是勉为其难,率先译成该书人地名译名表,以便分发给诸译者以求统一"[②],还编写了《普鲁斯特年谱》供所有参与翻译的同仁借鉴。

在确定书名的问题上,曾发生了一段有意思的小插曲,在当时却是件让人棘手的事。《中国大百科全书》最

[①] 云也退:《韩沪麟:追忆,为了找回时间》,《生活》月刊专稿,2013。
[②] 韩沪麟:《年华易逝,此书长存——〈追忆似水年华〉出版始末》,见《编辑学刊》2008年第3期。

早用的译名是《追忆逝水年华》,但"逝水"与"年华"在修辞上不搭,于是徐先生提出不妨译作《追忆似水年华》。新译名一提出,有支持的,也有反对的。反对者认为《追忆似水年华》虽雅,却偏离了"寻找失去的时间"的本义。于是,韩沪麟利用召开法国文学年会的机会,召集与会译者与专家学者二十几人对该书译名展开讨论,争论了近两个小时,双方还是谁也不能说服谁,最后只好投票表决。不料,投票结果竟出现了平局。最后,柳鸣九先生提出全书的译名为《追忆似水年华》,但在写文学史或评介文章时,应加上"又译作《寻找失去的时间》"字样的折中方案。大多数与会者这才接受了。[①] 以我这个学中文的眼光来看,《追忆似水年华》的确比《寻找失去的时间》更富诗意,也更有韵味。虽然这不是"A la recherche du temps perdu"的直译,却也并不违背"信达雅"的基本原则。就像《飘》《雾都孤儿》《廊桥遗梦》等译名一样,未必都完全符合原文本义吧。

徐先生参与翻译的普鲁斯特全译本第一部于 1989 年 6 月由译林出版社正式出版发行。同年 11 月,徐先生不幸去世。《斯万之恋》成为他留给后世的最后一部译著。据说,《追忆似水年华》出版后,大受热捧,很快便销售

[①] 韩沪麟:《年华易逝,此书长存——〈追忆似水年华〉出版始末》,见《编辑学刊》2008 年第 3 期。

一空。如今，这套书的各种版本以至各种新译本一版再版，累计印数已超过二十万套。作为该书全套中译本的首位译者，我想徐先生应该是欣慰的。无论第一套《追忆似水年华》在今人看来存在多少缺憾，仍不失为一部筚路蓝缕之作。

3

在外语界，徐先生首先是翻译家，可他自己更偏爱的还是当先生教学生。早在五十年代初，刚毕业不久的徐先生就成为西语系可以挑大梁的教师之一。他知识广博，思路清晰，口才也不错，在名家如林的西语系，虽然只有三十几岁，却既胜任各年级的语言课，又胜任高年级的史论专业课。据他曾经的学生、如今法国文学研究权威柳鸣九先生说，徐先生"是一个很出色的教师，课讲得很好，内容丰富，条理清晰，一出口就是完整的语句，准确的措辞。难得有如此好的口才，加上他相貌堂堂，真使人觉得他本可以成为一个出色的外交官。他待同学们很亲切、很随和，就像是父辈的兄长，绝无师道威严。他的课给人甚多启发，他也善于引导同学进行思考，常要求我们写读书报告给他审阅。记得有一次我看了些课外书，就法兰克人的封建化过程洋洋洒洒写了一篇'准论文'，得到了他的赞赏，他的批语中颇多鼓励，我对历史发展问题有分析评论的兴趣与爱好，实从这里开始。"①

虽然我从来没有机会亲耳聆听徐先生讲课，却有机会亲眼看到他是如何如父兄一般关心爱护学生。六十年代中，法语专业一位成绩优秀的学生被学校派出参加进出口贸易展览会，展品中有一台性能不错的相机，让他爱不释手，竟私下把展品拿走了。在"涉外无小事"的年代，这件事惊动了警方。尽管他本人后来退还了展品，但还是被判了刑。"文革"后，这个学生刑满释放，很想利用自己的一技之长，回馈社会，却没有任何单位愿意接收他。于是他给当时担任法语教研室主任的徐先生写信，求他帮忙。他本人也多次到北京来，几次三番请徐先生给他出具证明，写推荐信。为了他的事，徐先生光是往北大学生处就跑了好几趟。家人都觉得他已尽了全力，身体又不好，劝他不必再为此事东奔西跑了。可徐先生说，年轻人一时糊涂，做了错事，已经受到了很重的惩罚，现在再不帮他一把，他这一辈子可能就完了。后来，经多方努力，这位仁兄终于在广州一家外企找到了对口的工作，对徐先生非常感激。徐继曾就是这样一位帮人帮到底、却不求任何回报的好人。

令人惋惜的是，徐先生后来并没有机会教更多的学

---

① 柳鸣九：《柏格森与徐继曾》，收入《名士风流》，金城出版社，2011。

生。"文革"十年自不必说,甚至在七七、七八级学生入校后,由于他一直独自承担《汉法词典》的定稿工作,加上其他行政、学术事务,除了担任过一两门翻译课的教学外,再没有带更多的学生。这不能不说是一种遗憾。即便如此,对学生的事,徐先生还是有求必应。七七、七八级中的不少学生自发地交给他多篇读书报告、学术笔记,渴望得到他的指导,甚至有越界写有关中国古代文论刘勰《文心雕龙》的也交给了他。徐先生总是一丝不苟地一一批阅,写评语,甚至推荐发表,毫不吝惜自己的时间。

徐先生不但对学生如此,对同事也不例外。徐先生有清晨外出散步的习惯。一天散步归来,带回两张匿名小字报,不知是什么人贴在中关园食堂门口,内容是攻击同教研室一位女教师的。出于对同事名誉的维护,徐先生当即就把这两张小字报给揭下来了。到现在,我也不清楚这位女教师事后是否获知此事。但我由衷地感到,能有像徐先生这样的同事,真是三生有幸。当年还有一位在同一教研室的教师的孩子准备去法国留学,需要外币,徐先生把从法国讲学归来结余的法郎毫不迟疑地都兑换给了她,甚至完全没有想到自己的孩子是否也想出国深造。另一位同教研室老教授郭麟阁家与徐先生家只隔一个门洞,郭先生病危时,他的家人首先想到的就是向徐先生求助。记得那天夜里,郭先生的女儿来敲门说她爸爸不行了,徐先生二话没说,披了件衣服就跟她去了。那天他一直陪着郭先生走完他的人生旅程，忙到凌晨才回家。

我与妻子定居加拿大后，徐先生的另一位同事、时任中国加拿大研究会会长的张冠尧教授来渥太华参加中加联合举办的加拿大研究年会，我们邀请他来我家小坐。聊天时，他特别提到徐先生为法语教研室留下的谦和互让、民主议事的好传统。不过，他也用了"水至清则无鱼，人至察则无徒"来形容徐先生的为人。对此，我是深有同感的。徐先生对自己要求非常严格，对学生、同事十分爱护，但不免有时会愤世嫉俗，这就免不了在无意中得罪了人。再有就是徐先生对世俗的人情世故完全不在行。原北京大学校长周培源先生与徐先生是同乡，又同在九三学社，周培源夫人王蒂澂与岳母史雯霞都任教于清华附中，又是交往甚密的好友。每逢春节，岳母去周家看望王蒂澂老师，总邀徐先生同行，可他只去了一两次，觉得自己不擅寒暄，就不再去了。直到徐先生去世，已是87岁高龄的周培源先生亲自参加了在八宝山举行的告别仪式，那时我才真切地体会到什么是"君子之交淡如水"。

另一个特别能见出徐先生性格的，是他与大学同窗好友英若诚的交往。英若诚先生在人艺当演员时，徐先生还与他时有联系。记得英若诚主演话剧《一个推销员之死》，上演时，英若诚特意托其子英达送来了几张话剧票。但自从英若诚担任文化部副部长之后，徐先生反倒与之疏远了。在北大校园，徐先生最喜欢的称呼，不是什么"教授""主任"之类的头衔,而是某先生或某公。特别与他年纪相仿的学者教授之间,往往是以"公"相称的。每次他见到李赋宁先生,都称之为"李公",见到杨周翰先生称"杨公",徐先生自己则被称为"徐公"。这大概就是他所信奉的君子之交吧。

金克木先生在悼念陈敬容、徐继曾、杨周翰、王瑶的文章中写道:"悼念这四位新去世的朋友,……我以为他们有一点共同之处是我实在赶不上的,那便是对'真'的追求、执着和确信。陈敬容是以诗文追求情感的'真'。另三位都一直在大学教书,是在学术上追求'真'。他们很谦虚,又很骄傲。对自己真正知道的很骄傲,对自己不知道或不大知道的很谦虚。知道学问无止境,即使是自己确实知道一点的,也不能说是全知道,也会有不足。我从未听到他们鄙薄别人,除非是'强不知以为知'的人。不过对这种人也不出恶声,不过笑笑而已。陈是诗人,徐、杨、王是学者,所以有点诗人和学者的气派,但不是虚架子,也不是笑嘻嘻点头敷衍的面孔,也不带'拒人千里之外'的神气。"[①]对此,徐先生的确当之无愧。

[①] 金克木:《叹逝》,收入《金克木散文选集》,百花文艺出版社,2009。

4

作为徐先生的女婿,我有两年多的时间与徐先生同住一个屋檐下,有机会通过琐碎的日常小事,观察到徐先生作为一个人,一位丈夫、父亲、外祖父、岳父,许多不为外人所知的一面。

相对于岳母,徐先生给我的感觉是沉默寡言的。起初,我以为是因为他不喜欢我这个来自普通家庭的西北汉子,后来发现这完全是我的误会。徐先生对人的好不在口头上,更多地是以一种默默的方式让你慢慢去感受。我认识徐甸时,刚上研究生不久,一日三餐都在学生食堂吃饭。那饭菜,早上一定是玉米面粥,中午、晚上常常是熬白菜、烧萝卜,所谓好菜不过就是锅塌豆腐或者红烧腔骨了,还不是每餐都能买到。所以每次去徐甸家,都是我打牙祭的好机会。一次,岳母烧了个她最拿手的苏式红烧肉。那是我一生中吃过的最好吃的红烧肉。自此,每次去徐家吃饭,饭桌上总是有这道菜。无论我坐在哪里,徐先生总是把这道菜换到离我最近的地方。

研究生快毕业的时候,我们打算结婚。可婚后住哪儿是个大问题。二十世纪八十年代初北京还没有商品房,房子都是单位分的,可我们俩都是研究生,自然没地方分房。徐先生家住在中关园一套三居室的公寓,一间卧室是岳父母的,一间是徐甸和妹妹的,还有一间是徐先生的书房。为了帮助我们,徐先生决定把他自己的书房腾出来,自己挤到卧室去工作。这样,徐先生的卧室又成了书房,地上堆满了一摞摞的词典卡片,书桌上是各种各样的辞书字典,书柜的每一个缝隙都塞满了图书、文稿,到处拥挤不堪。我常常觉得很过意不去,但徐先生从来没流露过一丝一毫的抱怨,仍旧跟往常一样,兢兢业业地工作。

从我加入徐家,星期天是大家睡懒觉的日子。只有徐先生保持着他一大早就起床的习惯。等到家人都起床了,饭桌上一定已经摆好了徐先生买回来的热乎乎的豆浆和油条。八十年代初,虽不至于每家每月只有五两肉、一斤蛋,但美食仍是稀罕物。徐先生常常把他的零用钱都花在给全家人加餐上。中关村的道口烧鸡,桂香村的叉烧肉、酱鸭、素什锦,中关村福利楼的梅菜包、苹果派、蝴蝶酥,都时不时地出现在餐桌上。

那个时期,我感觉徐先生终于开始享受到人生的快乐,家庭的温暖,再也不必活在残酷的政治运动的恐惧之中。不过,我也发现在徐先生心中始终存在着一个隐痛,那就是徐甸的姐姐徐甸。徐甸是1968年去山西插队的。同去一个村子插队的二十来个同学,陆陆续续差不多都离开了。有关系的,只插了一两年队就走后门当兵或者招工了;出身好的,三四年后也被推荐上了大学;直到"文革"结束的前夕,村里只剩下两三个没有任何关系后门的北大子弟,包括徐甸。在看不到任何回城希望的情况下,她与当地人结了婚,还生了一个女儿。对大女儿的遭际,徐先生一直感到深深的内疚与自责。他总觉得徐甸是因为受他的牵连才吃了那么多的苦。

都说造化弄人,一点儿也不错。1976年,已经担任生产队党支部书记的徐甸被公社推荐上了山西运城农学院。就因为上了这个两年制的大专,徐甸失去了参加七七级高考的资格,只能直接报考研究生。还好,山西农业大学录取了她。为了让她专心学习,岳父母决定把她两岁的女儿留在北京。这样,至少她女儿可以得到更好的照顾,也接受更好的教育。可是,随着孩子一天天长大,没有北京户口,在北京上小学会是一个大问题。为此,岳父母都是干着急却毫无办法。话说回来,不要说徐先生真的没有门路,就算有,以他的性格,恐怕也开不了口。而此时,徐甸已经研究生毕业,分配在太原师范学院任教。我非常理解岳父母此刻的心情,也把此事放在了心上。

一个偶然的机会,我跟在教育部工作的大学同窗好友孙霄兵兄谈起了徐甸。霄兵兄一听说她学的是农业,马上想到中央广播电视大学正在准备开设农科类专业,或许需要老师,愿意帮忙把简历递上。到现在我都记得一向少言寡语的徐先生得知这个消息,忍不住跟我多说了好些话。在霄兵兄的帮助下,徐甸的工作调动进展得相当顺利。当她在离开北京十八年之后,终于与女儿一起回到北京的那天,徐先生也终于卸下了压在他心上十几年沉甸甸的包袱,从此可以轻装上阵，把全身心都投入到《汉法词典》的修订与定稿上了。

5

徐先生是一位极其勤奋的教授、学者、翻译家，也是一位耐得住寂寞的辞书家。他的后半生乃至生命，都耗费在了1990年才由商务印书馆出版的《汉法词典》上。

这部《汉法词典》原是七十年代中由北大西语系与北京第二外国语学院共同承担的一个国家项目。那是徐先生在被剥夺从事教学科研权利多年之后，第一次作为可利用人才被工宣队、军宣队吸收进来参与编写的，对词典的编写体例、词条选择等并没有任何发言权。直到1978年夏，北京大学正式为徐先生平反，他才得以全身心地投入到《汉法词典》的编写中去。

由于词典的初稿完成于"文革"期间，编写人员水平良莠不齐，条目的选择、例句的编写都存在极大的局限性。开始，徐先生与郭麟阁先生一起共同承担全部词条的修订工作。但不久，郭先生就退出了。从1979年底开始，徐先生就独自承担起增补条目、修改词条的工作。1990年7月（徐先生去世后）《汉法词典》"前言"中说，1981年7月后，由徐继曾进行最后定稿并增补了部分词条和附录部分。其实，徐先生从1979年底就独自进行最后定稿了。

而且，在词典所收全部词条中，大约有四分之一是他一个人增补的。

很多年来，家人都认为徐先生为这个集体项目花费了过多的时间与精力，但徐先生始终坚持把这个集体项目当作自己的个人项目来做。徐甸和我多次对他说，没有任何一位主编是像你这样定稿的。你不但一个人担任了主编的全部工作，花如此多的时间逐字逐句一条条修改，还自己增补了近四分之一的词条，你把自己一生中十几年的时间都花费在这个集体项目上，又有谁知道你所付出的巨大心血呢？出版时，你至少应该在词典的扉页以及前言中写明哪些工作是由你独自完成的。每次，徐先生都对我们笑而不答，但他的确从心底为自己对这部词典的无私贡献感到自豪与骄傲。谁也没有想到的是，《汉法词典》真正出版时，徐先生已经辞世，他为这部词典的编撰所花费的巨大心血只是永远地长存于我们的记忆中。

二十世纪七八十年代编撰词典远不像今天这么简单。那时没有电脑，《汉法词典》的初稿全部是用打字机或者干脆手写在一张张蓝白相间的卡片上，一个词条一张卡片，然后按字母顺序，一摞一摞地捆绑在一起。为了这部词典，多少年来，徐先生每天早上五点起床，不到六点就已经坐在北大民主楼最北边的办公室里了。他往往在那里一待就是一天。有时还要带一些词条回家，在家继续工作。后来这些卡片都堆在他的卧室里。有一次我收拾他的书桌，看见桌上一沓词条卡片，好奇地随手翻了翻，发现几乎每一张卡片上都留下了徐先生的笔迹。其中相当一些词条的例句完全是他重新写的。到现在我还清清楚楚地记得，有时一家人正在聊天，吃着饭，或者看报纸，徐先生会突然停下来，自言自语地说，这是一个新词，我得把它加到词典中去，于是马上坐到书桌旁，把这个词写在卡片上。印象中，至少"代沟""电视连续剧""信息处理""信息论"等词条就是这么加进去的。

经过十几年的努力，《汉法词典》终于在1989年初从卡片变成了铅字，清样出来了。因为是辞书，商务印书馆对书的质量要求很高。清样每出来一部分，责任编辑施安宜就往北大跑一趟，把清样送来请徐先生校对。这样，一共看了四五校。记得这年的秋天冷得特别早。11月的一个周末，我和妻子孩子一起去中关园看望岳父母，发现徐先生因感冒引起哮喘发作，连带呼吸道感染，气喘得厉害，病得不轻。我们当即就想送他去校医院看急诊，可徐先生正在看词典五校的清样，不想耽误时间。于是我去药房为徐先生找来了一个氧气袋。输氧后，他稍稍好了些，我们都要他睡一会儿，可等我叫他起来吃晚饭时，发现他仍在病榻上看《汉法词典》的清样。

当天夜里，徐先生的病情加重。第二天一早，全家人都坚持送他去医院看病。他终于不拒绝了，可唯一带在身边的东西，就是尚未看完的清样。到了校医院，医生建议他住院观察治疗，并要他转院到西苑中医院去。因为徐甸下午要接孩子，我一个人陪徐先生乘救护车去西苑医院。到了医院，徐先生已经病得完全没有力气了。我找到一把轮椅，乘电梯把他推上二楼的一间诊室。一位医生向我询问了徐先生的病情并做了例行检查，就安排他住进了病房。

徐先生半躺在病床上，让我把他尚未看完的清样交到手中，对我说，你把轮椅送下去吧，万一别的病人还要用。说完，他就一手握笔，一手拿着清样看了起来。万万没有想到的是，这竟成了徐先生留给这个世界的最后一句话。

等我把轮椅送到楼下赶回来，一进病房就发现徐先生手中的清样散落在地上，望着我想说什么却什么也说不出来了。我不知道发生了什么事，急忙跑出病房大声呼叫医生护士。一位医生急匆匆跑进来，嘀咕了一句，坏了，青霉素过敏，马上转身又跑了出去。几分钟后，来了几位医生实施抢救，再后来，一位医生直接往徐先生的心脏注射了一针肾上腺素，但一切都太晚了，徐先生的心脏已经停止了跳动。

本来，这是一场完全可以避免的事故。如果天冷了，徐先生便不再每天去系里工作；如果我们按照徐先生的意愿那天不去医院；如果我不去送轮椅，而是一直守候在徐先生身旁；如果医生稍微专业一点儿，在打过青霉素皮试后，留下观察一两分钟再离开；如果我大声呼叫医生后，第一位进来的医护人员意识到是青霉素过敏,便马上注射一针肾上腺素……然而,这么多可以挽救一条生命的机会,都成了"如果"。徐继曾先生,一位人品高尚、学识渊博的教授、学者、翻译家、辞书家就这么走了。最最遗憾的是,他为之付出了半生心血,直至生命的最后一刻还在拿着清样看的《汉法词典》,他却没能在生前看到它的问世。

我的一位最特殊的"老师"

——我与北京大学图书馆的不解之缘

我在北大中文系读了四年本科、两年半硕士研究生，加在一起有两千三百多天。这期间，除了吃饭、上课、睡觉，其余绝大部分时间，包括星期天、节假日、甚至寒暑假，我都是"泡"在北大图书馆中度过的。所谓"泡"，不单单是指在那里待的时间长，更包含了对它的依赖之深，用情之专，以至于一天没去图书馆都会有一种空落落的感觉，好像这一天缺了点什么。这么说，还真不是矫情。实话实说。我肚子里的那点"货"的的确确就是在"泡"图书馆的过程中，一点儿一点儿、一个领域一个领域地丰富充实起来的。毕业以后在大学任教，备课、写书、写文章虽仍继续跟书打交道，却再也没有机会像上学时那样有大把大把的时间"泡"在图书馆里，上天入地，自由随意，无所不读地"沉浸"其中了。如今离开北大已三十年有余，让我念念不忘的，除了那一位位学识渊博、诲人不倦的名师学者以外，就是这座"彐"字形，有着几百万册藏书、一千多个座位的图书馆了。如果说，在北大，领我入门的是众多的老师，而让我得以"修行悟道"、升华蜕变的地方，则是这座貌似寻常却充满着磁力的图书馆。

1

1978年2月28日，那是我从距京城一千多公里的塞外到北大报到的日子，也是我第一次走近日后陪伴我多年的北大图书馆。那天，在中文系办公室办完入校手续，我被领到了32楼328宿舍。稍事休整，便急不可待地走出32楼，开始了我的"朝圣"之旅：走过一座座灰色的宿舍楼，经过那块日后沸腾多次的三角地，再穿过典雅幽静的燕南园，一座高大而又厚重的建筑物凸现在眼前。这，便是赫赫有名的北京大学图书馆。

1978年的北京，除了二十世纪五十年代修建的十大建筑以外，北大图书馆算得上是十分气派的现代建筑。当时对读者开放的是图书馆的南侧门，几级台阶上去便是宽阔的门厅，由四根高大粗壮的水泥柱支撑着，上方悬挂着字体苍劲的"北京大学图书馆"横匾。沿图书馆右转而行，不难发现紧闭着的东大门才是图书馆的正门。东大门比南大门更为壮观。据说这个门只有在贵宾参观时才开放。图书馆东面有一座小广场，正中矗立着一尊高大的毛泽东雕像，想必那是"文革"时代遗留下来的。

小广场是一片绿绿的草坪。六年半中，我只在这里参加过两次集体活动。一次是1981年3月中国男排在世界杯亚洲预选赛上，在先输掉两局的情况下，以3比2逆转战胜韩国队，获得世界杯参赛权的那个晚上。消息传来，校园沸腾了。同学们从各个宿舍楼蜂拥而出，没有锣鼓，就用饭勺、筷子敲打着脸盆、簸箕，边走边欢呼。也就是在那天晚上，我们班的刘志达同学第一个喊出了"团结起来，振兴中华"的口号。这不但在北大校史上写下了浓重的一笔，更成为激励一代人的振奋人心的口号。当时同学们最后集结的地方，就是图书馆东大门前的这个小广场。还有一次，是我们七七级文学专业的全班同学在那里拍"准"毕业照，那张合影如今已成为一张珍贵的历史性的纪念照。

进北大图书馆，是需要出示证件的。领到校徽、学生证、借书证的第二天，我终于可以名正言顺地踏进图书馆的大门了。北大图书馆，对我这个来自偏远塞北宁夏的普通人家的子弟来说，多多少少有着几分神秘感。这不仅仅是由于北大在全国享有的盛名，也因为北大之"大"、图书馆之大实在超出了我的想象。有关我们宁夏首府银川的经典传言是"一条马路两座楼，一个公园两只猴，一辆公车来回游，一个警察看两头"，可见其小；而走进北大图书馆，就仿佛走进了一座巨大的博物馆，一层层、一间间，都显示着一个全新的书的世界，各种各样的图书应有尽有，让人目不暇接。

走到二楼，首先遇到的第一个大房间是201阅览室。从门口就可以望见阅览室中间一排排高大的书架，上面摆满了各种各样的图书，一套装在深蓝色盒子里的线装书格外引起了我的注意。我正好奇地往里张望着，一位清瘦干练、衣着整齐利落、面容和蔼的女老师迎面走出来，招呼我进去。当她得知我是中文系文学专业七七级新生时，她自我介绍说她叫李鼎霞，就在这个文科阅览室工作。她还告诉我中文系各门课程所需要的参考书，包括装在盒子里的线装书《四部备要》，都可以在这个阅览室借到。她还热情地带我参观了一番，并说相信你以后会成为这里的常客。就这样，我跟图书馆的李鼎霞老师算是认识了。从这天起，一直到我研究生毕业，李鼎霞老师对我的帮助指导足以与其他任何一位教过我的老师相媲美，是我名副其实的编外老师。

二楼的正中央是图书馆借阅处。那时借书，没有电脑、互联网之类的现代装备，查找书籍全靠按类别、拼音或笔画编排的书目索引。一到借阅处，最吸引人眼球的便是大厅两旁摆着的一排排类似中药铺放中药的柜子。每个柜子都由许多小抽屉组成，抽屉里装满了写有书名、作者名、图书编目资料的索引卡片。要想借书，先要从索引柜查到自己想借的书的书名与书号，然后填写索书单，把索书单交给借阅处的图书馆员，他们用升降机把索书单发入书库，再由书库中的工作人员把书找出来，程序十分繁琐。

因此，图书借阅处是图书馆最繁忙的地方。我尝试着填写了一张索书单，借的是胡云翼的《宋词选》，书很快就出来了。当时图书馆员叫到我的学号时还发表了一句评论，哇，新生这么早就来借书了。

三楼主要是理科阅览室，收藏的都是高精尖的科技文献，我自然只是走马观花地瞄了一眼，以后也很少涉足。四楼的419是报刊阅览室，全国各地出版的各类报纸杂志几乎都有收藏。其中的学术论文目录索引是做专题研究、写论文不可或缺的工具。因此，419是除201文科阅览室外，另一个我时常去的地方。四楼还有一个颇为神秘的阅览室。那天这间阅览室内除了一位工作人员外，里面空空荡荡，没有任何学生。我正好奇地想进去看看，立刻就被阻止住了，原来这是文科内部阅览室，不对新生开放。后来我才知道，这间阅览室收藏的都是海外或港台出版的报刊，其中有许多所谓"违禁"品。记得上研究生时，曾在这里看到过香港出版的《七十年代》、后来叫《八十年代》的刊物。

上大学之前，我就听说毛泽东曾在北京大学图书馆工作过。另一位中国共产党的先驱者李大钊，也曾在五四运动前后担任过北大图书馆馆长。当然，听说更多的还是胡适担任校长时，如何大大扩展了图书馆的规模；当年北大文学院院长汤用彤与图书馆馆长毛子水先生如何特地为季羡林先生在图书馆开辟工作室等等。虽然我现在踏足的北大图书馆建于二十世纪七十年代，与当年毛泽东、李大钊、胡适、汤用彤、毛子水、季羡林出入的旧北大图书馆相比，不但面目全非，更有着十几公里的距离，但当我第一次走进这个有着近百年历史的图书馆，我还是可以隐隐约约地感受到历史的厚重，以及名人们在这里留下的痕迹。

第一次对图书馆的"参观游览"给我留下了难以名状的震撼、惊异与喜悦，然而，恍惚之中，似乎又有几分似曾相识。正是从那一天起，我与北大图书馆结下了不解之缘。上大学期间，我被同学们"封"为"拼命委员会主任委员"，大概就是因为我整天"泡"图书馆才"泡"出了这么一个美称。

2

李鼎霞老师说对了。从1978年早春入校到1984年夏季毕业离开北大，我都是北大图书馆的常客，特别是201阅览室的常客。没课的时候，我总是坐在这间阅览室里看书学习。我们系的大课多，图书馆的藏书虽有很多副本，但架不住僧多粥少，很多参考书还是很难借到。可在201阅览室就不一样了。只要递上学生证，就能借到书，坐在阅览室里想看多久就看多久。不过，201阅览室的书一律不外借，只供室内阅览，离开时得把书还回去。这样的一个好处是省却了把书背来背去的辛劳。现在的人很可能不解，不可以把书带走算是什么好处？图书馆一闭馆，岂不就看不成书了？我们上大学时，图书馆闭馆后不久，教室、宿舍也都统一熄灯，除非在校园的路灯下，是没有别的地方可以让人看书的。当然，当时七七级同学中还真有不少人熄灯后仍在路灯下苦读，这也构成了当年校园中的一道独特的风景线。

就我个人而言，在201阅览室看书的另一个好处是，万一自己忘了老师开的参考书书名，或者想借的书已被其他同学捷足先登，在这儿工作的李鼎霞老师总能帮我把书名开出来，或找到内容相近的其他参考书，而且还能介绍这些参考书之间的异同以及各自的特点。这也是我之所以喜欢整天泡在201阅览室的重要原因。

201阅览室永远收拾得干干净净，井然有序，一进门就给人以浓浓的读书气氛。那时李鼎霞老师只有四十来岁，很是精干。不管是学生还是老师，她总是那么和蔼热情，有求必应。201室的所有藏书，在我看来，李老师早已了然于心，可以信手拈来。学生提出的大部分问题，她回答起来都是脱口而出，解释得一清二楚。即便有极少数问题一时回答不了的，也能很快地把答案查出来告诉你。常去201阅览室的老师同学都对她相当尊重，称之为李老师。当然，也有人称她为"同志""管理员"的，不管怎么称呼，李老师都一视同仁。

说起来，201阅览室的书库真不算小，我还曾破例进去过一次。那里藏有数万册图书。阅览室的座位也很多，可以同时容纳一二百位学生。阅览室的工作貌似简单，其实是个很麻烦的细致活。简单地说，一旦图书上架时出了错，在如此大规模的图书馆，这本书基本上就算是"丢"了。就是有所有的图书信息，图书管理员也不可能在书库中把一本上错架的书找到。我在北大的这几年，就碰到过几次书库的书并未借出却找不到的情况。可是这样的事，在 201 阅览室却从未发生过。这不能不归功于李老师对阅览室图书的熟悉以及科学的管理方法。

可能是因为我整天"泡"在阅览室，又戴着一副厚厚的深度近视眼镜，"辨识度"高，在阅览室工作的另一位年轻的管理员也跟我熟稔起来。从她那里，我得知李老师与她先生白化文（乃真）是同班同学，都毕业于五十年代的北大中文系。夫妻两人不但对文史方面的书籍、掌故十分熟悉，而且对佛教也颇有研究。我这才知道原来李老师是我的学长与前辈，难怪她对我所需要的书籍、对我的专业了如指掌。每次我只要跟她提到某书的书名或者某书的大致内容，无须填写索书单，她立马就能从书库中找到。

一听说李老师是五十年代北大中文系毕业生，我就很好奇地想打听出李老师是哪一届的。在北大中文系有个"传奇"。据说 55 届的学生在历届毕业生中名家辈出，随便拈出个名字，都是学界如雷贯耳、无人不晓的元老级人物。例如古籍整理、宋元话本小说研究家、担任过中华书局副总编辑的程毅中先生，唐宋文学、文献整理专家、担任过中华书局总编辑的傅璇琮先生,就是其中的代表。一了解,果然李鼎霞老师和她先生白化文与程毅中、傅璇琮等先生是同班同学。白化文先生在佛教、敦煌学以及楹联文化等方面颇有建树,李鼎霞老师自己也参与了很多古籍校注的工作。如八十年代出版的《楹联丛话》,后来出版的《行历抄校注》《入唐求法巡礼行记校注》《佛教造像手印》《敦煌变文集补编》等等,都可见出李老师在古籍整理方面的造诣。我八十年代末期撰写一本有关佛教文化的专著时,一条有关佛教经典的引文怎么也找不到出处,于是写信向李老师请教,几天后就收到了她的回信,明确告诉我那条资料见于《大藏经》的哪一本、哪一卷,帮了我的大忙。不过,我那次求教,也犯了个不大不小的错,在信封上,我把李老师名字的"霞"字写成了上面一个"雨",下面一个"下",用了被废除了的"霞"的简化字。李老师在回信中特地幽默了一把,说我的名字是"霞"不是"雨下"。如今此事过去已经 30 多年了,借此机会郑重地向李老师表示歉意。

3

随着七八、七九级学生的入学,图书馆各个阅览室的座位都开始紧张起来。如果想得到一个座位,借到所需要的图书,特别是那些只能在馆内阅览而不外借的书,常常得抢在图书馆开门前,就早早等在图书馆门外。大概从1979年秋天开始,每天早上,图书馆门前总是聚集着几十甚至上百的学生。忘了那时图书馆早上是几点开门,只记得那些日子,只要大门一开,等在门外的同学便呼啦啦如潮水般涌了进去,冲向自己要去的阅览室,先拿书包、衣服、笔盒、笔记本什么的占好座位,再去借阅台借书。那时,文科系都开了英语必修课,我以前从没学过外语,这门课上得有些吃力,每天至少得花一个小时做功课。201阅览室那十来本开架可取的《新英汉词典》《牛津双解英汉词典》便成了抢手货,到得稍晚一点儿就没有了。于是我也成了每天一早开了馆就冲进201阅览室中的一员。

后来我终于买到了自己的《新英汉词典》。为了减轻每天背来背去的负担,我发现阅览室开架的《四部备要》很少有人翻阅。灵机一动,每晚离开时,便把自己的《新英汉词典》藏在《四部备要》的后面。李老师发现后,建议我把词典放在她的办公桌上。我怕给李老师添麻烦,或引起其他同学的误会,还是这样每天把自己的词典藏起来。线装《四部备要》是一部大部头丛书,在201阅览室占了好几个书架,我每次都把词典藏在不同的地方,要用的时候便装作查阅《四部备要》,然后悄悄把词典取出。一年下来,竟然从没被人发现。现在想来,还觉得自己当年挺有创意的。惭愧的是,即便花工夫如此,大学期间,我的英文也学得并不怎么样。

每天下午五点左右，201阅览室就停止借书了。在阅览室忙了一天的同学或去操场锻炼或去学生食堂就餐。这期间，阅览室并不关门。图书管理员则利用这少有的清闲整理被翻乱的图书，清扫地面、桌上留下的各类杂物。有时我也顺便搭把手，帮着做些打扫卫生、收拾图书之类的事。一天，一位同学告诉我，你知道吗？图书馆门口的板报上表扬你了，说你爱馆如家。第二天一早进了图书馆，果真发现了这篇板报，我马上把自己的名字擦去了。原来这篇板报是李老师写的。我告诉她，帮着打扫卫生不过是举手之劳，不值一提。不过，说我"爱馆如家"，倒也名副其实，因为我的确在图书馆"泡"出了"家"的感觉。

大约到了二年级，我的兴趣开始向古代文学倾斜，但看的书仍十分庞杂，也没什么计划，常常是抓到什么看什么。李老师大概从我借阅的书目上也发现了这个问题。一天，快闭馆的时候，阅览室里人不多，我一边帮着李老师收拾同学们从书架上取下来的图书，一边跟她聊天。话题很快就转到了学习上。李老师对我说，如果将来有兴趣研究古代文学，一定要把视野放宽，不单单是读文学著作，还要广泛涉猎历史、哲学、佛教、道教以及民间习俗等等，并说这几门学科其实是相互贯通的，书读得多了，自然立足点就高，就可以触类旁通。李老师还建议我有计划、有系统地把古代的典籍一一精读，并当即表示，她可以介绍几本书让我先读起来。

李老师的话说得很随意，对我却产生了很大的影响。上大学以前，是无书可读，所以抓到一本算一本，养成了广读书的习惯。上大学以后的情况不同了。现在的问题是书多得读不完，如果盲目地读下去，可就真应了庄子所说的"吾生也有涯，而知也无涯。以有涯随无涯，殆已！"于是，我改变了读书策略，采取分专题专学专攻的方法，一段时间只攻一个专题，边读书边领会边思考。

就这样，在上大学的后三年里，除了必修课、选修课所规定的参考书外，我还系统地读了中国古代文学史上不少重要作家的全集以及与之相关的研究著作，读了同时期有代表性的历史、哲学、宗教典籍。同时，也读了不少西方文学理论家、哲学家的著作。记得读西方哲学时，存在主义哲学家萨特的《存在与虚无》、海德格尔的《存在与时间》读得很艰难，留下了很多问题。幸运的是，我研究生毕业后，曾在北大中关园42公寓住过一段时间，与海德格尔的学生、哲学系西方哲学教授熊伟先生成了同门洞的楼上楼下邻居。利用每天拿牛奶的机会，我总是试图"碰"上熊先生，好与之同行，趁机开"小灶"。

大概是上大三的时候，金开诚先生为中文系学生开设了"文艺心理学"选修课。从心理学的角度分析文学艺术现象，这在当时是一门新学科，吸引了不少外系的学生。课是在二教上的，教室里总是挤得满满腾腾。金先生在课上介绍了很多西方著名心理学家的理论与著作，并以此来分析文艺现象。他的课引起了我对心理学的兴趣。说也真巧，那天下了金先生的课，正在阅览室看书，发现邻座同学的面前放着一本曹日昌的《普通心理学》，于是冒昧地借来翻了几页，而这位邻座同学恰好是心理学系的。从他那儿得知，心理系正在开普通心理学课，曹日昌的这本书是重要参考书之一。从此，我也成了这门课的一名编外学生。通过这门课，我有机会第一次接触到弗洛伊德的《梦的解析》《精神分析引论》，还有荣格、马斯洛等的心理学理论。这些为我日后写《鬼神的魔力——汉民族的鬼神信仰》《中国古代寺院生活》以及有关庄子的著作，在研究方法上给予了很大的启发。

4

至今我都觉得自己很是幸运，能考上这么好的大学，遇到这许多名师益友，有机会整天"泡"在如此不同寻常的图书馆。

2018年台湾文津出版社出版了我与徐甸撰写的《庄子文学及思想研究》一书，托人把拙作带给北大图书馆，没想到很快就收到了图书馆签发的"捐赠证书"。最近我查了下北大图书馆目录索引，很高兴地发现，我所撰写的《鬼神的魔力》《中国古代寺院生活》，与徐甸合著的《词》《金瓶梅中的佛踪道影》，主编的《中国民间信仰风俗词典》以及参与编写的《先秦文学史》，都被北大图书馆收藏了。毕业三十多年来，每当我在学术领域取得一点点成就，我都会由衷地感谢北京大学六年半读书生涯对我的人生产生的巨大影响，感谢北大图书馆为我提供的宝贵的学习环境。

最近读到一篇汤一介先生谈北大的文章，他说北京大学有三个宝，第一个宝是燕南园，那里曾聚集了一批著名的专家学者，像经济学家马寅初、陈岱孙，物理学家周培源、饶毓泰，地理学家侯仁之，美学大师朱光潜，诗人、文学史家林庚，汉语语言学大师王力，现代逻辑学家王宪钧，哲学家冯友兰、汤用彤等；第二个宝是校园中众多的知名教授学者；而第三个宝便是北京大学图书馆了。北大图书馆的藏书在高校名列第一，在全国各大图书馆中排名第三。其藏书之多、收书之精都是其他大学无法比拟的。文中，汤先生还特别提到他的《早期道教史》一书，就是利用北大图书馆馆藏的涵芬楼影印本《道藏》完成的。

在我心中，北大其实就有两个宝：燕南园也好，众多的学者教授也好，归根结底是一个宝，就是大师名家；而第二个宝，则是让人博览群书的图书馆了。我在北大期间，还有幸在图书馆见识了不少名人学者的风采，其中有大名鼎鼎的梵文大师、散文家季羡林，诗人教授、文学史家林庚，以小说享有盛名的吴组缃，还有中国现代美学的奠基人朱光潜、哲学家冯友兰等先生，他们都既是北大图书馆的热心读者、使用者，又是馆藏书的捐献者、著作者。

在与北大图书馆打交道的几十年中，我还为图书馆做过一件微小却很有意义的事，值得在此一提。那是上大四的时候，我读完四卷本的《胡适文存》，便去借胡适的《白话文学史》。胡适的这本文学史著作1928年出版后，不但在学界产生了很大影响，也深受普通读者的欢迎，一度甚至成为畅销书，被重印了多次。当我在阅览室打开这本纸张已经发黄的旧书时，大吃了一惊。我发现这部《白话文学史》竟然是胡适的私人藏书，我没注意我所看到的是否是该书的初版，但在书中很多页的空白处都有胡适本人所作的批注，批注的主要内容是从作者的角度所记下的修改意见，有的写得很详尽，有的比较简略。我曾犹豫了一下，考虑是否要把胡适的批注都摘录下来再归还此书，但又担心让这本有文物价值的图书受损，便起身把这本《白话文学史》带回到借阅处，求见图书馆的负责人。如果没记错的话，我当时见到的是图书馆副馆长陈文良先生。当他听我说这本《白话文学史》当属文物，不宜外借时，陈先生疑惑地把书翻开看了看，马上意识到这的确是胡适先生的亲笔批注。他连声向我表示感谢，并告诉我，胡适1948年仓促离开北京时，留下一百多箱藏书、手稿、书信等珍贵资料，寄存在北大图书馆。这些资料后来又分别由北京的几家图书馆保存。二十世纪七十年代北大新馆建好后，这批书的一部分也被搬进了书库。其中有几箱不知所踪。

虽然大家普遍怀疑是被混进了书库，却无从证实。现在这本有着胡适批注的《白话文学史》的出现，实际上等于解开了部分书的下落的疑团。想必七十年代新馆建好后，在图书上架时，有人将一部分书箱打开，将里面的书一并编号上架。然而，这样的书，理应是作为文物收藏的。

发现胡适手批的《白话文学史》，并交回图书馆加以妥善保管，也算是我对保护北大图书馆藏书尽了一点绵薄之力。后来曾与朋友聊起此事。朋友戏言，你就没想过向图书馆报告图书丢失，赔上几块钱，从此拥有一本文物？何况还可以从胡适的批注中研究他的文学思想，这可是可遇而不可求、千载难逢的好事啊！坦诚地说，我拿到书后不到一个小时就还了回去，想必也是怕自己经不起诱惑啊！后来，我在中央戏剧学院任教，住在张自忠路5号院，陈文良先生曾带着李鼎霞老师的信来找我了解有关中央戏剧学院招生的情况，我还跟他提及此事。陈先生虽已忘记了我的名字，却还清楚地记着此事。

我在北京大学学习生活的6年半中，除了一位位名师益友以外，我最感谢的就是北大图书馆以及图书馆的李鼎霞老师了。可以说，没有北大图书馆，我就不可能阅览了那么多的书，也不可能系统地学习研究中国哲学、绘画、历史、民俗、佛教、道教，在文史哲的各个领域打下坚实的基础。北大图书馆，是唯一一个从未在教室里给我上过课，却让我受益终生的老师。

燕园，我生命中的里程碑

人们常说，机会总是有的，就看你抓得住抓不住。但对我来说，好像并非如此。在我的一生中，机会似乎只降临过一次。而此后的一切，都与那一次息息相关。那是1977年，忽然传来了恢复高考的消息。这个消息把我埋藏在心底多年的梦想一下子搅动了起来，我抓住了这个机会。结果，在570万考生中，经过录取率不到百分之五的激烈角逐，我幸运地成为20余万七七级大学生中的一员。更为幸运的还是，我竟考上了中国的最高学府——北京大学。

1

1955年，我出生在西北偏远小城宁夏灵武一个极为普通的家庭。父母的文化水平都不高。父亲自己没读过多少书,却偏偏对这个疯狂的世界又多多少少知道那么一点儿。在父亲眼中,我是家里三个孩子中最不务正业、最不靠谱的。同学朋友当中也有不少人跟我一样,来自普通家庭,他们的父母同样读书不多,却很尊敬读书人,偏爱学习好的孩子。可我父亲不知道是哪根筋搭错了,他始终不待见我,特别不喜欢我读书。而我却像是生就了反骨,从一上小学开始,就迷上了书。我上的小学没有图书馆,甚至整个县城也找不到一座,总算城里还有一家新华书店,我在那里找到了一个可以静下心来读书的地方。到现在,我还清楚地记得 9 岁那年在书店读到《青春之歌》的惊喜,看了这本书我才知道原来书可以写得这么好看。那些日子,我每天一放学就直奔新华书店而去。卖书的师傅对我很好,有了好书总是先给我留着。就这样灵武县城的新华书店成了我最早的文学启蒙之地。

小学四年级快结束时,"文革"开始了。从此,父亲有了充分的理由相信读书绝对是件十恶不赦的坏事,他似乎是发自内心地认同"书读得越多越蠢""知识越多越反动"。可是他越阻止我看书,越反对我看书,我就越叛逆,越陶醉于书中。很后悔的是,我始终没敢当面问父亲当初他为什么这么反感我读书。后来我远走北美,再后来他人已离去,我再也无法了解他当年的真实想法了。现在回想起来,或许父亲是被无穷无尽的政治运动吓坏了,所以才终日提心吊胆生怕看书会让我学坏、给他惹祸?记得每次我好不容易从朋友、老师那里找到一两本书来,他看也不看,就想当然地认为一定是坏书,不是被他抢走烧了、撕了,就是把我狠打一顿,逼着我立刻把书还回去。反正为了读书,我小时候不知道挨过父亲多少次莫名其妙的暴打。

1971年,全国的教育政策终于有所松动。停办多年的大专院校、高中都恢复了招生。那年我正好初中毕业,非常想上高中,学校老师、校长也都支持我,可父亲说什么也不同意。高中开学后,初中教我化学的王生汝老师发现我没来上学,就来找我父亲了解情况,可还没说上几句话,就被我父亲生生地堵了回去。教语文的曹成功老师得知后,直接上父亲单位给他做工作,可父亲来了个徐庶进曹营一言不发。直到校长王谦亲自出面劝说,父亲才松了口,表示考虑考虑。母亲一直都很支持我上高中,连着许多天,天天跟父亲吵闹,可她也拗不过铁了心的父亲。最后,母亲只好搬来了外祖父。外祖父是典型的淳朴实在的北方农民,虽然大字不识,却深明事理,知道读书的重要。他奔波了十几里路从乡下走到我家,一进门就跟父亲说无论如何要让我上高中。还说倘若父亲经济上有什么困难,他愿意负担我上高中的一切费用。我一直特别感激外祖父,幸亏有他的干预,才迫使父亲最终改变了主意,不得不同意我上学了。就这样,在高中开学两个月之后,我终于又回到学校。

宁夏灵武是个偏远的小地方，可我的中学老师却个个都是从正儿八经大学毕业的。据说，教语文的曹老师毕业于山东大学中文系，当过报社记者，可为什么后来到灵武中学当老师就没人知道了。中学时读的一些书，不少是通过各种渠道从曹老师那里借来的。那时的语文课，虽说以读毛选、报刊文章、鲁迅著作为主，但他总是以注释的方式给我们讲了很多历史文化背景、文学典故以及所涉及的文学名著等等。我一直认为他对我人生道路的影响是潜移默化的。

可惜上高中时我对语文并没有太大的兴趣，也没显示出特别的文学天赋。我学的更好的是数学和化学。教化学的王老师很欣赏我，没事就喜欢跟我天南海北地聊天。我对灵武以外世界的很多认识都是从他那里得来的。王老师来自本地一个普通农民家庭，上的是宁夏大学。他很知道一个普通人家的孩子需要付出怎样的努力才能有出息。所以他时不时会敲打我几下，鞭策我学得更好。

另一位对我影响比较大的是数学老师。教数学的周宗杰老师来头不小，传说他曾解过像华罗庚那样的数学大师才能解的数学题。不过，这么有本事的人是怎么来到灵武这么个弹丸之地的，我就不清楚了。估计不是出身不好，家庭成分太高，就是跟"地富反坏右"沾边儿。可能还真是因为受了他的熏陶，我数学学得很不错，考试成绩在全年级总是第一第二的。高考时如果不是数学给力，恐怕我还真考不上北大呢。我的高中只上了短短的两年。这两年对我一生的重要影响却是很多年以后才意识到的。

2

1973年，我高中毕业。按照当时的毕业分配方案，我只能回户籍所在的灵武园艺场，那也是我母亲工作的地方。在园艺场种果树比起下乡插队来，唯一的好处是算园艺工人，每月有十几块钱的工资可拿。但在园艺场，我实在看不到任何的希望。父亲更是一天到晚地抱怨，说我当初不听他的话上高中是大错特错，更闹得我心烦气躁。也是，既然早晚得下地干活，为什么要浪费两年的时光去读什么劳什子高中！

高中毕业时，我特别想到生活条件更为艰苦但工作更富于刺激性的离家几十里地的军马场养军马。一来想摆脱父母的管束，二来渴望去外面的世界闯荡，可我什么后门关系都没有，几乎跑断了腿，也还是没有去成，最后只好认命回到了从小生长的果园。

果园，听起来很浪漫。春日鸟语花香，秋季硕果累累。不错，诗人笔下的果园恍若人间仙境，可其中的辛苦，只有在这儿干过活儿的人才知道。不夸张地说，只要能有别的机会，任何人都会立马卷铺盖走人。果园的工作实在太苦了。

灵武园艺场的果园建在毛乌素沙漠的边上。园艺场的房子都是用土坯搭起来的。遇到刮风天气，四野都是漫漫黄沙，二十米之外就什么也看不见了。园艺工人的活儿很简单。春天，剪枝、施肥、淌水、防霜冻；夏天，除草、施肥、喷药防虫害；秋天，摘果，储存；冬天，跟肆虐的荒漠要土地，修建梯田，扩大果园。活计简单是简单，可每一季有每一季的辛苦。就说秋天，在外人看来，摘苹果自然是美差，还可以吃个够。没错，吃，的确管够。但是从苹果成熟到赶在霜冻前入库，就那么短短的几个星期的时间。要指着全场200来号人，把总产近200万斤，大约六七百万个苹果一个个从三四米高的树上摘下来，每天都得工作十多个小时。最富于挑战的是，苹果用手一个个摘下后，还得小心翼翼地放进垫有揉软了的麦秆的篓子里，沉甸甸地扛着送到手扶拖拉机上。北美的苹果，果皮很厚，经磕经碰，但我们果园苹果的果皮薄得跟少女娇嫩的脸一样，稍不留神就会碰伤。果皮一旦碰伤，不出半个月这一篓苹果都会一个个烂掉，再也入不了库了。

冬天的活儿是改造沙漠。全场几百人集体"会战"，用蚕食的方法，把一个个寸草不长的荒丘、沙丘建成一层层3—4米宽的梯田，削高填低，全靠人挑小车推。场里不是没有汽车、拖拉机，可汽车、拖拉机根本开不进沙漠去。春天、夏天、秋天，我们用黄河水浇灌冬天修起来的梯田。每灌一次黄河水，沙地上便会留下寸把厚的泥土。

几次浇灌之后，就可以种上果树苗和草，再接着浇灌。在沙漠地区，浇灌也不容易。必须得先用水泥修建渡槽水渠，然后用大功率水泵把黄河水一级一级地提上来，经过渡槽，把水引到新修的梯田中去。在果园，修梯田靠人力；给果树施肥、打农药也全靠人的一把子力气。我17岁刚刚高中毕业，干的头一个活儿就是顶着烈日、身背70多斤重的农药箱，翻过一道道沙梁，走几里地给果树打药。打药时，一手压药箱的压力杆，一手挥动喷头往果树上喷洒。每天上午跑一趟，下午跑一趟。晚上回到家，工作服上结了厚厚一层白花花的东西，是汗水中的盐混杂着喷洒的农药留下的混合物，第二天再接着穿。那些日子，每天一到家就累得饭也不想吃，往床上一躺，脚还耷拉在地上，就睡着了。

3

渐渐地，我习惯了园艺场的生活，但心里总还是不断地问自己，难不成这就是我的一辈子？我就这样跟母亲一样扎根这片沙土地了？

在知识青年上山下乡处于高潮的二十世纪六十年代末、七十年代初，园艺场一共接收了四十多名来自全国各地的知识青年。按照国家政策，知青下乡满两年就可以参军、招工，或者被推荐上大学。参军，我是没有指望的，因为我的眼睛高度近视。由于我是回乡知青，招工也只能排在城里来的知青后面。而推荐上大学，没有过硬的后门就更没可能了。特别是园艺场知青中有不少人是宁夏自治区区委、市委、县委各级官员的孩子，哪儿就轮到我了呢！

在园艺场最初的一年我心很灰，却又不甘心就这么过一辈子。我还是想给自己找点事干。跟知青点的知青混熟以后，我惊喜地发现那里是个借书的宝库。最先借到的是《唐诗三百首》，胡云翼选编的《唐宋词一百首》还有《宋词选》。干活之余，我完全沉浸在唐诗宋词带给我的一个全新境界。唐宋诗词的魅力以及吟诵诗词的享受是前所未有的。除了背诵最喜欢的诗篇以外，我每天晚上躲在自己的房间里就着昏暗的灯光偷偷抄写。《唐宋词一百首》，连词带注释，我都完整地抄写下来了，还用针线装订成册。《唐诗三百首》还有《宋词选》，我是有选择抄写的，至少也抄了有一百多首。抄写是在秘密状态中进行的。为了不让父亲发现我在做什么，我总是拿一份报纸或者一本"毛选"作掩护，只要一听到父亲的脚步声，就立刻佯装在读"毛选"或者看报纸。几乎所有至今仍能完整背诵出来的唐宋诗词都是那个时候记住的。诗读多了，有时手痒了也就能胡诌几句出来。

那个年代，时兴办墙报，搞赛诗会什么的。在我们园艺场，高中生一共没几个，喜欢写写弄弄的就更少了。于是，我就成了生产队里的"笔杆子"。不但队领导的讲话稿、年终总结都由我来写,而且每两周出一期的墙报,也被我"承包"了。

园艺场分为四个生产队,每个队都有一面墙专门用来办墙报。墙报很有用。一来要应付各方面派来的工作组的检查,二来也是向上级领导汇报本队工作业绩的一个重要门面。我来之前,队里的墙报以抄报纸为主,密密麻麻抄一篇文章得花很多时间。自从我给墙报写了几首斗志昂扬、激情澎湃、配合"主旋律"的诗以后,队领导发现掺了诗的墙报不但抄得快,占地方,还吸引人,花哨好看。好处实在多多。于是决定把墙报的三分之一版面分配给我,供我写诗。我也就越写越上瘾,"诗"所占的版面也越来越大,从三分之一到二分之一,后来索性出了几期诗歌专栏。有时候时间紧,实在凑不出一整版的诗歌来,我就学着贺敬之《雷锋之歌》的"楼梯体"写法,分行拉长,想不到还更受欢迎了。后来大家都发现写"诗"是个省力省时还时髦的事儿。除了我们队的墙报外,场部的墙报也开始张贴我的诗,场领导还点名要我每月至少交一首上来。因为那时写诗是政治任务,领导特批我每月可以"脱产"三四天"专职"作诗。就这样,我诗越写越多,在场里也闹出些小名气。传到园艺场子弟学校那里,学校问我想不想以工代干,当教书先生。我当然乐意了。当老师最大的好处就是比下地干活有了更多的时间。从此,我写得更多了。

4

一次,我写在场部墙报上的一首诗,被一位来园艺场采访的《宁夏日报》记者发现,随口夸了几句,并让陪同她参观的人给我带话,要我以后写了东西径直寄给报社,或者先寄给她看。这话传到我耳中的时候,对我的鼓舞之大简直无法用言语形容。从此,我写得更勤奋了。不过,后来寄给那位记者的诗不幸都泥牛入海,可投给《宁夏文艺》的第一首诗居然有了回音。一位热心编辑给我写了大半页纸的信,称其为"诗",并鼓励我多写果园诗,做个边塞的"果园诗人"。这接二连三的好消息让我终于从灰暗的状态中振奋起来,看到了希望。

本着老杜的教导,"读书破万卷,下笔如有神",我开始千方百计找各种文学书籍来看。可那时候就连自治区首府银川也很难找到几本有价值的书。说到银川,千万别以为这是个盛产银子或者是商贾云集的富庶之地。银川这两个字所描绘的,其实就是那白花花大片大片的盐碱地。不错,历史上银川千真万确做过西夏王朝的都城。作为都城的银川曾经如何辉煌,我无论如何也想象不出来。倒是当代某位不知名"诗人"描绘银川的"一条马路两座楼……"的几句顺口溜成了流传甚广的经典。这几句,凡是涉足银川的,无人不知,无人不晓。

银川,毕竟是首府,还有两座楼,一个公园,两只猴,还有一辆公交车可以代步。而灵武,总共只有纵横两条石子土路通向四个城门,两条路交错的路口就是商业区。说是商业区,其实就是路口的四方坐落着一家百货商店,一家食品公司,一家为农民兄弟服务的生产资料公司和一家小饭馆儿。当然还有一个芝麻大的邮局和书店。灵武古称灵州,曾是一个边塞重地。据史书记载,唐代安史之乱太子李亨途经灵武,逼唐玄宗退位,自己诏告天下当了皇帝。唐肃宗在灵州登基,却没给这块地方留下一丁点儿可让后人凭吊的遗迹。而我种果树的地方,就更加荒芜了。边塞诗中所描写的"风沙茫茫黄入天"的场景,在我日后所有同学中恐怕没人能比我体会得更入骨三分。

即便如此,我还是费尽心机地搜书、抄书、读书。亲戚朋友、中小学老师、知青那里,几乎所有可能借到的书,都被我借来读了。书读的多了,诗的细胞似乎也被激活了,甚至这满目荒芜的大漠景象也给我带来了诗的灵感。投出去的诗稿逐渐开始有了回应。1976年《宁夏文艺》与宁夏文联联合举办了为期一周的业余作者文学创作进修班,我有幸被邀请参加。在进修班上我写的几首小诗引起了《宁夏文艺》编辑肖川老师的注意,于是他把我的诗陆续发表在《宁夏文艺》上。

第一首变成铅字的诗,现在已经记不全了,不过,其中这么几句"上下数千年,秃岗满天沙。寸草不长鸟不来,野兔不安家"描述果园的景象至今仍可随口吟诵出来。这次参加进修班还发生了另一件对我日后考上北京大学有着决定性意义的事,这就是认识了时任《宁夏日报》文艺部编辑、后来成为宁夏文联副主席、名誉主席的李震杰老师。

5

1976年10月,中国的政治环境发生了翻天覆地的变化。写诗不再是政治任务,用当时的语言说是"文学的春天"来了。一些文学名著也可以买到了。我终于可以尽情地读书,可以为了文学而写诗。我对写诗的兴趣也一发而不可收拾起来。除了教课以外,我的心思全都被写诗所占据。仅仅1977年一年,我在《宁夏日报》发表了两首诗作,在双月刊《宁夏文艺》发表了四首。

1977年在我的人生历程中记下了重重的一笔。一个沙枣花盛开的晚上,我信步走进了果园,漫步在沙枣树形成的防风林旁,沙枣花在月色下散发出淡淡的清香,让我第一次注意到普普通通的沙枣树的不凡,她碎小灰黄的花瓣,盘曲嶙峋的树干,还有绿中发灰的枝叶都极不起眼,却顽强地在干旱荒寂的大漠上生长着,为人们阻挡着风沙的侵袭。当晚,我写下了《沙枣》与《防风林》两首小诗。后来这两首诗刊登在上大学后我们班办的文学刊物《早晨》第一期上。其中的《沙枣》还被北大校刊转载了。

那天夜里我做了一个奇怪的梦：我梦见自己走在果园最边远的防风林旁的沙子路上，一边是一望无际的毛乌素沙漠。突然地震了，大地强烈的震动使我无法站稳，只好趴在地上。远远望去，我看到沙漠深处冒出了两条十几米高的齐天火柱，景象是如此的壮观。这个梦预示着什么？当人无法主宰自己命运的时候，不免会相信冥冥之中的力量。那时，虽然我是个无神论者，却也禁不住去找一位老先生为我解梦。他听了我的叙述后告诉我，你很快会有一个彻底改变命运的机会，这个改变会大到让你震惊、甚至承受不了的地步。而且，十几年后还会有另一件改变你命运的事情发生。当时，我只以为他暗示的是很快我会结束以工代干，成为国家正式教师，工资也会从每月32元增加到41元5角。

时间很快到了1977年8月底。先是在知青中传出了可能要恢复高考的消息，接着很多知青相继请长假，这是以前从未发生过的事。9月中，我突然收到《宁夏日报》李震杰老师的信，告诉我全国教育工作会议正在召开，恢复高考已经基本确定，他要我尽快准备参加高考。10月21日，果然全国各大媒体都报道了恢复高考这一振奋人心的消息，并透露高考将在一个月后举行。当时，知青差不多都走了，而我已是有着两个月教龄的国家正式教师。如果我也请假，学生怎么办？可我清楚地知道这次高考很可能是我一生中唯一的一次机会。这个机会我必须抓住。

我回了趟母校，跟高中老师借到一套各科的最新课本。从此，每天白天教学，晚上、周日复习。一天只睡三四个小时。课本上所有的习题还有跟同学朋友找到的各种复习资料，我都认真做了一遍、甚至两遍。李震杰老师得知我复习资源有限，立刻帮我四处搜寻，把一摞摞的书从银川寄到园艺场。最让我感动的是，李老师近视达两千度，在没有复印机等现代设备的年代，只要他发现但凡有点儿用的资料，都会跟人借来，然后趴在灯光下一字一句地抄写，一抄完就马上邮寄给我。那些日子，我几乎每天都会收到一两封他从报社寄来的厚厚的邮件。就这样，我迎来了12月的高考。

报名高考先要填写志愿。在这么多的大学中，我从来没想到过要报考北大。没想报，不是不想上，实实在在是北大太"大"了，我压根就没把自己跟北大联系在一起。记得那时每人可以填写三个志愿，第三个志愿是早早就确定了的——宁夏大学中文系，另外两个是兰州大学中文系和西北大学中文系。不过，在兰大与西北大学之间，到底哪个该填第一，哪个填第二，我很是犹豫。就在我决定不了的时候，李震杰老师突然来到了灵武县城，要我去见他。

那天我一走进县委招待所，李震杰老师劈头问的第一句就是填报了哪三个志愿。当他得知我想报考的大学中没有北大时，他一连问了几个为什么。最后的结果，自然是第一志愿填了北大，第二志愿兰大，第三志愿仍是宁大。李震杰老师还亲自监督着我白纸黑字地把报名表填了，看我把北大端端正正地写在第一志愿的栏上，他才放心地离去。北大填是填了，可从交表那一刻起到接到录取通知书的那一段时间，我填错了志愿的念头就一直盘绕在心头，挥之不去。因为第一志愿实在太重要了，我根本不相信自己能上得了北大。可是面对恩师，我无法违拗他的旨意，不报考北大。

6

好不容易考完了试，在焦急中等来了初榜，县政府墙皮剥落的院墙贴着的大红榜上，我的名字赫然在目。尽管这是意料之中的，可心中还是颇有几分激动。不过，接下去的日子就不那么好过了。转眼到了1978年2月，一会儿听说这个人被某校录取了，一会儿听说那个人被某某大学招了去，银川一位诗友还特地写信告诉我他被宁夏大学中文系录取了，问我什么时候去报到。眼见别人的好消息频频传来。我的心不免一阵阵发凉。这时我真有肠子都悔青了的感觉。刚考完试时，大家见了我就说"上大学时可别悄悄地走，大伙儿得在一块儿热闹热闹"。可现在见了我，就连最好的兄弟也怕刺伤我的自尊心，绝口不提上大学的事儿了。

几乎整个2月,我都度日如年。记得25日那天,我一个人骑辆破自行车正在县城瞎转,忽然远远地我的一位小兄弟气喘吁吁边向我赶来边冲我大声喊:"快回家,快回家!"我脑子一愣,以为我家出了什么事。这位小兄弟忙说:"你考上了北京大学!现在家里人都在找你呢,通知书已经送到你家了。"我半信半疑。不过他不像是在开玩笑。我急忙一溜烟奔到家。一进门一眼就看到了桌子上印着"北京大学"四个大红字的信封,哆哆嗦嗦抽出已经被人拆开的信,果然是我考上北京大学的录取通知书!我是2月25日收到的录取信,可信上要我2月28日就去北大报到!从灵武到银川火车站有一百多公里,从银川坐火车去北京要28个小时!天知道为什么我的通知书到得这么晚!我注意到通知书的签发日期原本是2月5日,可是"5"字被什么人划了去,换成了"24"。如果没有这个变更,很可能我2月7、8号就收到这封信了。我猜想,或许自治区招生办一直压着我的录取通知书,是不相信一个普普通通的灵武园艺场回乡知青能考上北大吧。

2月25日、26日大家都忙着帮我准备东西,从场领导到我正在教的小学生嘱咐我的都是上了北大千万别忘了灵武的话。而我却一直不敢相信眼前的一切,我怎么会真的考上了北大!说心里话,如果能上兰大,我就已经谢天谢地了,可现在竟然考上了天之骄子聚集的北京大学!27日一大早不到5点,经过一个多小时颠簸的汽车路,

燕园,我生命中的里程碑

我先到银川李震杰老师家门口放下一封告别信,那时我仍不相信这一切都是真的。直到我登上了从银川开往北京的火车,听到汽笛的一声长鸣,我才意识到我真的踏上了去北京的路!

28日,我如期到了北大校园。这是我第一次出远门,当然也是第一次到北京。没有感觉到新鲜,只觉得心在怦怦地跳。进了北大,下了接新生的校车,我都不知道是怎么找到的中文系。只记得我在忐忑不安中走进32楼二层中文系办公室,交上录取通知书时,心都快从嗓子眼里蹦出来了,真担心会听到:"对不起,你的录取通知书,我们发错了。"那位老师看了一下通知书,自我介绍说:"我叫宋祥瑞,是中文系的老师,欢迎你到中文系学习。"说完他就把我带到32楼328室,让我把东西放在此后睡了四年的床上。这时我才终于清楚地意识到我的北大生活真正开始了。我还没定过神来,睡在上铺的江锡铨兄已经从上边伸出手来自我介绍道:"我叫江锡铨,以后我们就是同学了。"

这是我在北大中文系认识的第一位同学。也就是从这天起,我正式开始了四年加两年半的北大生活。上学的第一年,极大的学习压力让我常常半夜半夜睡不着觉,江锡铨睡在我的上铺,知我者莫若老江。第一年暑期结束老江返校一见到我,便递给我半信封的酸枣面,据他说,每天一勺酸枣面用温开水冲服,用不了半个月只怕你头挨着枕头都不知道今夕何夕了。此话果真不假。那半袋神丹妙药进了肚后,直到今天我还是纳头便睡。在这里向阔别多年的江兄道一声谢。只是不知此生我们是否有缘再次相会,把酒话北大、话32楼328了。

7

七七级是不幸的,也是幸运的。我们在"文革"中被耽误了很多年,却也赶上了大师级老先生给本科生授课的末班车。用我们老班长叶君远兄的话来说,那是一个超奢华的师资阵容。教过我们的老师,风采各异,各有所长,但有一点却是共同的,那就是堪称世界一流。在名师课堂,学生所获得的绝对是在别处享受不到的东西。有时候也许就是一句不经意的话,也足以让学生醍醐灌顶、豁然开朗。

考上北大,是我人生中最重要的里程碑。我后半生的命运,由此而发生了根本的变化。可以说,没有高考,没有北大,也就没有我的今天。是在北大,我真正学会了读书,学会了做学问,也学会了教学生。现在每当我回忆起自己的大学生活,看到我今天的一切,首先想到的、首先要感谢的就是我的老师们。教过我们的老师,有早已名声斐然的大师级老先生如王力、吴组缃、林庚、王瑶、周祖谟、阴法鲁、邓广铭等,也有正当年的骨干教师、后来成为文学语言研究界学术带头人的褚斌杰、陈贻焮、吴小如、袁行霈、乐黛云、张少康、曹先擢、谢冕、孙玉石、胡经之、金开诚、叶朗等。这里更有很多让我受益颇深、却未必与我有多少私人交往的良师，如吕乃岩、陈铁民、周先慎、何九盈等，还有像徐继曾、彭兰、张世英、熊伟等由于各种缘分而相识的学者教授。

我生也有幸。在这六年半的时间里，竟然得到了如此众多名师大家耳提面命的教诲。在这里，我只能用我的笨拙之笔记述下我印象中众多老师的一个个侧影。这里有我的硕士研究生导师褚斌杰先生。在北大六年半，跟褚先生单独相处最多。记得曾跟随他两次出去参加学术活动，期间褚先生常与我彻夜长谈。特别是1989年9、10月我跟他去安徽参加"庄子研讨会"，好几次在讨论会上我口无遮拦，就要祸从口出之时，褚先生都叫我一声，不是要我给他递支烟就是给他点火。其用心唯有我知。一次，在他酒半酣之时竟当着几位师兄弟的面说："景琳，吾之子路也。"那年褚先生驾鹤西归，我知道消息时，多日来都想写点儿什么以寄托哀思，可是写来写去总是写得连自己都不满意。最后只好给师母打了个电话，跟师兄在电话里聊聊天。这篇怀念褚先生的文章终于在他仙逝12周年的祭日，刊登在2018年第11期《文史知识》上。

何九盈老师只教过我一个学期的古代汉语课。在学期快结束时，他逐字逐句看完我一个学期的古汉语课笔记，并将错讹、空白一一改正或填补,感动得我无以言对。陈贻焮老师读了我的"李白从璘辩"的课堂作业,把我叫到他家,给我看他在文章上做的批注,教我如何做考证文章。陈先生对学生的平易近人、慈祥宽厚,对学术的一丝不苟,多年来一直是我心中的榜样。还有,彭兰老师对我慈母般的关爱,周先慎老师出神入化的讲课风姿,林庚先生诗意飘渺的仙气,吴组缃先生天马行空般的讲课艺术,吴小如先生的多才多艺,阴法鲁先生严谨缜密的治学精神,孙玉石老师的真君子风范,谢冕老师的"顽童"情趣与真性情,袁良骏老师锋芒毕露的投枪精神,吕乃岩老师的术有专攻,乐黛云老师的才华与真诚,徐继曾先生一辈子求真的人生态度等等,每位老师带给我的都是他们自己对所涉领域的独特领悟与体验。

在我的北大老师身上,我真真切切地理解了何谓学富五车,博学多才;什么是学无止境,天外有天;如何才能为人师表、诲人不倦。后来我在学术研究与教学领域所取得的每一点一滴的成就都折射出我的老师们言传身教的光辉。

8

1990年,我妻徐匋受邀赴美国Colby大学做访问学者。翌年,我带孩子去美国探亲。我们曾约定,在回国前,我们全家要从美国东部到西部做一次横跨美国的旅行。不曾想，如同14年前我第一次坐火车到北京一样，第一次登上去美国的飞机，从此竟留在了北美，一待就是30年。其间的甜酸苦辣，只有我自己知道。如果说17岁回到灵武园艺场种果树是我第一次上山下乡，那么20年后，36岁的我又来了一次洋插队。为了生存，我曾在食品加工厂包过饺子、在餐馆端过盘子、洗过碗、切过菜，做过厨子。直到四年后，我才重新回到了教学岗位，当上了中文老师。从2012年开始，我和妻子徐匋决定在繁重的教学任务中舍弃编写教材、考题、教学大纲等工作，重新归队从事学术研究。我的经历就是这样，经过一番周折，转了几圈之后，又重新回到了原点。

出国30年来，终日忙碌。但我始终惦记着北大。女儿上大学前曾独自回国探亲。我特地嘱咐她去北大32楼328和图书馆给我拍几张照片回来。她真的去了。回来后她十分不解地问我："一间比家里卫生间大不了多少的小屋，六个人住了四年，值得你那么怀念吗？"我告诉她，你不懂，那是一份思念，一份永远抹不去的记忆与感情。

2007年我回宁夏探亲途经北京，不想染病。但在回加拿大前仍抱病请人开车陪我在北大转了一圈，32楼、三角地、燕南园、大饭厅、图书馆、五院、未名湖、博雅塔、办公楼、五四操场、东操场、一教、二教、一位位老师……尽管有些地方已经被拆得渺无踪迹，但每到一地，都会勾起对历历往事的回忆，一切尽在目前。站在图书馆前我突然想到，假如时光倒转30年，我会怎样？还会那样拼命读书吗？我的答案是：还会。我喜欢读书。我经历过想读书却无书可读的年代，所以格外珍惜我们今天的一切。

回想起这些年我的经历，我在学术上取得的每一点小小成就，我后来的教中文生涯，无一不与北大紧密地联系在一起。几十年里，我陆续发表、出版了一些学术论文与学术著作，其中包括研究中国古代民间信仰的《鬼神的魔力：汉民族的鬼神信仰》《中国古代寺院生活》《中国鬼神文化溯源》，与徐甸合著的有关古代文学研究的《词体及其发展》《〈金瓶梅〉中的佛踪道影》《比目鱼校注》《历代寓言名篇大观》《庄子文学及其思想研究》《庄子的世界》，并主编《中国民间信仰风俗辞典》《先秦散文精华》，撰写《红楼梦大辞典·诗词韵文部分》。其中《庄子的世界》还被评为2019年度"中国好书"。如果说这些论著中确实还有一点点对中国古代文化、学问研究的贡献的话，其根基都是在北大打下的。

我从北大研究生毕业后先在中央戏剧学院戏剧文学系教授中国古代散文、中国民间信仰专题课，居然都很叫座。出国以后，先教华裔子弟中文，教得那些平素恨不得上房揭瓦的大孩子也能瞪大了眼睛安安静静地听，后来更多地教的是"老外"。很多学生跟着我勤勤恳恳一学中文就是四五年甚至十多年,听我侃中国历史、哲学、宗教、民俗文化,听得入了迷,以至于几乎我教过两年以上的学生都去过中国,有的甚至还去中国的大学深造。凭良心说,我不认为自己的口才有多好,不过,经过在北大六年半的耳濡目染,我多多少少学到了大师们授课的一点点皮毛,运用于自己的课堂上,果然颇见成效。实话实说,倘若没有当年北大的老师,不听北大的课,没有北大的图书馆,没有看那么多北大的书,就不可能有我的今天。所以说,北大是我生命中的里程碑绝非虚言。

写到这里,我突然又想起了四十多年前曾经做过的那个奇怪的梦。那强烈的地震,那震后的两根冲天而起的火柱是真的应验了吗?

后记

2002年，比同班同学小两岁、第一次独立生活的女儿王徐一高中毕业，考进了距家200多公里的麦吉尔大学（McGill University）。最初的半年，我与妻几乎每个周末都会驱车前往蒙特利尔探望。那时适逢加拿大最为美丽的秋季，渥太华通往蒙特利尔高速公路两旁层林尽染，色彩缤纷，美得醉人。一天，边开车边聊天，我脑海中突然迸出了上大学时林庚先生给我们上楚辞课时所目睹的一幕情景，于是就讲给同车的妻听。妻立刻被我描述的景象与林先生讲课的风采吸引住了。自此，每逢开长途，闲话说完，妻都会请求我接着聊北大老师的故事。妻是在北大校园出生、长大的，对北大之人之事自然有着一种与非北大子弟不同的亲切感、熟悉感。后来，女儿大学毕业，考入多伦多大学（University of Toronto）医学院。四年后又在多伦多大学与麦克马斯特大学（McMaster University）做了五年住院医。

这期间，每逢长周末我们往返上千公里去多伦多（Toronto）或汉密尔顿（Hamilton）十几小时的车程，便成了我的回忆专场。一位位曾经熟识的、不熟识的，教过我的、没教过我的北大老师群像，随着记忆的流动，越来越清晰地浮现在我的面前，成了我与妻之间一个聊不完的话题。每次一开讲，妻都听得沉浸于其中，浑然不觉旅途之劳顿。妻曾多次对我说，以后你有时间了，一定得写一部北大恩师录，这才不枉你在北大走了一回，也算对得起你与北大的一生之缘。

新世纪初年，我与妻除日常教学以外，还负担着大学、政府语言培训中心，以及几家中文学校教学大纲、教程以及考题的编撰工作，极为繁忙。2012年伊始，我们决定减少教学，回归我们曾经热爱的学术研究。我们先后花了几年时间，完成了书稿《庄子的世界》，此书已于2019年由中华书局出版，忝为2019年度"中国好书"；随后又整理、修改了过去发表的有关庄子的论文并补充了几篇新作，汇编成书。这就是台湾文津出版社2018年出版的《庄子文学及思想研究》。两部书稿交出去之后，我终于可以全力以赴地写这本《燕园师恩录》了。

在这本小书中，我只写了十七位老师。但教过我、指导过我、值得写的老师还有很多很多，例如中文系的袁行霈、陈铁民、张少康、费振刚、胡经之、金开诚、马振方、洪子诚、闵开德、赵齐平、周强，历史系的邓广铭，哲学系的叶郎、许抗生、张世英、熊伟，还有东语系、西语系、心理学系的其他老师以及至今仍然是我们班主任的张剑福老师等等，只是囿于种种局限，深感自己笔力笨拙，无法尽情为所有老师一一画像，勾勒出他们的音容笑貌、人格魅力与神采来。无论如何，这十七位老师集中代表了我对所有北大老师的深切怀念与感恩。尽管时隔四十多年，自己又远在万里之外，过去 30 年来也仅仅重返校园一次而已，但在北大度过的人生中最为美好的时光，特别是所有老师给予我的谆谆教诲已深深地融进了自己的生命之中。谨以此书作为对他们的永远的纪念。

在书稿付梓之际，我要感谢我妻徐匋。在写作过程中，我每写完一篇，作为第一读者的她，总是坦率而又具体地提出修改意见。她的一些建议为此书增色不少。当这部小书即将完稿时，与我在北大同学六年半（本科四年，研究生两年半）的北大中文系著名学者夏晓虹兄通读了全书，慨然允诺为拙作为序并修订了书稿中的一些错讹、误记之处；承蒙华南师范大学文学院教授蒋寅兄力荐于凤凰出版社，并获出版社李相东先生的倾力支持，终于使得拙作得以付梓。景琳在此一并谢过。

最后我还有一个小小的心愿，那就是我两个在加拿大出生的小外孙梁祎洋、梁祎桐有朝一日不但可以读懂此书，而且有机会踏着外祖父曾经走过的道路，成为北大新一代校友。

王景琳 2020 年 11 月 11 日于渥太华寓所

凤凰枝文丛

三升斋随笔	荣新江　著
八里桥畔论唐诗	薛天纬　著
跂予望之	刘跃进　著
潮打石城	程章灿　著
会心不远	高克勤　著
硬石岭曝言	王小盾　著
云鹿居漫笔	朱玉麒　著
老营房手记	孟宪实　著
读史杂评	孟彦弘　著
古典学术观澜集	刘　宁　著
龙沙论道集	刘　屹　著
春明卜邻集	史　睿　著
仰顾山房文稿	俞国林　著
马丁堂读书散记	姚崇新　著
远去的书香	苗怀明　著
汗室读书散记	王子今　著
西明堂散记	周伟洲　著
优游随笔	孙家洲　著
考古杂采	张庆捷　著
江安漫笔	霍　巍　著
简牍楼札记	张德芳　著

他乡甘露	沈卫荣 著
释名翼雅集	胡阿祥 著
壶兰轩杂录	游自勇 著
己亥随笔	顾　农 著
茗花斋杂俎	王星琦 著
远去的星光	李　庆 著
梦雨轩随笔	曹　旭 著
半江楼随笔	张宏生 著
燕园师恩录	王景琳 著
鼓簧斋学术随笔	范子烨 著
纸上春台	潘建国 著
友于书斋漫录	王华宝 著
五库斋清史存识	何龄修 著
蜗室古今谈	丰家骅 著
平坡遵道集	李华瑞 著
竹外集	朱天曙 著
海外娜嬛录	卞东波 著
耕读经史	顾　涛 著